本书获得河北师范大学历史文化学院"双一流文库"学科建设经费资助出版

河北师范大学历史文化学院
双一流文库

沈观函稿考注

（清）周树模 著 李君 校注

Collation and Annotation on
The Correspondence of Zhou Shumo

中国社会科学出版社

图书在版编目(CIP)数据

沈观函稿考注 / (清) 周树模著；李君校注. 北京：中国社会科学出版社, 2024.10. -- (河北师范大学历史文化学院双一流文库). -- ISBN 978-7-5227-4194-9

Ⅰ. I265.2

中国国家版本馆 CIP 数据核字第 2024M23M68 号

出 版 人	赵剑英
选题策划	宋燕鹏
责任编辑	金　燕　宋燕鹏
责任校对	李　硕
责任印制	李寡寡

出　　版	中国社会科学出版社
社　　址	北京鼓楼西大街甲 158 号
邮　　编	100720
网　　址	http://www.csspw.cn
发 行 部	010-84083685
门 市 部	010-84029450
经　　销	新华书店及其他书店
印　　刷	北京明恒达印务有限公司
装　　订	廊坊市广阳区广增装订厂
版　　次	2024 年 10 月第 1 版
印　　次	2024 年 10 月第 1 次印刷
开　　本	710×1000　1/16
印　　张	13.75
字　　数	206 千字
定　　价	68.00 元

凡购买中国社会科学出版社图书, 如有质量问题请与本社营销中心联系调换
电话:010-84083683
版权所有　侵权必究

前　言

《沈观函稿》是周树模致友人书函的自存底稿，全四册，时段大致从清光绪二十一年（1895）夏到宣统三年十二月（1912年2月）清王朝结束。

周树模（1860—1925），字少朴，号沈观、朴园、泊园等，湖北天门乾镇驿（今干驿镇、乾驿镇）人。光绪十五年（1889）己丑科进士，改庶吉士，次年授编修。二十八年四月，补授江西道监察御史。其间两次丁忧在籍，均受张之洞邀聘，一就两湖书院讲席，转武昌经心书院，一就荆门龙泉书院。三十一年，清廷派遣五大臣分赴东西洋，实地考察政治，周树模以载泽、徐世昌保举，为二等参赞，随行载泽出洋。是年十一月出京，十二月诣日本，次年正月道美，而英而法，五月，自比利时还。归国后，参与新官制编制馆工作，任审定课委员。十月，周树模出京，赴江苏提学使任。左绍佐撰周公墓志，谓其"归国后，于君主立宪，多所敷陈。泽贝子立宪一疏，君之笔也。时议宪政，拟从官制入手，廷旨令君与朗润园王大臣参与会议，有尼之者，阴嗾苏抚电请赴提学使任，交军机处饬赴新任，君遂外出"。光绪三十三年三月，东三省改制，徐世昌为东三省总督兼管三省将军事务，周树模再以徐世昌荐，署奉天左参赞。四月，周树模赴东，六月，抵奉天，十二月，为奉天左参赞，次年二月，署黑龙江巡抚，宣统元年（1909）六月，实授，至三年十二月，清帝颁布退位诏书，周树模去职。其间筹策移民垦荒，添设道府厅县，整顿财政，开办银行，兴办学堂，查勘中俄边界，在江省四年余，颇有规画经营。民国后，周树模寓居上海宝昌路，初文酒诗会，入超社，与瞿鸿禨、樊增祥、左绍佐、沈曾植等游。1914年，徐世昌任国务卿，援引而出，为平政院院长，兼高等文官惩戒委员长。未几，袁世凯称帝，辞，有《民四十月九日出都》诗，称"身外何曾携一物，眼中非复旧三门"。1916年，袁世凯逝，再出，仍为平政院院长。1918年，徐世昌任大总统，舆论时传周树模组阁，终未成，此后，不再出。1925年9月，周树模病逝于天津。

　　《沈观函稿》现收藏在中国历史研究院图书馆，原中国社会科学院近代史研究所档案馆，档号甲590，全四册，每册外封左上题"沈观函稿"，其下分别题"一""二""三""四"，以为编排次序。函一用"官纸局"朱栏稿纸，半页九行，内封贴签，"第四年　戊戌"。自光绪二十一年（1895）夏周树模丁母忧自京归里始，至光绪二十五年（1899）四月结束丁忧回京止，共96页，函42件，附函1件。函二亦用"官纸局"朱栏稿纸，半页九行，内封空白，无贴签。自光绪二十五年四月到京后始，至三十一年十二月出国前，共116页，函63件，附函2件。函三用松华斋制信笺，红栏九行，内封空白，无贴签。自光绪三十二年到江苏提学使任始，至宣统元年（1909）正月，共165页，函69件。函四亦用松华斋制信笺，红栏九行，无内封。上接函三，始自宣统元年正月或二月，至宣统三年清王朝灭亡，共95页，函41件。四册总计472页，函215件，附函3件。多以楷书抄录，较为整齐，偶见添删，亦较清晰。

　　本书考注工作包括：对函稿进行标点，个别分段，均在考注中予以说明；根据原题受信人字、号或职衔，考证受信人及交往；考订写作时间；对函稿所涉人、事进行简要注释。为引用方便，原题加以编号。亦为行文方便，考注使用原纪年，再括以公元纪年。函稿中出现的古字、异体字，径改简体，不做说明。增补脱字径改，在注中说明。不能辨识字，用□表示。考注中所引用资料，均在初次使用时详明出版信息，括在引用文字后，以后出现时，仅示书名，余从略。函稿中的"○""○○"，皆直接替换为"模""树模"。书末附《周树模大事年表（1860—1911）》，以供对照参考。并附左绍佐撰《清授光禄大夫建威将军黑龙江巡抚周公年谱》。

周树模现有《沈观斋诗》《周中丞抚江奏稿》《周中丞抚江函稿》存世，《谏垣奏稿》存目。《沈观斋诗》初刊印于宣统二年嘉平月中旬（1911年1月）龙江节署，二卷。至民国，又辑民国后作，成六册，亦名《沈观斋诗》，经樊增祥、左绍佐、沈曾植审定，并加圈识、眉批、总评，1933年印行。《周中丞抚江奏稿》四卷，为周树模抚江期间奏事折稿，《校刻例言》称，"于光绪三十四年二月奉旨署黑龙江巡抚，四月莅江任事，至宣统三年十二月止，本省奏事折稿共二百余首，除密折未便刊布，例折暂不录登外，是编所刻计一百四十余首，于江省两年来设施之次第，可得其大凡矣"。未署刊印者及刊印时间，由张建勋于宣统二年九月题签。《周中丞抚江函稿》三卷，辑光绪三十四年四月至宣统二年十二月间政务函电、书牍，缺宣统三年，计一百零六件。李兴盛据宣统三年线装铅印本五册整理，收入《陈浏集》，由黑龙江人民出版社2001年出版，无单行本。另外，还有一些函电，散见在各类已刊资料集中，近年的拍卖会上，亦时有发现。

《沈观函稿》存函前后历十六年余，其间政治、外交、经济、教育、社会诸方面均发生重要变化，周树模以在籍编修、监察御史、五大臣出使随员、江苏提学使、奉天左参赞、黑龙江巡抚各身份，直接或间接参与其中，亲身经历，切实感受，述而写之，十分宝贵。此二百一十五件函稿，与周树模存世之《抚江奏稿》《抚江函稿》合观，尤可反映时代变迁，以及个人政历人情之面貌，可为研究近代历史，特别是近代东北历史、近代教育史、近代人物等的基本史料。

目　　录

沈观函稿　一 ·· (1)
  1-1　谢恽崧耘方伯 ··· (1)
  1-2　致徐季和廷尉 ··· (1)
  1-3　上胡蕲生中丞 ··· (2)
  1-4　致周伯晋兄 ·· (3)
  1-5　上张督部 ··· (6)
  1-6　上谭敬甫中丞 ··· (7)
  1-7　上谭敬甫中丞 ··· (8)
  1-8　复李庚仙大令 ··· (8)
  1-9　复李庚仙大令 ··· (9)
  1-10　上张督部、谭中丞 ··· (10)
  附回书 ·· (11)
  1-11　复张督部、谭中丞 ··· (14)
  1-12　复李庚仙大令 ·· (15)
  1-13　复天门县绅士 ·· (15)
  1-14　与武次彭大令 ·· (16)
  1-15　复王爵棠方伯 ·· (16)
  1-16　复史砚荪太守 ·· (18)
  1-17　复张制军 ··· (18)
  1-18　复李庚仙大令 ·· (19)
  1-19　复张制军 ··· (19)

1-20 复李庚仙大令 …………………………………… (20)
1-21 致王爵棠方伯 …………………………………… (21)
1-22 上张制军 ………………………………………… (22)
1-23 复李庚仙大令 …………………………………… (22)
1-24 致刘幼丹前辈 …………………………………… (23)
1-25 与梁西园大令 …………………………………… (24)
1-26 复张制军 ………………………………………… (25)
1-27 致刘幼丹前辈 …………………………………… (26)
1-28 复伯晋（宗兄） ………………………………… (28)
1-29 致李伯虞前辈 …………………………………… (29)
1-30 复杨劼菉大令 …………………………………… (30)
1-31 与梁西园大令 …………………………………… (31)
1-32 与乾镇绅士 ……………………………………… (32)
1-33 复门人夏同甫 …………………………………… (32)
1-34 致王爵棠方伯 …………………………………… (33)
1-35 与陈介庵大令 …………………………………… (34)
1-36 复杨劼菉大令 …………………………………… (35)
1-37 复王爵棠方伯 …………………………………… (36)
1-38 致吴心荄前辈 …………………………………… (37)
1-39 上张广雅尚书 …………………………………… (37)
1-40 与吴心荄侍御 …………………………………… (38)
1-41 与张巽之太守 …………………………………… (39)
1-42 与梁节庵太史 …………………………………… (40)

沈观函稿 二 …………………………………………… (42)
2-1 与余晋珊观察 …………………………………… (42)
2-2 复刘赤帆大令 …………………………………… (43)
2-3 谢鄂中诸友 ……………………………………… (43)
2-4 谢张制府 ………………………………………… (44)

2-5	与丁衡甫吏部	(44)
2-6	答张巽之同年	(45)
2-7	复梁节庵	(45)
2-8	复吴心荄院长	(46)
2-9	复黄小鲁观察	(47)
2-10	复伯晋	(47)
2-11	致巽之	(49)
2-12	谢张制军	(49)
2-13	上张制军	(50)
2-14	唁余寿平太守	(51)
2-15	复陈特斋	(51)
2-16	致王胜之学使	(52)
2-17	致吴心陔院长	(53)
2-18	复王爵棠中丞	(53)
2-19	复余寿平同年	(54)
2-20	复刘幼丹前辈	(55)
2-21	复刘渠川大令	(57)
2-22	答陈仁先	(57)

附来函 (60)

| 2-23 | 再答仁先 | (61) |

附来函 (62)

2-24	答黄翼生	(63)
2-25	贻屠梅君光禄	(63)
2-26	复杨劭菜	(64)
2-27	复张巽之	(65)
2-28	上广雅宫保	(66)
2-29	致梁节庵太守	(67)
2-30	谢赵孟云	(67)
2-31	致郢中会馆各京官	(68)

2-32	与卢栗甫观察	(69)
2-33	复余寿平太守	(70)
2-34	与陈子青	(71)
2-35	上端午樵中丞	(72)
2-36	复端午樵中丞	(73)
2-37	唁丁衡甫同年	(73)
2-38	复余寿平太守	(74)
2-39	上升吉甫中丞	(75)
2-40	与吴心菱院长	(75)
2-41	上端午樵中丞	(76)
2-42	再致端午帅	(77)
2-43	上张宫保	(78)
2-44	致郑叔进学使	(79)
2-45	致余寿平	(80)
2-46	致纪香聪	(81)
2-47	致梁节庵	(82)
2-48	复端督部	(83)
2-49	谢山陕内帘各官	(83)
2-50	谢陕西抚台	(84)
2-51	谢同乡各官	(84)
2-52	致李馥庭方伯	(85)
2-53	复端午樵中丞	(85)
2-54	谢武昌诸公	(86)
2-55	致梁节庵太守	(86)
2-56	谢张宫保	(87)
2-57	复周左麋太守	(87)
2-58	上端中丞	(88)
2-59	致樊云门方伯	(89)
2-60	上张宫保	(90)

2-61	复端午樵中丞	(93)
2-62	谢张广雅宫保	(94)
2-63	复张季直同年	(94)

沈观函稿 三 (96)

3-1	上镇国公	(96)
3-2	与华璧臣同年	(97)
3-3	复王胜之太史	(99)
3-4	与翁印臣观察顺孙	(100)
3-5	上江督端午帅	(100)
3-6	与胡戴卿观察	(101)
3-7	上端制军	(102)
3-8	复杨惺吾先生	(103)
3-9	复华璧臣	(104)
3-10	复余寿平方伯	(105)
3-11	复上镇国公	(106)
3-12	上端制军	(107)
3-13	复刘幼丹廉访	(107)
3-14	复上镇国公	(108)
3-15	复余寿平方伯	(109)
3-16	复沈子培学使	(110)
3-17	复李梅盦	(111)
3-18	复陈子砺学使	(112)
3-19	复张巽之观察	(112)
3-20	致华璧丞同年	(113)
3-21	致陈筱帅	(114)
3-22	与陈伯平中丞	(115)
3-23	与朱竹石观察	(116)
3-24	与罗申田观察	(116)

3-25	与何小雅太守	(117)
3-26	与张季端提学	(117)
3-27	复钱新甫侍读	(118)
3-28	复曹梅访同年	(119)
3-29	复熊勉占参军	(119)
3-30	代徐菊帅拟上政府说略	(120)
3-31	上镇国公书	(123)
3-32	复蔡燕生侍御	(124)
3-33	致卢木斋提学	(125)
3-34	答余寿平方伯	(126)
3-35	致钱参赞电	(128)
3-36	复筱鲁观察	(129)
3-37	与絜先	(129)
3-38	上南皮张中堂副笺	(130)
3-39	复杨筱簏观察	(131)
3-40	复镇国公书	(132)
3-41	复吴弦斋侍御	(133)
3-42	复刘幼丹廉访	(133)
3-43	复恽薇孙学士	(134)
3-44	致钱干臣参赞	(135)
3-45	复陈仁先	(135)
3-46	致徐钦帅	(136)
3-47	致陈仁先	(137)
3-48	复王仲午	(137)
3-49	唁张巽之观察丁内艰	(138)
3-50	复徐钦帅	(139)
3-51	复余寿平方伯	(140)
3-52	复陈仁先	(141)
3-53	致华璧臣同年	(142)

3-54	复张海若太史	(142)
3-55	致陈筱石制军	(143)
3-56	致徐钦帅	(144)
3-57	致端午帅	(145)
3-58	与吴心菱侍御	(146)
3-59	上镇国公	(147)
3-60	复徐钦帅	(148)
3-61	复陈子青	(150)
3-62	复杨筱麓	(150)
3-63	复华璧臣	(151)
3-64	复蒋则仙	(151)
3-65	复陈仁先	(152)
3-66	复徐钦帅	(152)
3-67	致徐督部	(153)
3-68	复徐督部	(154)
3-69	复张珍五	(155)

沈观函稿 四 (157)

4-1	复恽薇孙学士	(157)
4-2	覆徐钦帅	(157)
4-3	复余寿平方伯	(158)
4-4	复陈仁先	(159)
4-5	致左笏卿观察	(160)
4-6	致余寿平方伯	(161)
4-7	上张中堂	(162)
4-8	致徐钦帅	(164)
4-9	致徐钦帅	(166)
4-10	覆卢木斋	(166)
4-11	复余寿平方伯	(167)

4-12　复何兰生 …………………………………………………（168）
4-13　复左席卿 …………………………………………………（168）
4-14　复徐鞠人尚书 ……………………………………………（169）
4-15　复余寿平方伯 ……………………………………………（170）
4-16　覆余寿平方伯 ……………………………………………（170）
4-17　覆陈仁先 …………………………………………………（171）
4-18　复李尧丞 …………………………………………………（172）
4-19　覆余寿平方伯 ……………………………………………（172）
4-20　上镇国公 …………………………………………………（173）
4-21　致徐菊人尚书 ……………………………………………（174）
4-22　致陈子青 …………………………………………………（174）
4-23　致吴心荄 …………………………………………………（175）
4-24　致陈仁先 …………………………………………………（175）
4-25　致陈絜先 …………………………………………………（176）
4-26　复余寿平方伯 ……………………………………………（176）
4-27　复余寿平方伯 ……………………………………………（177）
4-28　复吴弦斋侍御 ……………………………………………（178）
4-29　复刘幼丹廉访 ……………………………………………（178）
4-30　复陈仁先 …………………………………………………（180）
4-31　复于晦若侍郎 ……………………………………………（180）
4-32　上镇国公 …………………………………………………（181）
4-33　致徐中堂 …………………………………………………（183）
4-34　致余寿平方伯 ……………………………………………（184）
4-35　复王晦若太守 ……………………………………………（185）
4-36　复左笏卿观察 ……………………………………………（185）
4-37　复张巽之观察 ……………………………………………（186）
4-38　上徐中堂 …………………………………………………（187）
4-39　复余寿平方伯 ……………………………………………（187）
4-40　复端陶斋尚书 ……………………………………………（188）

4-41　复何南生观察 …………………………………… (188)

附 ……………………………………………………………… (190)
　　清授光禄大夫建威将军黑龙江巡抚周公墓志 ………… (190)
　　周树模大事年表 ………………………………………… (194)

主要参考文献 ………………………………………………… (204)

沈观函稿 一

1-1 谢恽菘耘方伯①

顷奉唁书，兼承厚赙。绸缪之雅，溢于豪楮，高厚之谊，拟以云天，触积痛于瓶罍，泐下怀于金石。遥谂薇垣楸绩，柏署宣猷，循声远达于皇都，治行升闻于帝座，豸章暂被，虎节旋膺。所冀慈云永荫江干，福曜长临翼际，辕歌俯听，舆诵同殷。模仓皇闻变，匍匐归林，营宅兆以初成，抚杯棬而增叹。倚庐顾影，麻衣只见其凄凉；远道萦怀，素鞸益深夫蕴结。专肃布谢，敬请勋安，唯希霁鉴，不宣。

注：

① "恽菘耘方伯"：恽祖翼（1835—1900），字叔谋，又字菘耘，江苏阳湖（今武进）人。同治三年（1864）举人，以知县累官至武昌道，光绪十五年（1889）后历任湖北督粮道、汉黄德道兼江汉关监督，二十一年七月二十六日，补授湖北按察使。

光绪二十一年（1895），周树模丁母忧归里。此函作于是年。

1-2 致徐季和廷尉①

夏间胡蕲丈②赴浙藩，曾托致片楮，敬候起居，亮邀尊鉴。发书数日，即闻先母讣音，于时变出仓卒，匍匐星奔，远道师友，未及讣闻，当蒙恕宥。抵里后，皇皇累月，专为卜地之谋，直至九月杪，始就新阡，精力疲竭。重以家道蹉跌，生计茫然，倚庐实难久处。前蕲丈曾约浙游，今又移节太原，局面全变。唯是目前窘况，断难一日家食。明春仍拟弭棹西泠，趋承台教，未识旌节何日驻杭，专候来书，再决行止。比闻台地全失③，回氛未平④，国难家屯，使人于邑⑤，未知何以支此败局也。临颖不任拳拳，唯希霁督，不宣。

注：

① "徐季和廷慰"：徐致祥（1838—1899），字季和，号霭如，江苏嘉定人。咸丰十年（1860）进士。光绪二十年正月，以大理寺卿提督浙江学政。

② "胡蕲丈"：胡聘之（1840—1912），字蕲生、萃臣，号景伊。湖北天门人。同治四年（1865）进士，光绪二十一年（1895）调浙江布政使，七月授陕西巡抚，八月改山西巡抚。

③ "台地全失"：光绪二十一年九月初，日军侵占台湾。

④ "回氛未平"：光绪二十一年，青海及甘肃河西一带回民起义。

⑤ "于邑"：郁抑。

据文意，此函作于光绪二十一年（1895）九月底之后。

1 – 3 上胡蕲生中丞①

都中拜送旌麾未及一旬，遽闻先母噩耗，变出仓皇，星奔就道，抵里后获悉执事拜陕抚之命，旋又移节太原，苦幽昏迷，未及驰书奉贺。比台事全输②，陇患迭起③，内外蚍溃，遘此多艰，整顿济时，端资豪俊。老叔精细敏决，小子素所服膺，未知国手何以筹划通盘，支此败局也。某数月以来，专营窀穸，足茧精疲，直至九月杪，始得史岭④新阡，随宜安厝。唯是家道蹉跌，生计茫然，远游谋食，势所不免。意欲佐诸侯幕府，藉可练习时务，不得已而就讲席，则仍书生本业耳。极承长者廑注，千祈留意。临颖不任翘企之至，专肃布悃，敬叩勋祺，伏唯亮督，不宣。

注：

①"胡蕲生中丞"：胡聘之（1840—1912），字蕲生、萃臣，号景伊，湖北天门人。同治四年（1865）进士，时甫由陕西巡抚改山西巡抚，即函中所言"执事拜陕抚之命，旋又移节太原"。

②"台事全输"：指因《马关条约》台湾被割让日本之事。

③"陇患迭起"：指甘肃回民起义事。

④"史岭"，今湖北天门东乡干驿镇（乾驿镇）史岭村。

据内容，此函作于光绪二十一年（1895）九月底后。以"家道蹉跌，生计茫然，远游谋食，势所不免"，请胡聘之"千祈留意"。

此函可与周树模另一致胡聘之函互观。函云："春间接仪卿大弟手书，猥承盛谊，招襄幕事。于时已就两湖讲席，不便之他，当函致仪弟代达尊前，当蒙亮鉴，敬维起居曼福。……昨读长者变通书院章程一疏，周通详审，字字经衡量而出，无老生守旧之迂谈，亦无世士用夷之悍说，海内传诵，人皆以为名言。……"所言"猥承盛谊，招襄幕事。于时已就两湖讲席，不便之他"，应是胡聘之于复函中邀入幕，周树模答以已入两湖书院。又言及"变通书院章程一疏"，即胡聘之上于光绪二十二年二月二十一日（1896年4月3日）之《奏请饬下各省变通书院章程并课天算格致等学事》。（《上胡蕲老书》，《湖北文征》第160—161页；中国历史第一档案馆馆藏档案，档号：03-9457-005）

1-4　致周伯晋①兄

居鄂甫两月，因家君旧疾举发，折归里门，合药检方，越旬有八，方以不得尊状为疑，不数日而老伯之赴书至矣，启读实深怨怆。吾两人旻弟至交，属家道坎坷，同遭大故，鲜民之痛，几不欲生。江上之歌，怜以同病，夫复何言。唯是主器承家，仔肩綦重，尚须留此筋骨，保持门楣，非徒以寻常节哀之言相劝勉也。

去秋奉手书，旋即致复，缕陈鄙况。据投书者云，台从已首涂，唯刘夫人尚侨寓凤宅，书交彼处，谅无浮沉。今春为寿平招至汉②，逢人问讯，未获行踪，寿平云，兄携眷在扬度岁，方走马应官。文仲云③

来，又云，正月尚往来苏沪之间，兹游当非汗漫。吾盖有以测老兄回翔之苦心矣。弟家事焦烂，无从着手，合门三十口，仰屋兴嗟，本拟远游，为谋食计，承南皮④雅意絷⑤维，待以讲席，弟因辞以"未尝究心理学"，万不敢居，南皮为之说曰，"吾佩君学久矣，随任一门皆可，今独遗此席，故以相浼。理学，六学之一端耳，行止端正，语言不苟，即副斯名，且岂有博通今古而不能评阅此卷者乎"。此盖过听二三知己先入之言而谬以弟为能，弟益滋愧矣。次晨聘书至。寿平劝以亲老近馆为宜，遂尔受币。记十年前下第留京，馆屠梅老⑥家时，兄寓居蒲圻馆⑦，不日即过谈。兄一日言及有意讲学，弟立起止之曰，理学求实践，不必立名，凡有标则有射，今若为此，是乃众矢之的矣。兄再颔之。弟为此言时，亦以兄生平磨蝎坐宫，横遭多口，务欲其晦匿以自全，故于《和养菊诗》⑧三致意焉。今乃俨然据此席，不亦知为蚍蜉而不知自为乎。顾自思维，养亲之与避谤，二者轻重，必权所择。才离家五十余日，严亲衰疾侵寻，幸会垣距舍不过三百里，信宿可通，归省为易，设前此孟浪一行，千里阻绝，啮指难通，当复何如，此意吾兄当能喻之也。

兄素精形家⑨言，吉壤想已得卜，安厝何时，殊深悬系。谨奉上素幛一悬，朱提十两，伏乞代荐几筵，用当刍束。临书怆悢，百不宣一，诸维心鉴，就请礼安。

（续前书）

此书写就，未逢驿使，忽接京寓所发信，并李百之⑩太守、傅生志丹⑪各一函。不知何故，稽延至今。来书谕以留意人才，弟之暗弱，恐非其人，然不敢不勉也。至于因文察才之说，与拙见正同。前此纪香驄⑫至院聚谈，弟即语以无论何门，均要文优。第所谓优者，非必风云月露，争一句斗一字之巧也，如孔子云"辞达"，荀子云"言之成理"，是已。夫学有浅深纯驳，识有高卑闳狭，而文乃各肖其学识以出焉。譬雅郑不能同音，朱紫不能一色，遇聪听明视者立辨矣。天下未有扞格于胸中而能宣鬯于笔下者，亦未有立言敷陈无序、遇事措置有方者。即谓经济之策，无取纸上之谈，贾人隶卒，亦有举大事立功名者，然不考之于文章，亦当试之于言论，如弦高犒师之语，韩信登坛之对，虽经史传润色，其大旨条理当自分明也。况兹所任为校阅之役，舍因文察才，其何以哉。然此又不敢昌言于众，恐外人不察，必将以采春华而弃秋实相诮谤也。

秋凉，堂上宿疴渐差，不日买舟东下。兄百日后念当出山，叶、帅二君，徐图一见。所怀不尽，容俟晤语。树模再启。

注：

① "周伯晋"：周锡恩（1852—1900），字伯晋，号是园先生。湖北罗田人。从湖北学政张之洞学，就读于武昌经心书院。光绪九年（1883）进士，选庶吉士，散馆后授编修。十五年，张之洞调任湖广总督，周锡恩请假回籍，掌教黄州经古书院，期间兼任武昌两湖书院文学分教。与周树模友。

② "今春为寿平招至汉"：寿平，余诚格（1856—1926），字寿平，号至斋，又字去非，号愧庵，安徽望江人。光绪十五年（1889）进士。时翰林院编修。光绪二十三年春，周树模至汉口，就两湖书院讲席。余与周为同科进士，余第三女适周第三子周延炯。

③ "文仲云"：待考。

④ "南皮"：张之洞（1837—1909），字孝达，号香涛，直隶南皮人。同治二年（1863）进士。时湖广总督。函稿中称"张督部"、"张制军"、"南皮"、"香公"、"广雅宫保"者，皆张之洞。

⑤ "絷"：原字"挚"，据文意改。

⑥ "屠梅老"：屠仁守（1836—1904），字梅君，湖北孝感人。同治十三年（1874）进士。选庶吉士，授翰林院编修，光绪中，转御史。光绪十五年（1889），以直谏革职，永不叙用。

⑦ "蒲圻馆"：即湖北蒲圻会馆，位今北京西城区小沙土园胡同。

⑧ "《和养菊诗》"：即周树模作《都中艺菊家各帜以名因别佳劣伯敬编修矫之作诗示观者索余与念衣同和因赋奉答》，诗云："读君养菊诗，时笔表花德（原诗有'不重花名重花德'之句）。一字显幽芬，亮矣史官职。阶前六十本，枝枝背人立。似厌繁华场，百辈名争弋。贵人太喜事，品次随胸臆。徒令卖花翁，坐索千钱直。甲乙诚偶尔，征选狂一国。颠倒霜中颜，迭起而更踣。于嗟以孤芳，岂乐世眼识。

抑闻东汉贤，题目高俊及。芳兰同一锄，以名自残贼。挍量名有无，问花花亦默。试浑清浊流，或免党碑刻。与君师柱下，相期守雌黑。"（周树模《沈观斋诗》二卷，宣统二年，龙江节署石印）

⑨"行家"：亦称堪舆家，旧时相度地形吉凶，为人相宅相墓之人。

⑩"李百之"：李士彬（1835—1913），字百之，晚号石叟，湖北英山人。同治四年（1865）进士。时广州知府。有《石叟年谱》。

⑪"傅生志丹"：傅维森（1864—1902），字君宝，号志丹，广东番禺人。光绪二十一年（1896）进士。有《缺斋遗稿》三卷，其子澄钧编校付印，末附行状，述生平行事颇详。

⑫"纪香驄"：纪巨维（1849—1921），字香驄，一字伯驹，号悔轩，晚署泊居老人。直隶（今河北）献县人。同治十二年（1873）拔贡。时与周树模同在经心书院。

据"秋凉，堂上宿疴渐差，不日买舟东下"语，推定此函作于光绪二十二年（1896）秋。

1-5　上张督部①

今岁猥承盛谊，俯加絷维，间以燕闲得聆高论，矢有斐勿谖之义，慰平生向往之诚。昨拜辞后，舟行五日，始抵里门，乡邑被水之余，萧条特甚。天门迤东，汉川西北，小民荡析离居，低田多未播麦，村落或至为墟，欲保此未尽之流亡，似宜筹绥辑之良法。日前敬甫中丞枉顾，曾谕以回籍察看灾状，赈粜何施，函商办法。窃以粜只可以便平民而不可以济灾民，本年被灾虽重，米价尚平，灾民不难于得米而苦于无钱，见值天气晴暖，纷纷远出就食，一旦风雪严寒，老弱廑存，将成道殣。老世叔至诚恻怛，洂于部民，从前告歉，均能以大力溥洪施，此次之灾，实与光绪十六年无异，如蒙会商中丞，宽筹一分赈项，即多活一辈灾民，仍恳饬令地方官商知公正绅耆，分地段之灾重灾轻，酌定赈所，别民户之次贫极贫，造清灾册，然后按赈项多少，匀摊实放，勿令胥吏弊混，庶实惠均沾，而万姓蒙福矣。侄蒿目棘心，为民呼吁，不任激切屏营,伏维垂鉴,不宜。

注:
① "张督部":张之洞,时湖广总督。
② "敬甫中丞":谭继洵(1823—1900),字子实,号敬甫,又号剑芙,湖南浏阳人。谭嗣同父。咸丰九年(1859)成贡士,次年补殿试,赐同进士出身。时湖北巡抚。

此函作于光绪二十二年(1896)秋后。

1-6 上谭敬甫中丞

日前猥蒙旌麾枉送,得接绪言,又以敝邑仍年被水、小民失所堪虞,谕令回籍察看情形,宜赈宜粜,函陈设法办法,仰见大公祖痌瘝民瘼之至意,钦佩殊深。侍自拜别后,水程五日,始抵里门,路所经过,天门迤东,汉川西北,灾状最甚,低田多未播麦,村落或至为墟,泽有哀鸿,家无立壁,幸天气晴暖,尚可出门就食,一旦风雪严寒,转徙沟壑,诚恐不免,则欲保此未尽之流亡,自宜速筹赈济之良法。窃思以工代赈,近口之民得借以为生,下游之民苦难于远赴,且丁壮可冀得食,老弱终致束手;买米平粜,有益中户,无济穷民,中户利其得米之贱,穷民苦其得钱之难,且今岁灾情虽重,米价尚平,办粜只属虚名,议赈斯为实惠。大公祖慈祥恺恻,感浃部民,若能宽筹一分赈项,即多活一辈灾民,唯须饬令地方官商知公正绅者,量地段之灾重灾轻,酌定赈所分民户之次贫极贫,造明灾册,俟赈项已有成数,然后按册匀摊,核实散放,勿令胥吏弊混,则其造福于斯民者大也。临颖无任激切屏营,伏唯垂鉴,不宣。

副笺

谨再启者,天门境内,唯与沔阳分辖之七十二院未经被水,本年丁粮自应征收如常。至于被灾各处,方将赈恤之不遑,岂复追呼之可任。

比闻粮胥下乡，征敛颇亟，揆情度势，似非所宜。可否札饬到县，令其暂行停征，以苏民困而保灾区？伏惟酌夺，复请勋安。侍再启。

注：

此函作于光绪二十二年（1896）秋后。

1-7 上谭敬甫中丞

前月下旬接奉钧函，藉承兴居万福，实惬下怀，又蒙轸念民艰，慨发赈项，虽灾区较广，分布为难，而一粟一丝，皆所以宣布朝廷之仁，而苏息闾阎之困，诚未宜委诸草莽。乃事经一月，本县一无动静，各乡小民闻知大宪有此惠政，延颈企踵，待哺嗷嗷。比闻此款到后，仅就城关委绅散放，冀图了事。夫城居之民，本非倚田为生，惟市猾牙蠹及游手亡赖之民，藉得巧取自肥，而被灾甚重各乡，莫由沾涓滴之惠，人皆失望，何以为生。窃思求牧与刍，本系地方令长之责，侍素安愚懦，亦深以干预公事为嫌，唯此次既承大公祖殷殷谆谕，又目击桑梓颠连之状，不能无动于心，是以代民呼吁，上为发棠之请。今县主业经自有办法，侍自不得过问，唯恐将来执事不察，或以侍为偷安畏难，而愁置大公祖书命于不顾，用敢先布情愫于左右。至于赈务若何办理，侍决不敢再赞一词，虽里中父老交相诟责，金谓侍惜己隐情，不能以一言纾闾党之困，侍亦受之不辞。侍不敢望人以为孔距心，唯求自免于为冯妇而已，想执事必有以恕而谅之。专肃布悃，敬叩勋安，兼颂节喜，伏维垂詧，不宣。

注：

此函作于光绪二十二年（1896）。

1-8 复李庚仙大令①

叨居樾荫，常仰芝晖，顷奉鱼书，益深赡②慕，就谂鼎祜集庆，履祉增绥，适符私祝。复承示及赈务一节，仰见抚字心劳，溺饥念切，涸辙之鲋得升斗而苏，旱田之苗待云霓而起，灾民饱注，所不必言。弟赋性迂愚，于公事向不过问，又素婴末疾，值此冬寒，间时一发，惮于出门，自顾阔疏，即令力疾入城，亦不能以管蠡之愚，为刍荛之献，唯是灾区甚广，赈项太微，杯水车薪，势难相济，中丞来函，曾许以不敷分布，准其续行请拨，老父台俯念民艰，当不惜以顺风之呼为再三之请，积款稍多，开办为易，至于一切区画，阁下以制锦之长才、试烹鲜之熟手，措施自必得宜，固无待区区仰赞也。匆此布复，祗请升安，并贺年祉。不庄。

注：

① "李庚仙大令"：李增荣，字庚仙，广东信宜人。同治九年（1870）优贡。时调署湖北天门县令。

② "瞻"：原字"毡"，据文意改。

据"并贺年祉"语，及1—9函文意，推定此函作于光绪二十二年十二月（1897年1月），将近新年。

1-9 复李庚仙大令

顷奉来书，敬悉种切，复承轸念。东乡①灾情较重，加派赈款，给发棉衣，仰见关怀民瘼之盛心，钦佩无已。迨此岁暮，赈务已无可措办。窃思明年正二三月，青黄不接，为日甚长，大抵续行请款一层，总不可少，缘中丞②已有成言，或者不至阻手以外，或另有变通办法。弟明春素疴略瘳，当踵谒台端，会商一切，仍望在城诸绅相助为理。至于东乡赈款，暂可不寄，须俟集议既定，再行给发。救荒本无奇策，桑梓之事，责望尤重，如果分布不匀，非别生事端，即易滋物议。昨廿八日已有乡下饥民，积至八九百名之多，向乾驿③市上各富家黑夜撞门求赈。廿九日各富家公请徐巡廉在万寿宫，人发百钱，始行散退。是以区区之意，总在筹款稍多，然后开办，庶乎游刃有余，老父台以为何如。

棉衣可于初间发交巡署，仍恳谕令驿绅生员胡翼之、职员徐家麒妥为散放，不任盼祷。

注：

① "东乡"：湖北省天门县东乡。
② "中丞"：指湖北巡抚谭继洵。
③ "乾驿"：湖北省天门县东乡乾驿镇。周树模即乾驿镇人。

据"昨廿八日已有乡下饥民""明春素疴略蠲，当踵谒台端"，及上函"值此冬寒""并贺年祉"语，推定此函作于光绪二十二年十二月二十九日（1897年1月31日）。

1–10　上张督部、谭中丞

客腊使归，接到钧谕，近已会商邑尊，酌筹办法。惟是灾区较广，赈项太微，分布殊觉不易，俟办理就绪，再行布达，祗维履端集福，政体凝釐，定符私颂。兹有启者，去秋襄河盛涨，汉北之堤连决操家口、中渡口、唐心口三处，下游受灾甚重，比闻派员估勘，集款兴修，发帑至二十万之巨，委员至四五十之多，良以关系民生，故不惜劳费，并力堵筑，乃闻议者有留唐心口不筑之议，下游各州县民情惶恐，人人自危，侍亦心疑其策，谨将大概情形为老世叔、大公祖缕析陈之。汉水自安陆以下，河身渐窄，从前支流近皆湮塞，只存吴家改口^①一处，不足以分杀水怒，故溃决频仍。今若多穿下游支河，规复分泄故道，旧有湖泽开通淤垫，必使所有泄水之路、受水之区，与上游河身深广相较，有赢无绌，然后免于横决之患。第此须筹有闲款，于无事时为之，非急切可以图功也，惟恃旧堤稳固，新口堵合，尚可以纾目前之急，而谋旦夕之安。议者乃云，三口留一，则与并留三口同，一口不筑，则与无筑同。何也，决口常在钟祥京山境内，而受害则首天门而次汉川，波及于沔阳、应城各处，盖钟祥所辖之地在安郡以上者，向无水患，京山辖至河壖者，只多宝湾一带，其钟、京两县迤北，并属山岭，为水力所不到，独天门当汉水之冲，四望平衍，有如人腹，既无山陵，又少湖薮，无山陵则不足以拒水，无湖薮又不足以蓄水，故一经堤决，受患最深也。汉川尚有刁蔡一湖②，周广百余里，容水较多，然只可以消各垸之积潦，而不可以受襄、汉之巨浸，且湖身近渐淤浅，下流合涢水，以达于汉阳之新沟，其河口仅广数丈，尾闾亦不甚畅，故汉川之患亦只稍减于天门，而不能悉免于昏垫。今筑两口而留一口，以大势计之，仅可保钟、京民田之半，而坐失天、汉民田之全。夫贾让③上策，在汉时已不能行，且南方人烟稠密，与北地土旷人稀者迥异，欲谋让地，必先徙民，若以天、汉之地弃而与水，则必别有一与天、汉比大之地，以居此民。若谓今年不筑，而待至来年，则须预为天、汉数十万生灵筹一年之食，斯二者逾于筹款之难不啻十倍矣。侍知识盲如，于河务素所未谙，不过以桑梓之地见闻易习，又里中父老佥以侍之至愚尚可以陈言于左右，因不揣冒昧，据情上渎，务祈力排浮议，俯加察核，设法筹借一款，俾唐心一口得与上游两口并时堵塞，福此黎元，实无涯涘。至借款一层，敝县之民愿与受益各州县分别多寡具结，按年摊还，于地丁项下带征，一律交纳。权宜之策，是否有当，伏维酌夺施行，万民不任仰跂。专肃布陈，祗叩春祉，唯希钧鉴，不宣。

注：

① "吴家改口"：位汉水南岸，潜江县城北。
② "刁蔡湖"：汈汊湖。
③ "贾让"：西汉人，生平不详，以提出"治河三策"而有名。

据"客腊使归""祗叩春祉"语，及1—9函、张之洞回书之语意，推定此函作于光绪二十三年（1897）正月。

附回书

同奉手书，备承心注，就审德乡养望，礼席延和，芝采翘詹，葭忱莫罄。弟等同持楚节，愧之薪劳，值灾患之频仍，益悚皇之莫释，承示去秋襄河盛涨，汉北之堤连决，操家、中渡、唐心三口业经勘估兴修，乃闻道路传言，有留唐心口不筑之议，民情惶恐，亟宜设法筹办，同时堵塞各等因。展读之余，具仰高谊仁心，曷胜钦佩。

查去冬京、山应修溃堤工程，各处皆急，而以唐心口为最要而最难，地方官及委员叠次估勘，异口同声。弟等督饬司局筹计款项，亦无不以此为最急，良以关系下游天门、汉川、沔阳等处百万生灵身家性命，断不忍筑此遗彼，视为缓图，更决无留而不堵之事。第漫口有广狭之分，施工有先后之序，估计既须核实，兴筑尤贵因时。前据印委各员叠次禀报，以该口积水数丈之深，无从立足，且须隔河取土，核算方价，非中渡、操家两口可比，必俟水落归槽，方能趋事。年前不惟无施工之方，亦且无估工之法，款不易筹，时不可误，故只可先就能动手处，一面赶为堵筑，免致观望徘徊，顾此失彼，一面体察唐心口水势地形，俟口门积水稍浅，即可估计施工。今议者疑该唐心口弃置不修，实属讹传。得执事远道致书，沥示各情，言之恺切，正与弟等私衷筹虑相同，事关灾区，岂忍稍缓须臾，不为援手。至鄂省饷需繁急，各库久如罄悬，捐款仅同涓细，自去秋以来，上下游各处工赈之款，无一而非腾挪借垫，正如陈龙川①所谓牵补度日者，但使有可筹借，何至稍有迟回。所虑者，率尔举事，成算毫无，瓠子塞而不成，虚牡掷而无用，则是既丛吏责，益滋民怨，弟等更将无以自容。

北望水乡，正深焦急，适张令延鸿②自工次调归，渠亲诣该口，覆加勘视，据京、山绅首面陈，现在水已渐退，计算工资土价，不过十二三万串，又闻天门绅士谢姓与史守③议及，估计至多亦不过十五万串之数等语，是用费可计，已非同茫无津涯，而人力能施，亦不至中辍糜帑，自当定议速行。现已分别电札安陆、史守等迅速布置，星夜赶办。窃思台驾适在珂乡，于京山、天门两县绅首中，必有急公练事、素相引重之人为之协助，不揣冒昧，敢请执事督率彼都人士，遴选京、天两县正绅，会同地方官兴办，其应如何措置，务即就近商之地方守令，赶速兴工。至必不④可少之十五万串，弟等督饬在省司道，无论如何艰苦，必如数陆续筹垫解往，断不令停工待款，以致任事者为难。现已飞札饬调署天门县李令⑤迅赴京山，与阁下筹商一切，会同办理。该令以本境利害所关，必能竭力图成，和衷集事。至此外如有应需监工、弹压、照料之员，安陆前经派往各项委员甚多，即请就近催由史守等立即派往，决不旷务。其应如何取土集夫，以期便利迅速之处，亦并请与史守等商酌饬办，大抵总以二月底口门工程能作至一丈五尺为度，即可抵御春汛。明知艰巨，为地方有司专任，何敢上烦苾画，只以此事于京山、天门两县绅民利害最为切身，而天门关系尤巨，若得天门绅民协力赶修，必能实心经画，踊跃赴工。阁下桑梓望重，闻见较真，九鼎一言，必能鼓舞众情，交孚时论，补弟等疚心之过，纾灾黎延颈之劳，瞻仰敬恭，不胜企祷，感荷之至。除一面电饬、札饬安陆史守、天门李令及前派在堤各员，遵照与执事会商筹办外，手此奉复，祗请台安，统维涵照，不具。

注：

　　①"陈龙川"：南宋人陈亮（1143—1194），字同甫，号龙川，婺州永康（今浙江永康）人。

　　②"张令延鸿"：张延鸿，河南人。光绪十六年（1890）进士。时任江陵县知县。

　　③"史守"：史书青（？—1901），江苏溧阳人，时安陆府知府。张之洞《安陆府知府史书青在任病故日期呈请开缺改题为奏片》存其简历："再安陆府知府史书青系江苏溧阳县人，由江西宁都州下河寨巡检因劳绩历保开缺，免补本班，以知府牵掣湖北补用，光绪七年闰七月十七日到省，十六年准补安陆府知府，是年三月十三日到任，兹于二十七年正月初四日在任病故。"（《近代史所藏清代名人稿本抄本》第2辑，张之洞档128，第307页）

　　④"不"：漏字，据文意补。

　　⑤"天门县李令"：李增荣。

此函可与张之洞、谭继洵于光绪二十三年正月二十二日（1897年2月23日）致史书青等急电互观。电云："唐心口工程据张令延鸿面禀，水已渐退，口门只深丈余，京山绅首面称公费不过十二三万串，天门绅士谢姓估工至多不过十五万串等语。查口门止深丈余，则退挽月堤处水深不过五六尺，已可施工，且至多不过十五万串，则用费已有规模。绅士所估，当不能悬远。现与司道筹商定议，既已有估数可计，有人工可作，无论筹款如何为难，皆当竭力赶办。查唐心口关系下游，天门、汉川最重，故天门绅民于此口尤盼堵合。若各县绅民同心协力，诸事当较易办。周少朴太史树模系天门人，现已函请其邀集选择京山、天门正绅督率兴办，应如何办法，及应用何委员会同照料，统由周太史与该守商办，勿稍延误。拟即调现县令署天门县李令赴工，会同周太史办理，事关天门，必可出力，且与周易商。该守可即录电飞札调李令来郡，与周商定。渡船、操家两口已将合龙，史守可专顾唐心口，会同周太史督办。如再需员，拟即奏准补天门县梁令前往，总限二月底将口门工程作成一丈五尺，以御春汛，款项必源源筹济，断不迟误，致该守等为难。除札行外，特电饬速办，即复督抚两院。"（《督抚两院（张之洞、谭继洵）致安陆史守（史书青）等电》，《近代史所藏清代名人稿本抄本》第 2 辑，张之洞档 32，第 337—340 页）

据此电，可推定此函写作时间在光绪二十三年正月二十二日（1897 年 2 月 23 日）前后。

1-11 复张督部、谭中丞

尊使至，拜展惠书，备聆温谕，藉承道履康胜，极慰翘仰。复审两公宣防①至计，业已规画无遗，所有留口不筑之言，皆讹传失实，衔②薪勿虞不属，云土立见其平，惠政仁声，部民均感，额手庆幸，岂独鲰生。又不以模为梼昧，谕令会同地方守令及在工人员商筹办理，自顾疏阔河防，夙未究心，诚恐勉效折肱之劳，终贻绝膑之患，所幸印委各官比皆云集，工次款项亦复源源接济③，身臂相使，呼吸甚灵，使在事诸员遥禀荩筹，一遵成算，功无或旷，帑不虚糜，尽三月，无阴雨，当可蒇事。至敝邑首受河患，民廑定居，于谊属敬恭，于灾为切近，如有所见，自不惜为守令各官一献刍荛，附于舆诵之末。仍当纠合邦人，告以大府捍灾恤民之至意，俾父兄诏勉，踊跃趋功，仰体执事与民同患之心，以为合力共襄之举，但得桃汛无惊，麦收有望，则人心定而民气苏，微禹之功，属之两公矣。临颖不任感戴之至，匆肃覆陈，虔请勋安，唯希垂鉴，不宣。

注：

① "宣防"：亦作宣房。指防河治水。
② "衔"：原字"卫"，疑"卫"之繁体"衛"与"衔"形近，以"衔"字误为"衛"字，据文意改。
③ "源源接济"：原稿"原原接继"，据文意改。

此函可参见张之洞于光绪二十三年正月二十七日致史书青电。电云："周少朴太史已有复函，允会同地方官督修唐心口堤工，该守速遣人持函赴天门迎请周太史来郡城或唐心口工次，面速商办，勿稍迟误，切切。"（《督院（张之洞）致安陆史守（史书青）电》，《近代史所藏清代名人稿本抄本》第2辑，张之洞档47，第519页）

据张之洞于光绪二十三年正月二十二日、二十七日致史书青两电推断，此函大致作于光绪二十三年正月二十二日至二十七日（1897年2月23日至28日）期间。

1-12 复李庚仙大令

日前趋谒台端，厚扰鲭厨，备聆尘教，感佩实深。顷奉惠书，属令入城商办河务，弟于此事本非谙悉，何能为借箸之筹，惟是关系桑梓利害，复承两院殷殷谆谕，若径行推卸，恐负大府恳切之心，且来乡党责望之语，一二日即当遵示赴县，纠集诸绅，与执事会商办法，俟有定议，再行到工。至府尊等来函，有绅办胜于官办之说，并云承修工程、稽管收支均由弟派绅经理，不用委员，则非棉力所敢任，俟缓面商一切可也。匆肃覆陈，敬请校安，唯希涵照，不庄。

注：

据上函推断，此函作于光绪二十三年正月二十七日（1897年2月28日）之后。

1-13 复天门县绅士

顷承来书，敬悉壹是。堤工关系吾邑，利害甚重，又承大府函嘱，恳切周到，迫之以无可推卸，是以许为借筹。兹府县赍书相招，迟一日即当促装入城，与公等商定一切。唯府尊等来书有官办不如绅办之言，且云承修工程稽管收支均由鄙人选绅经理，不用委员，则非棉力所敢任。此次工程至艰极巨，本属地方长吏专责，若鄙人越俎而当事者转得卸肩，似属未安，俟将来面晤府尊，再行妥议定夺。匆匆不尽，手此奉复，就请台安。

注：

据上下函推断，此函作于光绪二十三年正月二十七日（1897年2月28日）之后。

1-15 与武次彭大令①

迭承枉顾，教益良多，甚佩甚佩。初八日拟开沙工，所需款项器物，请由尊处函催孙委员速解前来。另有急用各件，开单呈览，就近向多宝湾购齐较为省事，祈即饬役照办，缓再交账收支处，缘刻下款尚未到，未容坐待也。手肃，就请升安，不一。

注：

① "武次彭大令"：武延绪（1857—1917），字次彭，号亦嫒，又自称鉴道人，室名所好斋，直隶永年（今河北永年）人。光绪十八年（1892）进士，时任京山县知县，二十四年（1898）以病请假，谭继洵《委署均州知州片》（光绪二十四年四月十三日）有"又京山县知县武延绪，因病请假回省就医"语。（谭继洵撰，贾维、谭志宏编《谭继洵集》（下），岳麓书社2015年版，第552页）。函1—16称其"次彭同年"。

此函作于光绪二十三年（1897）。

1-15 复王爵棠方伯①

适奉钧函，过承奖饰，惭赧无地。堤事远劳硕画，亿万生灵，同深感戴，匪独一人倾仰已也。来谕以敝邑储有水利、积谷两项，俾移缓就急，以济要工。当兹工程吃紧，又事关本境利害，自宜竭力向绅耆等商挪。唯查积谷一项，因北乡近山，留备旱灾，以为赈恤之用；水利一项，因南乡濒河，留备水潦，以为修筑疏泄之资。近闻存款不满三万，其积谷一项，前经绅士拔贡张希龄呈请停征，现存之款业已作成仓窖，预备籴谷；其水利一项，系向襄河南岸及牛蹄支河南岸七十二垸田亩下摊收，与周河各垸无涉，名为一县之公款，实则各有攸属，譬之人家小儿女，各积私财，夺彼与此，未有不啼哭争闹者也。且此次所筑之堤，受害全在周河，南鄙之民各顾其私，转欲壑邻，觊图安枕。从前康熙年间，邑人刘聂妄呈请开泗港，即系七十二垸之民谬欲移害于周河者也。弟所居在周河之内，若发议取南鄙自有之款，筑周河有益之堤，不惟敛怨桑梓，恐民情亦难输服。再四思维，惟有商知绅耆，向各典商借垫一万串，于将来劝办赈捐项下归还，似尚可行。自余京山系堤段所在，汉川为受益之区，钟祥、荆门州较称殷实，且距工次最近，便于拨付，可否一体照办，伏俟卓裁。如果可行，即由敝县倡办，以图迅速。此次工程重大，非棉薄所能任，欲去而郡尊又挽留不许。当此春汛届临，天时又复难知，全仗款项应手，或可竭蹶图成。若迟至三月底，即使幸而久霁不汛，夫民纷纷归田刈麦，虽以万钱买土，方恐亦招之不至。伏秋大汛一至，势必尽废前功，徒縻巨帑。尚恳大公祖将工难、时迫、款不容迟情形陈明两院，不任企祷之至。日内拟开沙工，先填水泓，而天气晴雨不定，殊增焦灼。知关廑注，用以附闻。肃复，祇请勋安。

注：

①"王爵棠方伯"：王之春（1842—1906），字爵（芍）棠，号椒生，湖南清泉（今衡阳）人。时在湖北布政使任。

据"若迟至三月底"语推断，此函作于光绪二十三年（1897）二月至三月底前。

1-16　复史砚荪太守[①]

伻来，接读惠书，兼辱珍贶，李投璃报，铭感何如。借款济工一说，乃迫于上游书命，于无可设法之中想此办法，并非已有成议。羁绊此地，寄信求官，恐难集事，稍缓或不免回籍一筹。至于越境劝捐，鞭长实难及腹，绠短未由汲深，虽欲效劳，终为形势所格，台下必能俯谅也。荆、汉两处，去之甚远，唯由尊处据宪函动公文则可，若以私书相恳，岂不以弟为过，从何来耶。开口索钱，亲好尚且不怿，况乞之于不相闻问之人乎，此意必当达之薇垣也。顷见督辕来札，只及钟、京，不言荆、汉。执事老谋硕画，算无遗策，便宜行事，无不可了，高深仰赞，何待区区。尊谕已宣告次彭同年，至办法何如，须其自酌耳。手肃奉复，敬请筹安，惟祈亮詧，不宣。

注：

① "史砚荪太守"：史书青。

此函作于光绪二十三年（1897）。

1-17　复张制军

工次奉手谕，仰蒙逾恒眷注，不以寡薄见遗悬榻，特荷高情倚席，实滋内愧。庄岳讵资于齐傅，兰陵窃附于楚师，敬佩德音，唯深感泐。前以决河未塞，承长者书命，俾襄堤事，既惧上逆尊指，又目击桑梓颠危之状，痛切在心，明知其难，而不敢避，若加推卸，恐益迟延，因于月之初三日，急装赴工，与史守面商壹是，初十日即行开筑，先填水泓，不料旬内阴雨连绵，河涨继至，日来渐增至五六尺，询之河畔居民，佥以为花朝水发，如此向来所无，原估水泓至深者不过七尺，今则深至一丈有余，工费增倍且不必言，而泓内之水已与天门县河通流，浪激风撞，殊难措手。又从前所指土厂，强半浸没，须天色久霁，续汛迟来，俾土厂及时涸复，然后畚挶能施。现尚赶作沙工，继长增高，日同抢险，又未便遽云停缓，致小民疑虑，滋生事端。捧土负薪，觊回天意，此举关系下游赋命甚重，但使有一分人力可施，自无中辍之理，所仗老世叔疴瘝至念，感格神人，民欲天从，能来万福，实为生灵之幸。侄知识愚短，借箸无筹，本拟趋赴铃辕，面取进止，适会使来，先陈大略，俟工程稍有把握，再行诣聆训示。不任企仰之至，薰肃布复，敬叩勋祺，伏惟亮鉴，不宣。

注：

此函作于光绪二十三年（1897）。

1-18　复李庚仙大令

适承手教，袛悉种切。刻下急工，得执事与彭太尊多方措置，自属算无遗策。帅电在赶工程，藩函在慎度支，各有所见，全在亲其役者体察情形，斟酌为之，正不必牵于一说。此时水泓已漫，土厂多淹，水退施工，自系一定眼目，幸而天心可回，涨消土涸，龙口及时堵合，原不以此时之工为增损，万一事无可为，亦可以省无益之费。事机重大，何敢妄参，唯承执事殷殷下询，不容自闷，疏愚之见，尚乞恕而教之。尊事紧要，自不能不一行，弟急欲步后尘，嫌于避难，须小作停顿，俟事定也。

注：

此函作于光绪二十三年（1897）。

1-19　复张制军

上月廿八日接读赐书，并公牍一件，业由彭守等禀复，故未另陈。

唐工吃紧，遥谂钧怀廑系，日夕焦劳，催促工程，增添款项，远近闻之，同声感激，在工诸员，亦异常奋勉，乃龙口将合，而河涨骤至，河西半截沙坝全数漫没，惟河东半截尚存六十丈，计洪口刷开至九十余丈，深者丈余。比尚密钉桩木，夹下席帘，急流稍平，抛沙不散于无可挡挂之中，作万一挽回之想。惟是河势所趋，大溜直注口门，闻岳口镇以下，河涨仅一二尺，此间两次之水，递增至七八尺，现在退落不过二尺，内泓水入，沿襄堤而下三四十里，穿天门县河而东，将及百里，低田麦苗半受淹渍，长堤远望，一白无际，道路之民，莫不惊恐愁叹，希冀堤成，然必天霁而不复雨，水退而不遽来，乃能使土厂涸复，得米成炊，否则智谋勇力，无所施用。日来又复沈阴，春水方生，而雨势未已，揣时势则无一分可恃，论民艰则非万全不可。兹仍由彭守督令夫役抢修，私冀堵塞及时，急工赶就，民间能获麦收，即为无算利益，特不知天竟何如耳。侄徒作忧苦，无补事情，腹毳背毛，未关增损，拟俟史守试竣回工，即行乘流东下，诣聆清诲。专肃布复，祗叩勋祺，伏惟垂詧，不宣。

注：

此函作于光绪二十三年（1897）。

1－20　复李庚仙大令

顷承手书，并督辕来电及复电，敬悉一切。值此夏令，水来不常，又复连日阴雨，上段土场涸出不易，虽近涨稍退，施工殊无把握，鄙意以为于已输之棋求一稳着，唯有速作永、固二号内帮，设法裹头筑柴矶，留存余款，以待后举，务于月内蒇事，否则巨款一销，筹集不易，恐堤终无可成之理，民终无澹灾之日，高明以为何如。弟休沐数日，还拟赴鄂。知注附闻，匆复，藉请台安，不尽。

注：

据"值此夏令"，此函作于光绪二十三年（1897）夏。又，以其内容与函1—

21 所述一致，推测写作时间亦在八月十七日（9月13日）。

1-21 致王爵棠方伯

前从工次奉手书，并承制府敦劝之意，三复来悇，惶迫有加，日与彭守等督同员绅指挥夫役，经迭次摧挫，于前月廿六日始得合龙。先时已命工书测算分广，编为咸、庆、全、堤、永、固六号，凡九十广，其永、固两号，即系合龙之处，加筑外帮，已高至八九尺不等。唯上搭脑之咸字号二十广，旧系低洪，襄水内汇，可达天门县河，赶填沙脚，尚有廿余丈未合，忽于本月初四日狂风猛雨，拔木飞沙，更昼夜无少休，初五日三更后，河水斗涨，阅两时许，将咸、庆、全三号尽数漫刷，永、固各广多方抢护，幸保无虞。唐工浩大，动手本迟，私冀上得天时，尚可力图补救。乃自开工以来，阴雨连数旬，河涨凡五至，迫此夏令，水来不常，土厂尽付汪洋，着手实觉不易，若再迁延时日，枝节而为，百计未成，一朝又毁，是以巨帑为侥幸也。计现已用款五万余，存者尚八万有奇，就地所筹，不在此数，诚待至本年霜降动工，年内葳事，计款则补益有限，课功则克日能成，是费可无虚掷之虞，民终有澹灾之日，譬之于奕，及时敛手，只输半着，再下险着，将失全局，此则不能不迟回审慎者耳。模仰体大公祖之盛心，俯念桑梓之灾状，扁舟河上，百瘁不辞，明知此堤不成，民鲜生理，然于无策之中求补牢之计，唯有留此余款以为后图，则今岁虽已失望，明岁可冀来苏，否则重款一销，再筹非易，库虚民竭，坐观束手，昏垫之忧将无已时矣。疏愚之见，尚希采择。现在上首已无可施工，下段仍由彭守督修内帮，勉图保护。模于十一日归觐，稍休，仍当趋赴鄂垣，面罄壹是。专肃，敬颂勋祺，不尽。

注：

据函1—23所言"昨十七日已专函达帅府及藩垣，沥陈再举之策"及其写作时间，此函作于光绪二十三年八月十七日（1897年9月13日）。

1-22　上张制军

唐心工次两蒙赐书,业将节次艰阻情形缕陈左右。此间自春仲开工,阴雨兼旬,河涨数至,遂使浅泓变深,缓流成急,辛苦拮据,累四十余日始得合龙,一面于上脑低泓赶填沙脚,一面于下段各广加筑土帮,方冀按日程功,有基勿坏,乃初四日大风猛雨,彻昼连宵,初五日夜分忽报水至,阅两时许,骤涨至四尺有余,上首四十广全数漫溢,唯下首土帮尚存。模察看河形,因口门已塞,水势逆流,回注上首低泓,其力甚劲,冲刷必深,且堤内土场已沦于巨浸之中。值此夏汛,涸复为难,益以久雨不晴,泥土沾濡,不任杵筑。天时既无可恃,人力又复难施,审势度时,实不敢以巨帑为侥幸。计今所费已三分去一,若迁延坐耗,卒鲜成功,将来重款难筹,无能再举,是下游之民终侣鱼鳖矣。模明知此堤不成,民将有乏食之忧,然此堤或于今冬能成,则民尚有再生之望,蠡见如此,伏候钧裁。查襄堤自道光朝王家营、咸丰朝狮子口两役外,此为最难最大之工,必须于霜降兴修,冬尽蒇事,始得布置从容,万全无患,若迟作春工,便成险着。模初之奋然为此,意存贪天,而卒以不济,上无以副老世叔驱策之心,下无以慰乡里攀呼之望,唯增惭悚。专肃,敬叩勋安,唯祈垂察,不宣。

注:

据函1—23所言"昨十七日已专函达帅府及藩垣,沥陈再举之策"及其写作时间,此函作于光绪二十三年八月十七日（1897年9月13日）。

1-23　复李庚仙大令

顷奉手书,备悉尊悃,就审恤灾捍患,计划周详,倾佩无似。唐工决裂至此,天意真不可知,然我辈共济之心,辛苦拮据,可质神明,事已无可如何,唯当设法为补牢之计,不敢负其初志也。昨十七日已专函达帅府及藩垣，沥陈再举之策，是否听纳，虽难豫期，要不敢惜己隐情，自同蝉噪，视桑梓之阽危同秦越之肥瘠耳。护城堤关系紧要，掣款抢修，自属急着，惟是灾区甚广，余款无多，布置经营，难凭妙手。既老父台慨然为民请命，南北峰处，弟必当恺切陈之，上副尊嘱。传闻白湖口一带，灾民蚁聚，有向富家劫取钱米等事，此风一开，恐难收拾，先事之防，尚烦台虑。古称盘根错节，以别利器，得执事凫舄久驻，民庆更生，下怀实深祷祝。杨事殊堪骇异，彼此应与不应有例章在，老父台幸无以为意。榲帖迟日奉缴。藉复。祗请台安，诸维涵照，不尽。

注：

此函作于光绪二十三年八月十八日（1897年9月14日）。

1-24 致刘幼丹^①前辈

乙年星奔，值旌麾遐迈，别来忽忽三年，楚蜀道阻，久断鳞鸿，回忆都下过从，脱帽论文，腾车问字，此乐不复可求，言之悁悁。迩闻荣领首郡^②，富贵逼人，捉鼻不免。第不知喧嚣犯虑，倥偬经怀，尚能访唐蒙棘人之碑，成常璩华阳之志否。鄂渚故人无多，小住鹄山^③，日惟招鸟作邻，呼石共语。昨伯晋^④挈眷来汉，旋复返罗^⑤，为言执事去冬曾遗书下走，迄今未曾奉到，书邮浮沉，使人不能无恨。模自遭大故，翅翎摧塌，重以家事蹉跌，越装荡然，时以事蓄为忧，虽南皮雅意絷维，厕之讲席，而学舍同于僧寮，修羊等诸祠禄，亦复成何况味耶。日月不居，禫除瞬届，入都之计，暂未敢言，长安既不易居，家累岂能无顾，且千里之行，聚粮三月，益无从着手矣。时方多故，海有横流，小草出山，终何裨补。乌台柏府，我公旧游，其将不蛰不鸣，为国之大鸟乎，抑将磨牙厉爪，为山之猛兽乎？幸唯有以教之。楚北仍岁奇歉，几无完好之区，四境呼庚，百方乞籴，阿胶不能止河浊，杯水无以救燎原，所仗集腋之裘，借作覆寒之被，梓桑胥溺，见者测心，君子岂弟，能勿援手。临楮偻偻，不尽所怀，伏唯亮察。

注：

① "刘幼丹"：刘心源（1848—1917），名文申，字亚甫，号幼丹，一号冰若，湖北嘉鱼人。光绪二年（1876）进士。时成都府知府。

② "荣领首郡"：首郡，省会。指刘心源调补成都府。光绪二十三年六月十八日（1897年7月17日），四川总督鹿传霖奏请以刘心源调补成都府知府。（鹿传霖《奏请以刘心源调补成都府知府潘炳年补授夔州府知府事》，一档馆藏，档号：04-01-13-0388-020）

③ "鹄山"：即黄鹄山，今武汉蛇山。

④ "伯晋"：周锡恩。

⑤ "罗"：罗田。周锡恩乃罗田人。

据上下函，此函作于光绪二十三年（1897）夏至重阳节之间。

1-25　与梁西园大令①

鄂渚拜送台旌，忽逾两月，侧闻下车之始，排屏劣幕，摧抑暴关，士民瞻仰，欢声雷动，劈头一着，便见国手棋力，敝邑何幸，得此神君也，倾佩倾佩。别后晤中丞，殷殷以堤事见属，下走惟有逊谢。前此冒昧赴工，知难而不解避事，虽不济，然无为而为，鬼神可鉴，又坦怀直性，素不以深险测人，及事后察之，乃不免于风影之谈，形声之吠，使天下任事者寒心。书生例当退缩，惟有回面乡壁而已。濒行，南皮枉过，亦以口门逾宽，工大费巨，踌躇办法。鄙人为言绅民以能成此堤为幸，并不以得入此局为荣，措施一切由官，不事刍荛往献。汉水关系湖北大政，以弟所经履，钟、京堤塍因积年岁修废弛，千创百孔，防不胜防，纵使一口获塞，难保他处不开，下游昏垫，终无已时，以此时库帑民力计之，又不能变动章程，大有兴作，为一劳永逸之计，唯是补苴罅漏，亡暇虑久长也。故为下游全局谋，则注意大堤，为天门一县谋，则注意私垸。查天门一县私垸数十，存废不一，若于闲暇时以次修复，或资民力，或取赈款，一律培筑高坚，纵使襄水泛滥境内，田亩尚可十分留七。譬之用兵者，不能御寇于边外，而筑堡立碉，坚壁清野，使贼不犯，或亦自固尔圉之计。弟本年见大堤难恃，急募乡人同筑，松石民垸竟得勿坏。比归谒先垄，见野外禾黍如云，村农环来，佥谓弟此举有益，是亦已事之验也。执事父母斯土，休戚痛痒，一与民同，利弊所关，廑怀可想。建策贵于果决，施工则以渐次，计若甚迂，事乃至切，初患效少，久见功多，唯是愚氓虑浅，心力难齐，抗费挠工，意存观望，时或不免，亦不能无借于百一之惩也。前与谈乾驿镇后开浚塘渠以利储泄而修火备一节，闻赈款无余，自难兴办。弟等绅筹赈款，不下数万，将来如果能酌提少许，再行函达左右，颁谕施行。弟归里释服，家事小有部署，赴鄂在重阳节后。知注附闻，专布，敬颂台安，不备。

注：

① "梁西园大令"：梁葆仁，字承新，号西园，又号泽春，浙江新昌人。光绪十六年（1890）进士。时湖北天门县知县。

据"赴鄂在重阳节后"意，此函作于光绪二十三年（1897）重阳节前。

1-26 复张制军

尊使至舍，远辱书聘，降词隆礼，下及朽材，临风拜登，殊增惶愧，藉谂道履增稣，政躬竺祜，深慰翘仰。经心学舍②更定新章，期于讲明圣道，研究实学，自顾庸众驽散，实不克胜，惟既蒙长者相属之殷，慨然与鄂中当道诸公，兴起楚材，养储国器，通学术之变，济时局之穷，弦调虽更，正鹄勿失。又重以星陔前辈①之清望，俾下走得以肩随，亦未敢自文疏愚，上辜盛美。模前月已经释服，日内家事小有部署，谨当于月杪轻舟赴鄂，晋谒铃辕，面承榘诲，匆肃布覆，兼致谢忱，唯希霁鉴，不备。

注：

① "经心学舍"：即经心书院。始建于同治八年（1869），位湖北汉阳门内三道

街，由时任湖北学政张之洞奏立。光绪十七年（1891），迁回学署右舍，更名"经心精舍"。二十三年，湖广总督张之洞改革书院制度，设外政、天文、格致、制造四科（后改为天文、舆地、兵法、算学四科），即周树模于函中所言"更定新章，期于讲明圣道，研究实学"。

②"星陔前辈"：吴兆泰（1851—1910），字星陔，又字星阶、心菱，别号弦斋，湖北麻城人。光绪二年（1876）进士。十六年（1891）九月，以监察御史奏请节省颐和园工程，着交部严加议处，革职归里。时受张之洞聘，主持经心书院。

据"谨当于月杪轻舟赴鄂"及上函"赴鄂在重阳节后"意，推测此函作于光绪二十三年（1897）九月。

1-27 致刘幼丹前辈

十月朔日，并接两书，兼承故人远分鹤俸，盛情可感，豪举又可羡也。义赈千金，寄到时适模归省，未及照收，比已由招商局施紫卿①处兑到矣。执事处膏不润，乃蒙慨挹廉泉，以赴桑梓之急，高谊仁心，同辈倾仰。

模等此次乞籴之举，庚呼远诺，胡蕲老②筹二万金，王鲁香中丞③四千金，余则寥寥，若以散赈，则恐不给。比已与星陔前辈电催黄筱鲁观察④还鄂商办冬赈，拟于灾重各乡买米平粜，既以补官赈之不逮，兼以杜商人之居奇，是亦无策之策也。来书详恳，政迹行踪，怳然在目，至云认真耐劳，官场习套可一笔删去，真能截断众流，循吏名臣，券于一语矣。又云人贪安闲则弊生，皆名言可佩。曩者京师相许，每骢马过敝庐，精神轩举，言语如洪钟，家人闻声，知为刘公也，相与怪笑。尔时，模以为我公真气满堂室，譬如老松葱郁，或节目稍疏阔耳，令其从政，乃复条画精密，百端就理，盖由天资近道，而精力又突过人，故能勇猛精进如此也。模质薄才窳，望尘却步，往者京华，幸值清宴，徒欲以言语文章，随诸贤之后，数年来，国难家屯，时势改变，所历困心衡虑之境非一，镜中双鬓未秋已霜，不复少年意绪，又身在乡里，亲见民生之艰陀，痛切在心，常念程子之言，一命之士，留心于爱物，于物必有所济，故以鄙人之铅钝，尚不欲自屏田野，遂遗斯世。执事既得所藉，益复难遂其野性矣。若夫巡行田间，咨问疾苦，此真贤太守之所为，当时所希少者。夥颐！居潭之井蛙森陞戟，乃是鄙夫得意处，吾辈胸怀何宜着此哉，其不耐无足怪也。又承来教下问，欲以石盐上裨金玉，执德之谦，非模所敢任。惟测交既久，相知亦深，尊性爽直，不立城府，魏征妩媚，臧写不忘，然宦途倾险，一以坦率俊快行之，在上官，不以为狂，则以为傲，在属僚，则我勿尔诈，尔偏我虞。近又领首郡，居高明，凡事宜少渟滀，愿思鄙言。今日办事，欲挽颓波，蠲积痼，自宜以朴实为体，以勤苦为用，斯二者，公皆有之。模窃自证虽不能朴，然决不敢务华，虽不能实，然决不敢蹈虚。第负气夙薄，不胜劳剧，愧对良友，年来严自督程，不令一日闲过，良骥籋云，瞬息千里，驽马以十驾及之，已喘汗不休矣，如何。

模本年因两湖⑤分教非所堪，改就孝廉堂校阅，近经心仿照两湖改定新章，承南皮谬许，邀模与星陔前辈同主之，坚辞不获，并约以明岁暂缓入京，须看开办光景如何，再行定夺。知关廑注，用以附闻。虞老⑥视学江右，闻报狂喜，彼此同情，若无此蔗境余甘，好人真不可为矣。伯晋回罗田，山居甚乐，有终焉之志，然以模料之，渠性好事，非山中人也。蜀中同乡官集有赈款，履新后尚望催寄。临颖不尽慺慺，唯爱察，不宣。

注：

① "招商局施紫卿"：施肇英，字紫卿、子卿，以字行。吴江（今江苏苏州）震泽人。时轮船招商局汉口分局总办。

② "胡蕲老"：胡聘之，字蕲生。

③ "王鲁香中丞"：王毓藻（1838—1900），字采其，号鲁芗（香）。湖北黄冈（今新洲）人。同治二年（1863）进士。时贵州巡抚。

④ "黄筱鲁观察"：黄嗣东（1846—1910），字小（筱）鲁，号鲁斋，晚号鲁叟。湖北汉阳人，祖籍浙江余姚。时署陕安兵备道。

⑤ "本年因两湖分教非所堪"："两湖"，即两湖书院，光绪十六年（1890），由湖广总督张之洞创设于武昌都司湖，设经、史、理、文四科，每科设分教一人，

周树模任理学分教。

⑥ "虞老"：李绂藻（1839—1908），字伯虞，湖北仙桃人。同治十年（1871年）进士。光绪二十三年出任江西学政，即周树模所言之"视学江右"。

据文意，推测此函作于光绪二十三年（1897）十月。据文意分段。

1-28　复伯晋（宗兄）

月朔至鄂，从心翁①处读公函，方拟布答，旋接刘宅所寄书，并承以山斋清供见惠，一瓯雪乳，大似佳人十日花猪，遥怜诗瘦，恋恋故人之意，绵绵远道之思，且饮且食，殊增遐想。来书命以主持绅赈，其义甚正，敢不祗遵。第此事系筱鲁观察②承办，渠自七月至今，漫游未返，比接善后局司道咨文，据称王鲁香中丞筹赈四千，行文湖北，咨请督抚查照移会敝处见覆。王公此举，是予地方官以可持之柄，而以吾等为不可信也。兹已电催小鲁回鄂，举办冬赈。前此小鲁之议在于移费修堤，模近与心荄筹商，则在买米平粜，盖修堤则举成款而授之官，平粜则并由绅主之耳。至于贵县与敝邑拨款少许，事属可行，俟小鲁归，商定再行奉告。来诗趣别思幽，自成意格，破唐藩，浑宋界，譬如改井田为阡陌，非卫鞅奇才，莫办此事，自当霸楚矣。模尝以为作诗必心境闲静，出语始能脱凡，君诗之工，抑亦山居之效也。模初到此间，百端丛难，日与达官酬接，卤簿填门巷，衣冠貌傀儡，胸次尘积，何足以赓高唱，谨写上前作《别巽之》诗一首③、《观松石垸秋获》一首④，聊以塞来书之惛而已。秋间病疟旬余，极困惫，行时朱姬微恙，又乳抱三儿，不以冬寒出门为便，故仍只身来。鹄山高寒，藉可汰烦淘郁，未定迁居。苏生⑤昨到省，意态如常，馆席尚当徐为营度。王生葆心⑥来言窘况，模凂南皮代谋钟祥书院⑦讲席，当不至画饼。笏卿⑧无消息，闻其家室稍平。寿平来告，甚为牢骚。知注附及。临颖不尽所怀，山风楼雨，已心驰于传鲁堂⑨下矣。

注：

① "心翁"：吴兆泰，字心荄。

② "筱鲁观察"：黄嗣东。

③ "《别巽之》诗一首"：即周树模作《将归天门别张巽之》诗。诗云："俗僧貌高行，热官作冷语。不知寸方地，柴棘横几许。见之了不快，有如食中蛊。隔江呼我友，荒洲踏鹦鹉（巽之时筦汉阳鹦鹉洲木厘）。脱帽登君堂，僮奴怪倨侮。纵言朝及晡，宿痞一时吐。褊心与野性，朝市非我所。唯应钓巾水，长与鱼虾伍。只翼抗群飞，一鸣披众瞽。好辨人谓狂，忧时儒亦腐。秋水灌洪河，孤棹行自鼓。家居百不足，所得是凉踽。良朋耿予怀，鸡鸣风又雨。菊开还欲东，迟我烟江渚。"（《沈观斋诗》）

④ "《观松石垸秋获》一首"：即周树模作《松石垸观秋获有赋》诗。诗云："郡县职不举，河决岁相续。蚁穴缺先防，何怪滔天酷。我读禹贡书，不救民鱼腹。洪流八百里，黑子见平陆。夺之龙公手，还汝荄与蓿。农疲骨髓干，强起营铫鎒。东家乞种子，西邻贷耕犊。耕犊亦以稀，百卖才一赎。细草不入口，骨张角且缩。生死向田间，负犁敢毂辣。夏秋风雨调，高廪幸可筑。不知几艰辛，获以困仓足。家亦有豚酒，坐食岂非辱。田神戒勿赛，牛功先当录。"并有序："今年襄堤不成，予募乡人急筑松石民垸，得以勿坏。"（《沈观斋诗》）

⑤ "苏生"：陈曾佑，字苏生，湖北蕲水人。光绪十五年（1889）进士。

⑥ "王生葆心"：王葆心（1869—1944），字季芗，号晦堂，湖北罗田人。曾就学武昌经心书院、两湖书院。光绪二十四年（1898），主讲钟祥博通书院。

⑦ "钟祥书院"：钟祥博通书院，又称郢中博通书院。

⑧ "笏卿"：左绍佐（1846—1928），字季云，号笏卿，一号竹勿，湖北应山人。光绪六年（1880）进士，历任刑部衙门小京官、主事、员外郎、郎中，都察院给事中，军机章京转监察御史。光绪三十四年至宣统三年，任广东南韶连兵备道兼管水利事。

⑨ "传鲁堂"：周锡恩之室名。

此函作于光绪二十三年（1897）。

1-29　致李伯虞前辈

积年不奉颜色，时切依驰。八月初得视学江右之报，为之欢忭累日。老前辈艰贞守道二十七年,若无此蔗境余甘,无以坚馆阁后进向上之志。昨幼丹太守来信云,得公喜电,酒杯飞堕,座客皆惊,此不独私情,亦公道也。计使节已莅南昌,伏维道履增绥,眷宅安吉为颂。模自遭大故,意绪非复少时,蹉跎之境,尤至交所洞鉴,无可言。本年移席孝经堂,旋以经心式廓,更定新章,南皮延与心菱前辈同主此席,别请分教佐之,再三辞不获,并约以明岁暂缓入都,其意甚厚。窃自思维,大局无可言,近德夷寻衅胶州①,据地劫盟,分裂已兆,小草出山,终何裨补,正不如小作蜷伏耳,老前辈以为何如。临颖不尽偻偻,惟爱鉴。

注:

① "德夷寻衅胶州":光绪二十三年十月二十日(1897年11月14日),德国借口巨野教案,侵占胶州湾。

此函作于光绪二十三年(1897)。

1-30 复杨劭棠大令①

十月杪奉惠书,循讽再四,其言有文,岂案牍之余,尚复摘华弄藻耶,不然何其富赡乃尔也。兼承远分鹤俸,佐我椒盘,眷眷之情,感深肺腑。君出宰三年矣,政声日楙,交游有光,昔人谓翰林作令,如蛾眉出宫,作米盐新妇,盖不平之语也。以仆言之,女嫁曰归,有家有室,若衮衮东华尘中人,尚不知何者为家室也,相较果孰得失哉。模八月服阕,本拟来春上京,近以经心展拓旧规,采用新学,广雅尚书邀与心菱前辈同主讲席,别立分教以佐之,并欲缓弟明岁之行,其意甚盛。顾念大局日非,横流莫测,比德夷寻衅胶州,以六款要盟,迥出情理之外,一国首难,诸番从之,则分裂之势成矣。朝士酣嬉如故,御侮无谋,一旦敌人逞志,惟有望风瓦解,束手受降,国何以国。此种时事,我辈官阶进一步更难一步,况以不才之身处得言之地,默而息乎,则蹈诗人素餐之讥,若欲有所论列,效其罜罜之愚,则亦以蚕负山,以禽填海已耳。以今日之积弱积弊，譬如就倾之厦，墙樊陁剥，梁柱坏朽，必扫地更张，重立间架，乃可支也，若仅抽换一椽一桷之细，勉为髹垩饰治之谋，恐施手未竟而摧倒随之矣，何益于事，何补于时。外察世变，内度疏愚，故不如且分片席，得近严亲，为计之得也。知己之前，聊抒郁愤，不觉言之累纸。维亮察不宣。

注：

① "杨劭箂大令"：杨介康（1862—1945），字伯臧，号劭（少）麓，湖北沔阳人。光绪十八年（1892）进士。二十年九月分签掣广东鹤山县知县缺，时在任，故函中有"君出宰三年"语。函3-39中所称"少鹿亲家"，亦杨介康。

此函作于光绪二十三年（1897）十月末以后。

1-31 与梁西园大令

秋间通讯后即赴鄂垣，忽忽严冬，惟顺时多福为颂。启者，敝邑频年被水，周河居民生计已穷，值此寒天，益复无所得食，若不设法援救，将有捐为沟瘠之忧。昨胡蔚生孝廉至省，言及执事关怀民瘼，苦心筹维，拟借拨积谷项下钱一万串，买米平粜。此着断不可少，自宜及时举办，闻前次赈款尚存三千缗，亦可归入此次平粜项内，一律采买，以济灾黎。近弟等绅筹平粜米石，商拟分拨二千石，运至天门城关，以辅官粜之不足，惟事竣之日须算清折本多少，余存多少，划规此款，以便咨照藩司详院核销，为捐户请奖地步。兹仰田绅茂堂押运一千石赴县，余一千石俟续运，至日按样验收，即请邀集正绅设法商办，其应设分局各处，统候酌夺。惟乾驿一局，由弟另设，仍请饬知巡廉就近弹压照料，以免乡愚滋生事端，实为至要，余不一一，诸俟续布。专肃，祗请台安，惟幸照察，不宣。

注：

此函作于光绪二十三年（1897）冬。

1-32　与乾镇绅士

敬启者，模因家乡频年水患，民不聊生，邀同在籍各绅募筹赈款，于被灾各处设局，买米平粜，乾镇则由模特设一局，全仗诸位大君子鼎立扶持，妥筹办理，以济穷黎，以襄义举。拟请某某专门稽管帐务，存储银钱，收放米石。某某常川到局，稽查照料一切。想诸公高谊仁心，久著里党，必当不辞劳瘁，广种福田，并请罗巡廉于开局之日，就近弹压，以免乡愚滋生事端。模已有书致梁邑①，尊嘱其特行饬知矣。兹由某运到干洁汉斛米一千石外，条规一纸，图记一颗，统望察照验收，择日开办。余尚有一二千石，俟陆续再运。再，乾驿街后湖塘淤垫，水火无备，前议一律开通，并祈某等逐一履勘，何处宜打通，何处宜置桥，工费约计多少，估定函告，由模设法提款办理。专此奉布，就颂台安，不一。

注：

① "梁邑"：知县梁葆仁。

此函作于光绪二十三年（1897）冬。

1-33　复门人夏同甫①

八月阅邸抄，获悉荣膺简命，视学凉州，为之欣喜无寐。比奉惠书，遥谂簜节遄征，光华满路，想文星所莅，风气一新。值此时事多艰，诸夷乘衅，欲弭奇变，必资异才。窃意拘挛能越，乃极域外之观，衔勒稍宽，庶致逸群之马，程度虽严于令甲，操纵则在于有司。执事学识超越，知必洞明此意也。兄秋间服阕，本拟献岁入都，因敝省经心书院大拓旧规，兼采新学，南皮尚书邀主此席。日来胶州之事又起，市成海蜃，嘘噏能神；地出苍鹅，分裂已兆。鄙人内牵家累，外觇时危，诚恐出厕台垣，终于无所表白，为吾党羞，以此且作蜷伏。新亭涕泪，无解于楚囚。漆室哀吟，徒伤乎鲁女。侧身天地，能勿忾然。企望榛苓，实怀彼美。临颖曷任拳拳，唯亮察不备。

注：

① "夏同甫"：夏启瑜（1866—1935），字伯瑾，号同甫，浙江鄞县人。光绪二十年（1894）进士。光绪二十三年八月一日（1897年8月28日），以编修提督甘肃学政，即函中所言"荣膺简命，视学凉州"。

此函作于光绪二十三年（1897）冬。

1-34 致王爵棠方伯

客岁鄂渚论心，深荷容接，濒行复蒙解衣之赠，轻裘与共，挟纩同温，比祗维履端纳福，勋德日新为颂。模拜别后，布帆无恙，于除夕前三日抵里。匆匆度岁，俗冗如毛，距会城三百余里，外事一无闻知。东望夷氛，实深愤懑。比有传言，松滋①土匪不靖，虎橄征兵，亦不审确否。值此时艰日棘，百孔千创，未知国手将何以支此败局也。前者过承知爱，忘分与年，欲以苔岑之契，俯联棠棣之欢，自顾齿少望轻，实觉有僭，然不敢上方雅命，自外同心，俟到鄂当面致兰牒，以副大贤不遗葑菲之意。旌节何日入蜀②？经心开学有期否？统望示知。再行买舟东下，以图良晤，因使附上镂明瓷念珠一匣，端砚一方，以喻针引，以志石交，不敢云投赠也，伏祈察纳。专肃奉布，祗颂年祺，不戬。

注：

① "松滋"：县名，位湖北天门西南。
② "旌节何日入蜀"：即询王之春何时赴四川就布政使任。光绪二十三年十一月十八日（1897年12月11日）谕，王之春由湖北布政使调任四川布政使。

据"祗颂年祺"语，推测此函作于光绪二十四年（1898）正月。

1-35　与陈介庵大令①

顷奉手书，兼惠佳茗，掇灞霍之根芽，共苕苓之气味，色香两绝，津润实多。来教蛰居山城云云，乃是贤者受用处。值此时局，热官要路，非吾辈所可居，既得百里，先儒所谓"一命之士，留心于爱物，于人必有所济"，正不必以此自嫌也。近者朝廷变科举，奖工艺，兴学堂，斥逐辅臣，登进谈士，意在改弦图治，破格用人，然天旱而揠苗助长，病急而方药乱投，以变法大事，而无声色不动之大臣以深湛缜密之思运用其间，徒仗一二险躁干进之徒，今日建一议，明日画一策，遂谓可以维新宇宙，耸动强邻，鄙人憪识，未敢以为能也。蕲水瞿生已调取在经心书院肄业，珠光剑气，自不可掩，唯执事能拔之于泥滓之中，为眼光独到耳。鲁堂领去赈款，前彦长②在鄂面询此事，已告知矣。弟秋间可补御史，寿平有书来，促之自顾，疏愚迟早出山，何足为增损，且合门三十口，呼吸悬于一身，安置殊大不易，须俟之来春开冻时，再谋北上。知注附及。续弦有期否？君执义过高，不适常道，岂可使无人守印耶。奉去扇一柄，写作俱不工，聊佐奉扬。南皮《劝学篇》二本③，亦近日之中论也，不可不一览。至好略去父台例称，想不讶也。盛暑千万珍玉，不一。

注：

① "陈介庵大令"：陈树屏（1862—1923），字建侯，号介庵，晚号戒安，安徽望江人。光绪十八年（1892）进士。时任罗田县知县。

② "彦长"：姚晋圻（1857—1916），字彦长，号东安，湖北罗田人。光绪十八年（1892）进士。二十四年应张之洞聘，任两湖书院史学教习，兼黄州经古书院院长。与周树模同肄业于经心书院。

③ "南皮《劝学篇》二本"：《劝学篇》，张之洞于光绪二十四年春主持撰写，六月初七日（7月25日）呈递光绪皇帝，当日谕，"颁发各省督抚学政，广为刊布，实力劝导，以重名教而杜卮言"。参见张之洞幕僚陈庆年是年日记三月二十七日（1898年4月17日）条："南皮师近著《劝学篇》二卷。"闰三月初九日（4月

27日）条："其所著《劝学篇》即发写样石印，闻多派写官，拟于十日内印成。"（《戊戌己亥见闻录》，《近代史资料》第81号，第108—109页）

函中所议论者，"近者朝廷变科举，奖工艺，兴学堂，斥逐辅臣，登进谈士，意在改弦图治，破格用人，然天旱而揠苗助长，病急而方药乱投，以变法大事，而无声色不动之大臣以深湛缜密之思运用其间，徒仗一二险躁干进之徒，今日建一议，明日画一策，遂谓可以维新宇宙，耸动强邻，鄙人懵识，未敢以为能也"，乃戊戌变法时情形，据以推测，此函作于光绪二十四年八月初六日（1898年9月21日）政变之前。

1-36 复杨劭菓大令

七月杪奉手书，兼承故人不遗在远，慨挹廉泉，拜登之下，感与愧并。来教所称湖北人多忌善疑，不尚声气。窃以为"忌疑"，鄂人之所短也，"不尚声气"，则鄂人之所长也。朝廷求才，达官荐士，楚北与剡章者寥寥，乡里先达，亦不闻汲引一人，为桑梓前导，因向来气散情惰。亦眼前诸公，于人伦本无鉴别，非有古人药笼夹袋之储也，何足怪叹。乃足下张目奋拳，肺肝俱热，英英之气，真可敬爱。鄙人静观时局，看得此事冰冷雪淡，时与友人言，东汉节义之士，以得与党锢为荣，今日之事，则以不入康党为幸，盖若辈以变法为名，意在援引党徒，荡摇国是。今深宫觉悟，群奸一切捕治，比闻康梁逋诛，邪党均以次伏法，数月来，狐鸣枭噪，睒睗跳踉，所谓时务人才者，今安在哉，等于吹剑一咉而已。世变不可知，吾辈处此，唯有难进易退，一以坚定之心持之，譬如航海遇风，除收紧篷索，把定舵柄，更无别法，若一陟摇撼，便无出险之功矣。弟少本跅弛，心轻世事，年来涉历忧患，思虑稍深，时佩诸葛君淡泊宁静之言，以为立脚地步，然非敢自甘废钝，蹈老氏守雌之风，而同于吾乡闭门自了之习，尝自深念热心济物、冷眼观时，二者欲旋相为用，此则夙夜拳拳而亟思质诸良友者矣。此间抗颜，幸诸生不以为谬，凡所讲说，不出常谈，然想到尽头，舍忠孝名节而言新政新学，所谓寇盗兵粮也，禾中生螽，自食其心，立槁之形，顾待问耶。北行不易,为至亲所鉴,须俟过冬再议耳。手复,伏审履候多福,不一。

注:

① "气散情惰":"惰",原字"携",疑误笔,据文意改。

函中所言"比闻康梁逋诛,邪党均以次伏法,数月来,狐鸣枭噪,睒睗跳踉",乃戊戌政变后康梁诸人情形,据以推测,此函作于光绪二十四年八月初六日(1898年9月21日)戊戌政变后。

1-37 复王爵棠方伯

顷奉来教,因台旌入蜀在即,将黄鹤楼官胡二公祠①右偏具美堂、四面大楼船厅左偏官厅一所,及堂中陈设器具清折一扣,交弟等接收经理,以期垂诸久远。我公以旬宣余暇,揽秀收奇,山川生色,庐陵丰乐,苏公黄楼,不是过也。兹以江汉芰舍之留,为别后西湖之付,弟等自当仰体盛怀,求合于诗人勿翦勿伐之义,除贵署向拨香火斋食,岁修银四十两,遣人随时分别具领外,另由弟等筹助千金,呈恳尧阶方伯②发典生息备案,以辅岁修之不足,并请饬令贵纪纲偕同敝仆前往堂厅,将各项器具照单点验接收,是为至荷。专此布覆,敬颂行安,不一。

注:

① "黄鹤楼官胡二公祠":黄鹤楼位湖北武昌蛇山黄鹄矶上,官胡二公祠,祀湖广总督官文、湖北巡抚胡林翼。时形貌,可参观姚永概日记光绪二十三年二月十一日(1897年3月13日)条:"偕汉北、士宜著屐登黄鹤楼。楼久毁,尚存址耳。望见大别山已有新绿,四野微有晴意,胸次为之一拓。后有官胡二公祠,祠旁有茶寮,小坐。祠后有吕祖殿,左右有楼阁,甚新整,禁不得入,大约为官场宴集之所也。前后多相卜星命折字者。"(姚永概著《慎宜轩日记》上,黄山出版社2010年版,第676页)

② "尧阶方伯":岑春蓂(1868—1944),字尧阶,又字瑞陶,号馥庄,广西西

林人。岑毓英子，岑春煊弟。光绪二十四年（1898）闰三月以湖北督粮道委署理湖北按察使，七月，张之洞奏请其调补江汉关道兼管江汉关监督。

此函作于光绪二十四年（1898）。

1-38　致吴心荄前辈

汉口复笺，亮邀画察。十七开船，三贱息病势增剧，疹方透而痘又出，元气已亏，不能起发，十九日行至距新沟十余里之某村，夜中人静，遂尔化去。顾以凉德，失吾童乌，天降之责，夫复何辞，唯回念平时百种灵慧，摧割在心。我公曾有摩顶之爱，想当为之一闵然也。忽罹此酷，万念如冰，家人辈莫不嗒然丧魄，无以相宽。明春行止迟速，殊难预定，至交休戚相关，敢以奉闻。巽、苏、节、青诸公①，幸以此字见示，心绪如麻，不能一一。唯照不宣。

注：

① "巽、苏、节、青诸公"："巽"，张孝谦（1857—1912），字观复，号巽之，河南商城人，光绪十五年（1889）进士，时保送湖北补用知府。"苏"，陈曾佑，字苏生。"节"，梁鼎芬（1859—1919），字星海，号节庵，广东番禺（今广州）人，光绪六年（1880）进士，时两湖文高等学堂东监督。"青"，陈恩浦（1857—1922），字子青，号云如，湖北蕲水人，陈曾寿父。

以"明春行止迟速，殊难预定"，及函2—10"去腊于汉口舟中，失一三岁儿，朱姬出也"，可推定此函作于光绪二十四年（1898）十二月。

1-39　上张广雅尚书

三载鄂城，承饮食教诲之赐多矣，濒行垂顾，备领至言，所以敦勉者甚厚，敢不服膺。模拜辞后，叨庇海舟安稳，于四月初吉行，抵都门，师友应接，忽忽遂及两旬，凡所见闻，与楚中所传无甚差异。慈圣焦劳，每召见臣工，语及时局艰危，辄至流涕，一人之对动移时，一策之长必采录，惜辅政诸公无能光赞者。近日以练兵为第一要务，唯纲目不备，各省未能联络办法，必属参差。世丈负海内重望，为深宫所知，如能规画大略，及时上陈，或当有济也。时局危迫极矣，非人人教之讲武，则民气不强，非时时预备用兵，则军声不振。唯兵之根本在饷与械，殊难得一着手处耳，世丈当何以筹之？肃布敬承，杖履安佳，不备。

注：

据"于四月初吉行，抵都门，师友应接，忽忽遂及两旬"，推测此函大致作于光绪二十五年（1899）四月末。

1－40 与吴心菱侍御

三年聚处，情好一如弟昆，江上之别，绸缪特至，感念如何可言。江行四日，晤小鲁于上海，风花眯目，楼市论心，一夕两朝，附轮而北。于四月初吉行，抵都门，单车入城，周览衢陌，气象又不如五年前，萧萧索索，但觉人少。以语王仲午吏部①，亦有虚其之叹，此非佳征也。初到酬接甚疲，情味去居鄂远甚，经院寒毡，虽未遽屏绝人事，然日与贤者处，似亦渐见虚明。比来重入黄尘，将纯从物态世情中应付，向醉乡梦境中过活，弟靡波流，未知所届，野姿直性，自度不堪，奈何奈何。回首楚山，眷怀君子，世浊而思同调之人，时危而念共患之友，不能不益增缱绻耳。御史传补需时，缘收缺者踵至，合部院计之，须五缺。知注附闻，余详星、巽两公②书中，可互观。尊况望不时告我。○月○日，树模奉启。

注：

① "王仲午吏部"：王荣先（1858—1926），字仲午，湖北枣阳人。光绪十二年（1886）进士。时吏部主事。

② "星、巽两公":"星",梁鼎芬。"巽",张孝谦。

此函大致作于光绪二十五年(1899)四月末。函中所言"于四月初吉行,抵都门",与上函即函1—39同,"余详星、巽两公书中,可互观","星、巽两公书",即函1—41《与张巽之太守》、函1—42《与梁节庵太史》,函1—41所言"到此两旬,所见闻一如鄂中所传",又与函1—39"忽忽遂及两旬,凡所见闻,与楚中所传无甚差异",1—42"此间所传,与武昌所传无甚差殊",语意相同,故推定此四函为同时作。

1-41 与张巽之太守

过鄂扰及东道,逾于平原十日之留,吐鬲倾肝,殆无不尽,临岐有赠,益我良多,念之使人增交道之重,奉别十日,已入都门,行人安稳,海若不惊,足纾爱注。到此两旬,所见闻一如鄂中所传,两府委蛇,六卿坐啸,语及时事,徒唤奈何。中国本病在一"昧"字,此时却是明知故昧,故人言愦愦者,非也,乃方蹶而泄泄耳。意受英发纵,索地称兵①,慈圣已命备战,唯彼之恫喝,可用虚声,我之折冲,须凭实力。江浙兵备可恃与否,所不敢知也。北洋诸军仍是浮支滥保习气,大抵董②胜于聂③,聂胜于袁④,袁练行军,队往德州,逃兵无算,至于设卡缉拿,其效亦可睹矣。都中故友寿平亲昵如常,唯彼方风利不得泊,而模则时时欲奏回飙槌,宗旨稍异。少岩⑤曾一见,浑朴有加。少沧⑥回籍办赈及萧县开河事,来京未有定期。庙租太重,力所不胜,不得已假居徐州馆,不立间架,苟安而已。高阳世兄文雅温润,通晓事理,可勿替家声。姚款尚不至捕空,询及尊事极详。兄交卸厘局后近况如何,凤山仰赖照庇,得一啖饭处否?便中幸示。及买宅之事,望加意谋之。临颖不尽楼楼,唯亮察。

注:

① "意受英发纵,索地称兵":光绪二十五年(1899)二月,意大利驻华公使向清政府提出租借浙江三门湾,并派兵船在沿海一带游弋,索租遭拒,未遂而罢。

②"董"：董福祥（1840—1908），字星五，甘肃固原（今宁夏固原）人，时甘肃提督兼总统武卫后军。

③"聂"：聂士成（1836—1900），字功亭，安徽合肥人。时直隶提督兼总统武卫前军。

④"袁"：袁世凯（1859—1916），字慰亭，河南项城人。时候补侍郎（五月即为工部右侍郎）兼总统武卫右军。

⑤"少岩"：待考。

⑥"少沧"：段书云（1856—？），字少沧，江苏萧县（今安徽萧县）人。光绪三年（1877）拔贡。时刑部候补主事。

此函大致作于光绪二十五年（1899）四月末。

1-42 与梁节庵太史

鄂中一聚兼旬，湖院深樽，汉江别袂，故人情重，臧写不忘。海舟发，读正学堂①文编，旨意微远，所谓以三百篇为谏书也，讽味无极。到京已分致高、张、胡三公各一本矣。此间所传，与武昌所传无甚差殊。当轴处中，偷安视息，大半以身作荐，供群鬼蹂践耳，夫何足言。意夷要索甚急，朝命不肯忍让，其义甚正，唯江浙之兵能否应敌，英人暗助，如何伐谋，不可不熟思审处，此事有疏失，势必掣动长江，想香公必有深算也。湖北办理清讼，予州县薄惩，②精彩为之一变，连日晤同乡诸公，为香公之忠勤、次公③之清正，均交口称颂，一无间言。去年次公之请，为罡风所阻，慈圣有"俟其自请陛见再议"之说，④未识香公已循例奏请述职否，便中幸见示。大厦将倾，祸至无日，枢轴不改，旋斡无功，高见以为然否。适闻招商局押与洋商，移款办萍乡煤矿，⑤先订合同，后达译署，狡谲之计，路人皆知，直此诸夷乘衅，若有兵事，不惟海道梗阻，长江转运亦将仰鼻息于人，参之肉其足食耶。前过上海，闻日人暗买药械，预备战争，不能得其要领，恐意在俄而祸将中于我也。模补台职尚需时，藉可藏拙，知注附闻。

时相⑥尝呼前山西臬司刘才鼎为刘才，虞山⑦从旁正其误，故积嫌最深，以此痛诋读书识字之人。又面奏慈圣曰："龙殿扬，臣之黄天霸也。"慈圣谓其言粗。⑧史传所载，有弄獐宰相、伏猎侍郎，何代无贤耶。

注：

① "正学堂"：武昌两湖书院礼堂，为习礼讲学地。

② "湖北办理清讼，予州县薄惩"：光绪二十五年（1899）四月，张之洞奏陈现办清讼章程，并对积案各员分别示惩。

③ "次公"：于荫霖（1838—1904），字次棠，又字樾亭。吉林伯都纳厅（今扶余）人。咸丰九年（1859）进士。时湖北巡抚。

④ "去年次公之请，为罡风所阻，慈圣有'俟其自请陛见再议'之说"：光绪二十四年三月十五日（1898年4月5日），时安徽布政使于荫霖奏劾李鸿章、翁同龢、张荫桓等轻率懦怯，并请召用张之洞、边宝泉、陶模、陈宝箴等入都，任以事权。（于荫霖《奏为时局危迫亟请简用贤能大臣事》，一档馆藏，档号：04-01-01-1031-030）

⑤ "招商局押与洋商，移款办萍乡煤矿"：光绪二十五年二月二十八日（1899年4月8日），盛宣怀以轮船招商局房产作担保，与德商上海礼和洋行签订借款合同，借款四百万马克，开办萍乡等处煤矿。（《萍乡煤矿公司与上海礼和洋行借款合同》（光绪二十五年二月二十八日），陈旭麓、顾廷龙、汪熙编：《汉冶萍公司》2，上海人民出版社1986年版，第96页）

⑥ "时相"：刚毅（1837—1900），字子良，满洲镶蓝旗人，世居扎库木。时兵部尚书。

⑦ "虞山"：翁同龢（1830—1904），字叔平，号松禅，江苏常熟人。咸丰六年（1856）进士。时军机大臣兼总理各国事务大臣。

⑧ "又面奏慈圣曰：'龙殿扬，臣之黄天霸也。'慈圣谓其言粗"：王彦威、王亮撰《〈西巡大事记〉卷首》记之，云："一日于太后前论将才，力保江苏副将龙殿扬可用。太后曰：'汝何信龙殿扬之深耶？'刚毅曰：'臣在江苏巡抚任上已任用之，极可靠。龙殿扬，臣之黄天霸也。'诸臣皆相顾哂之。"（《〈西巡大事记〉卷首》，王彦威、王亮辑编，李育民、刘利民、李传斌、伍成泉点校整理：《清季外交史料》9，湖南师范大学出版社2015年版，第4637页）

此函大致作于光绪二十五年（1899）四月末。

沈观函稿 二

2-1 与余晋珊观察①

自绣斧南行，阻绝闽海，音尘久阔，笺候遂疏。鄂中两晤紫波同年②，藉审履候多福，勋望日隆，差慰遐想。比阅邸钞，欣悉移节吴淞，筦辖江海，凤麟威曜，瞻仰所同。唯是时事日非，横流方亟，怀夷吾于江左，念颇牧于禁中，整顿济时，实资豪俊，升平仰答，所望明公。侍浮湛闾里，倏忽五年，久点皋比，深惭都讲。本年为亲知敦促，只身北上，出山小草，本无向荣之心，泛海浮萍，终有随流之惧。秋冬可补台职，然自顾疏愚，殊难追贤者之芳尘，于圣明之阙事，辱在知爱，何以教之。赤帆老友在金山十年不调③，此君悃愊，为左右所深知，近居属下，亮当有以振拔而崞浴之也。临颖不任驰系，敬颂简安，伏维霁察，不戬。

注：

① "余晋珊观察"：余联沅（1844—1901），字晋珊，湖北孝感人。光绪三年（1877）进士。二十五年（1899）四月署理福建布政使，五月署理浙江巡抚，旋调江苏苏松太道。

② "紫波同年"：余联澐，字紫波，号子博，余联沅弟。

③ "赤帆老友在金山十年不调"："赤帆"，刘元诚（1842—？），谱名永熏，字思九，号赤帆，湖北天门人。光绪十五年（1889）进士。十七年（1891）至二十五年（1899），任金山县知县。

据函 2—2，"余晋珊观察调苏淞道，到沪时台从必当迎谒，附呈一函，伏乞代致。"则此函写作时，余联沅正赴苏松道任，尚未到沪。又，是年九月二十八日，时两江总督刘坤一奏报余联沅到省即饬赴新任，故推测此函大致作于光绪二十五年（1899）九月。

2-2　复刘赤帆大令

月之十三日奉到手书，兼辱盛贶，故人知我，谊弗敢辞，唯自以顿踬京尘，迭承高谊，寸衷殊怀不安耳。来教情真语至，恻恻动人，把书阖开，至于再四，为之惘惘如失。唯执事之老福方隆，而下走之出入亦未遽定一尊，话旧会当有时，无为自嗟迟暮也。京师银贱如土，百物踊贵，气象萧索，远不如十年前。弟子身居此，与从前公车留京时无异，唯求如我公之寒暖与共、疾病相扶者，则不可得矣。此中况味，贤者以为何如耶。大局益不可问，于仕宦本无求进之心，所苦家无宿储，阖门三十口呼吸悬于十指，以此不敢自屏田野，俦伍渔樵。来书乃过加袯饰，则是望驽骀以高步，责铅刀以断割，愧何可言。各处贺禀均已分致，敖少翁①云另有覆书。余晋珊观察调苏松道，到沪时台从必当迎谒，附呈一函，伏乞代致，专布谢悃，敬请台安，不宣。

注：

① "敖少翁"：待考。

同上函，此函大致写作于光绪二十五年（1899）九月。

2-3　谢鄂中诸友

秋初星奔过汉，仰蒙垂唁殷勤，兼颁盛赗。诗人扶服之谊，良友同患之情，敦笃周至，唯有衔感。树模扁舟西泝，水程四日，行抵里门，帷殡在堂，攀号莫及。数月以来，顿伏倚庐，偷存视息，追念生前侍奉无状，一官掣曳，含敛弗亲，罪重邱山，无可补赎，昊天罔极。日月有时，隙驷不留，俟焉受服，启期初择十月下旬，因日者言有所拘忌，改卜十一月十二日，合葬于先母之茔。墓前小有修葺，须役百指，日薄冰寒，讫事不易，成阡恐迫年终。知荷关垂，用敢上告，兼致谢忱，临发悲感，伏维惠鉴。

注：

此函作于光绪二十五年（1899）秋后。

2-4　谢张制府

前以先严弃养，仰蒙遣使唁问，兼承厚赙，扶服之救，下及凡民，赗奠之丰，敬书方板，寸心衔感，匪可言宣。伏念先严受性冲和，寡营无竞，中年以后，颐养道素，不乐世荣。自树模有籍于朝，常谕以"静正"二字，居官行己，终身以之。今年春以树模将补台职，促令入都，且曰"时危当勉图报国，勿以予老为念"，乃违离左右。甫逾三月，天乎降割，罹此鞠凶，徒跣南奔，攀号莫及追，惟遗训在耳，未副所期。贸焉一出，饮恨终天，即从陨灭，无减罪戾，止以瘠不胜丧，谊乖慈孝，衔恤茹痛，腼颜视息，私冀负土表阡，勉终大事，上报所生。隙驷不留，三虞瞬过，虽鲜民之哀无极，而尊者之惠难忘，准之礼文，宜伸拜谢，谨肃笺启，伏维垂鉴。

前以先严弃养，宠锡诔言，兼蒙慰唁殷勤，情文备至。小史书赗，家祝致辞，苦幽昏迷，但知哀感。

注：

此函作于光绪二十五年（1899）。

2-5　与丁衡甫吏部[①]

都中对宇过从，几无虚日，碧云寺之游一日往返百里，遂跻绝顶而还，此种畦径，殊不类衮衮朝官，唯吾两人同此孤往之兴耳。树模此次冒昧出山，遽罹大故，恨结终天，独以下急寡交之人，一旦得此良友，晨夕深谈，是其所最愉快者，乃并此晤赏之适，而天亦靳之，勿怪足下为我嗒然也。阅报知已补正郎，努力前途，以求宏济，鹖冠有言，中流失渡，千金一壶，不能不望之我友耳。

注：

① "丁衡甫吏部"：丁宝铨（1866—1919），字衡甫，号默存，江苏山阳人。光绪十五年（1889）进士。时由吏部考功司员外郎升补稽勋司郎中。

此函作于光绪二十五年（1899）。

2-6 答张巽之同年

人还，奉手书，深情苦语，益触悲哀，沧海横流，途穷痛哭，今古同此苍凉，君归且奈何也。君子之道，或出或处，或默或语，二人同心，其利断金，彼此心期，且观象玩词可矣。奠期近，心绪如乱丝，意言不尽，且待明春倾吐。

注：

此函作于光绪二十五年（1899）冬。

2-7 复梁节庵

人还，奉唁书及挽章，倍增凄感，自以不才弗能表扬先德，得荷名笔，泉壤有光矣。雪澄①同遭此变，非意所及，此于近事，煞有关系，不惟一身之屯也。中丞②康复否，此硕果也，当为大局爱惜。吾楚之人，敬若严师，爱若慈父，孰不致其私祷，何况公与此老交谊耶。来书有归粤之言，当以何时返鄂？湖院得公主持，有益于楚学者甚大，且精力绝人，非后者所能继，来学倾仰，岂宜决然。南皮縶维，必不使公得遂其息邴之志也。区区之心，亦以正气孤危，欲使德星聚于一方耳。不具。

注：

① "雪澄"：王秉恩（1845—1928），字雪澄、雪岑，四川华阳（今成都）人。同治十二年（1873）举人。时在张之洞幕。

② "中丞"：张之洞。

此函作于光绪二十五年（1899）冬。

2-8 复吴心荄院长

日前奉手书，意欲推毂经心讲席，感激盛意，愧不敢承。嗣鲁公①来字，云当道②欲以荆门相处，确否未可知。如其有此，乃是谅我疏拙，予以安闲，真所慊心过望者。都讲会垣，主持楚学，非清德宿望不可，若以不才虱其间，不武不文，将如昌黎所自笑，非所安矣。窃自思维，年以四十，抗走尘俗，尤悔滋多，重以大忧之后，心力耗损，衰气渐乘，祠禄可求，小山招隐，便当洗心蒙岭之泉，濯足明湖之水，收召魂魄，晤对古人，冀以还已蔽之虚明，留未销之膏液，读书数年，再商出处。如自揣学不能进，力无可为，则苏门半岭，足容孙登之啸；阳羡一宅，已遂坡老之心。麋鹿同游，耕农没世，幸免御露车于横流，不复负盐辒于峻坂。不见之德，实有同于古人卜居之词，无待陈于詹尹。惠子知我，敢贡其愚。东望江云，延企何已。模启。

注：

① "鲁公"：黄嗣东。

② "当道"：指张之洞。

此函作于光绪二十五年（1899）冬。

2-9　复黄小鲁观察

适承手札，深感注存。节庵、弦斋①来书，皆有举代讲席之言，而不知非棉薄所能胜也。荆门一席最宜懒拙，以此相待，实契素怀。自以悠忽半生，丛积愆悔，愚戆既不任事，性刚常至忤人，默语失时，动成咎责。区区之心，有乐于此者，在避地而不惟聚徒，在卜居而不仅得馆，我公必能深谅也。大厦将倾，横流日亟，上多不得已之政，下有不聊生之民，以愚度之，三年之间，天下虑将有变，使得安砚龙泉②，褰裳蒙顶，周旋于群山万壑间，庶几所以保全性命也。生平服膺武乡③，将于此自证得力矣，公以为何如。先垄粗成，筋力疲竭，天寒殊惮远役，明春当轻舟诣鄂，谋一快聚。不尽。

注：

①"节庵、弦斋"：梁鼎芬、吴兆泰。
②"龙泉"：龙泉书院，位湖北荆门蒙山东麓蒙泉北侧。
③"武乡"：武乡，古地名，今陕西汉中东北，蜀汉丞相诸葛亮曾封武乡侯。代指诸葛亮。

函称"天寒殊惮远役，明春当轻舟诣鄂"，据以推测此函写作时间仍在光绪二十五年（1899）冬。

2-10　复伯晋

嘉平二日，奉到唁书，所以哀怜不孝之创痛而宽其菀结者，甚至悲感，其何可言。模此次冒昧出山，遂离大故，弥天之恨，莫赎之愆，愧对日月，顾其中有不得已者，非夫亲昵不能言也。自乙年蹉跌，粤装荡然，一门之命，悬于十指，浮湛里中，非馆不济。而处馆一如受雇，去留指使，听命主人，而非以传己之学也，力作如程，取雇直而已，不如程，则恐有示词色以麾之者矣。私念馆非可长，而官难遽弃，奋身赴阙，冀有所资，以纾家累，然后退而奉吾亲以老也，何意天之降罚如是速耶。徒跣归来，忽忽半载，辛苦拮据，负土初成，心境灰寒，两鬓飒如霜草，二亲已矣，此后复何所营。闻大府①欲以龙泉讲席相待，此间山水清深，为象山②之所流连，固贱子所亟欲追蹑者，且课程甚简，号为散地，尤宜拙工，有适馆之安，又兼入山之乐，使模居此，便当奉诸葛苟全性命不求闻达之语为归宿矣。独念隆中之卧，一时往还为庞公、司马诸人，妻孥治具，主客不分，宜其无闷也。若使空谷之中足音遂绝，乔木之下鸣鸟不闻，枯寂沈冥，亦复少味。默数平生之友，落落已如晨星，中年以还，只有凋零，更无增益。筱卿、寿平③远在京师，兄蜷伏不出，不能数有解后思之良用，惘惘。去岁居鄂中，与巽之、弦斋、苏生④周旋，约以同保岁寒，各镌一小印佩之，书札往还，用钤纸尾，以励晚节，志交谊。若吾两人之投分，其宜互相宝贵敦勉，又当何如耶。兄近年骨肉迭有摧伤，比又损缺后房，心绪可想。模去腊于汉口舟中，失一三岁儿，朱姬出也，最明慧，家人痛惜至今。尝与巽之言，吾辈生危乱之世，知觉略异常人，分当折磨，岂获安乐，由今思之，其不然乎。兄乐山中，才虽不用，而文则必传。模才不逮兄，而文又无以行远，恐遂长为无闻之人，而见恶于同类，尚望兄之有以策我也。石河新居，久萦梦想，何时有暇，当践访戴之言，道从如冬寒不出，明春灯节能会于汉上，一吐胸中之痞积，尤所企也。若模既入荆门，则我酌蒙泉，君饮巴水，相望在千里外矣。临颖不尽拳拳，天寒唯勉食自爱。

注：

① "大府"：指张之洞。
② "象山"：位荆门西郊，原名蒙山，因南宋陆九渊曾讲学于此而得名。代指陆九渊。
③ "筱卿、寿平"：左绍佐、余诚格。
④ "巽之、弦斋、苏生"：张孝谦、吴兆泰、陈曾佑。

以下函2—11作于光绪二十五年十二月初七日（1900年1月7日），又云"嘉平二日，奉到唁书"，推定此函作于是年十二月初二日至初七日（1900年1月2日至7日）之间。

2-11　致巽之

一月未通书，不审动定何似。模负土成阡，已于冰冻以前讫事，天怜哀苦，无古人雨甚日食之变，可慰亲知。昏瞢半年，日来小得苏息，收摄心气，似乎复见本来，倘得尘镜重明，枯荄再甲，庶几于道有所入乎。闻南皮待我以龙泉讲席，是使鱼得潜于深渊，鸟得止于茂林，披发入山，岂烦更驾所欠者。既涉宦途，养成柔脆，不能率妻子躬耕，而以未尝学之人，蹈为人师之患，扪心殊增惭恧耳。天寒岁暮孑影，梁节庵①去年鄂中游处之乐，使人不能无念，想足下有同情也。驿使匆匆，聊致数行，以当面语，唯亮察。嘉平七日。

注：

① "梁节庵"：梁鼎芬。原稿"节"字缺，补。

此函作于光绪二十五年十二月初七日（1900年1月7日）。

2-12　谢张制军

使来传达尊谕，并赍到龙泉书院关聘一分，祗领之下，惭感莫名。自以不才，猥蒙长者殷殷垂注，怜其创痛之深，而使无苗藿之乏。暖律所至，寒谷已温，且荆门山水大佳，课程较简，尤于拙陋为宜，林茂鸟疏，水深鱼乐，苦心位置，为惠益宏。一俟发春晴暖，当轻舟诣鄂，趋谒铃辕，面承清诲，再行到馆。人遽，草草不尽欲陈，伏维亮鉴，敬承杖履安佳。

注：

据上下函，推定此函作于光绪二十五年十二月。

2-13 上张制军

春间拜辞后，旋即前赴荆门，入山稍深，知闻绝少，不两月，而有北方之变。当轴者懵于外情，冒昧求逞，几覆全局，我公纠集群帅，合力支持，俾东南不至糜烂，①功在社稷，泽在生民。比和议迁延，要索甚迫，胶合既破之毂，弥补已坠之天，施手之难，智愚共晓。惟议尚未集，亟请回銮，恐夷得两宫为质，必将夺我自主之权，胁我以万难行之事，置兵戍守，设官监察，如土印缅越之比，是身为仇役，与失国无异，此则不能不深忧过计者矣。长江安否，彼我共其利害，互保之约，或者可望坚守，然事久不决，必且为虚弦堕雁之谋，唯须静以持之。康梁余党，无遗育否？以一二竖儒，遂能煽乱远方，图危本国，乃史册不经见之事，真妖孽也。愚以为宜将叛逆实据译成洋文，布告各国，庶几汤沸可止，死灰不然。昨读尊著劝戒上海国会及出洋学生文②，深切著明，然犀毕照，即可写付象胥，传之绝域，令鼠子么麽，不可容于高厚，以快人心，以伸公义。树模偷生草野，怨愤何裨，唯望明公旋转乾坤，扫清宫阙，俾冀州人士重睹汉官之仪，苦块余生，不逢兵革之害，天下被其福，而素所见厚者，益得以遂其向荣之私，其为庆幸，殆不可量。临书曷任驰系，岁暮天寒，唯为国为道自重。

注：

① "我公纠集群帅，合力支持，俾东南不至糜烂"：指光绪二十六年（1900）张之洞倡议"东南互保"事。是年五月三十日（6月26日），时苏松太道余联沅代表刘坤一、张之洞等与各国驻沪领事议定东南互保协议，规定各自保护范围，上海租界由各国共同保护，长江及苏杭内地由各省督抚保护，双方不相开战。互保范围又渐进一步扩大，由东南至中南、西南。

② "劝戒上海国会及出洋学生文"：光绪二十六年（1900）八月，张之洞于自立军事件后，撰写《劝戒上海国会及出洋学生文》，劝导留学生"自爱其身，自重其名，勿为康党所愚，勿蓄异谋以枉其天才，勿助凶人以残其种类"。

据文意及函末所云"岁暮天寒",推定此函大致作于光绪二十六年(1900)年末。

2-14　唁余寿平太守

八月初自荆门归里,接奉讣书,惊闻年伯母太夫人之变,为之痛叹无已。别来一载,时局遂乃决裂至此,又复重之以大故,在老兄天资忠孝,其为愤切,正复何言。唯是灵椿健在,庇荫方长,礼厌所尊,哀难自遂,伏望趋庭制泪,以慰严亲,是所切祷。弟偷生寂寞之乡,居此横流之世,漆室之怨,鲜民之痛,彼此正同。闻耗之余,急欲买舟东下,趋慰礼庐,徒以来书未详居止,未叙启期,又武昌会匪思逞,一日数惊,不敢贸焉出行,絮酒只鸡,远惭孺子,歉仄实深,谨具祭幛一轴,联当束刍,伏乞代荐几筵,无任企望。如兄大事办理就绪,时局略得敉平,尚希一纸见告,于今冬明春,谋一邂逅,先期约定,何所胸中有千万欲吐者,非楮墨所能罄也。专此奉唁,伏候孝履,诸维照察不庄。

注:

此函大致作于光绪二十六年(1900)年末。是年余诚格丁母忧。

2—15　复陈特斋^①

春间在鄂猥劳枉顾,又承尊君^②垂念,先人大故,重以盛仪,可胜哀感。于时急装赴荆门,入山既深,书邮乏便,久阙报谢,致为歉然。兹承手翰,就谂上侍臾福,文藻日新,深慰远注。大作闳中肆外,如珠光剑气,自不可掩,辄加评注,附上所嘱一节,另函致学使^③,即望缄口送交为幸。兄侧足焦原,偷生草野,感念时乱,百愤填膺,幽忧莫释,徒为漆室之吟,陆沉可悲,有甚新亭之泣,所望吾党英义,发名成业,济此横流,则朽钝之资,与有光耀矣。尊君前,望于府报中此名致谢,缓再肃布专复,近佳,不一。

注：

① "陈特斋"：陈元璧，字特斋，湖北江夏人。
② "尊君"：陈特斋父，陈宝树，字雨初，湖北江夏人。同治十三年（1874）进士。光绪二十六年（1900）任浏阳县知县。
③ "学使"：王同愈（1856—1941），字文若，号胜之，江苏元和人。光绪十五年（1889）进士。时湖北学政。

此函作于光绪二十六年（1900）年末。

2-16　致王胜之学使①

旧岁先子大故，远承宠锡诔言，不任衔感。今春诣鄂趋谢，适旌节按临旁郡，不获把晤，嗣至荆门，又复相左，歉怅殊深。奉别经年，国难家屯，时事改变，大局遂乃决裂至此。北望宫阙，唯有涕零，比执事受代在即②，是否奔赴行在，抑或暂奉板舆，假归珂里？便中尚乞见告。此次北都之变，如熙吉甫、宝龢年、崇鹤汀三公皆成仁以去，可称己丑翰林三忠，实有光于同榜，③然贤者之同时玉碎，亦已甚矣，念之肃然。树模偷生草野，含悲饮愤，亦复何神，如兄之闳识伟抱，同辈所钦，麻鞋趋朝，巾扇建策，谅不能无意也。天寒，伏唯为时自重，敬叩侍祺万福。

注：

① "王胜之学使"：王同愈。
② "比执事受代在即"：受代，谓官吏任满由新官代替。《郑孝胥日记》光绪二十六年四月二十二日（1900年5月20日）条记，"黄仲弢来鄂"，即黄绍箕于是年四月到鄂，接替王同愈湖北学政任。（中国国家博物馆编、劳祖德整理：《郑孝胥日记》，中华书局1993年版，第758页）
③ "此次北都之变，如熙吉甫、宝龢年、崇鹤汀三公皆成仁以去，可称己丑翰林三忠，实有光于同榜"："北都之变"，指光绪二十六年八国联军进犯京、津。"熙

吉甫、宝稣年、崇鹤汀"，即熙元、宝丰、崇寿，三人与周树模、王同愈为同科进士，皆在是年七月间殉节。熙元，字吉甫，裕禄子，时国子监祭酒，追赠侍郎衔，谥文贞。宝丰，字稣年，时翰林院侍读，追赠太常寺卿衔，谥文洁。崇寿，字鹤汀，时翰林院侍读，追赠太常寺卿衔，谥文勤。

此函作于光绪二十六年（1900）年末。

2-17 致吴心陔院长

秋间通书后久乏嗣音，惟履道贞吉为颂。肃启者，昨制府差弁至舍，赍到关聘，猥以下走承乏江汉讲席，殊增感悚。杨致存兄是否辞馆，抑或荆门另延有人，无从揣知。会头风发，不能作书，是以未经覆陈督辕，亦未便遽返关聘。都讲会垣，非鄙薄所能胜，前在经心徒以执鞭贤者，遂尔抗颜，奉讳归来，心气耗损，故乐得山城僻简，藉藏拙愚，复承彼中人士不以为谬，道术相忘，益复无迁地之想。数月来感时念乱，百愤填膺，体中时觉不适，若以嗒丧之身移席省会，恐无益，居此，将蹈诗人素餐之讥，伏恳将此情代达香公，倘蒙俯鉴下忱，许其仍旧，即望飞书相报，俾得送还关聘。本拟开正诣省面陈，恐馆局须于年内豫定，又尊者之前有不容径情者，故不以直达，而以烦于左右之转致，唯希察而宥之。临颖企切，不尽悾悾，天寒，千万珍玉。

注：

函云"本拟开正诣省面陈"，据以推测，此函写作尚在光绪二十六年十二月（1901年）。

2-18 复王爵棠中丞

八月初由荆门旋里，接读赐书，并蒙宠锡先人诔言，巨笔瑰辞，增光泉壤。感何可言。北事遂乃决裂至斯，率土臣民谁不心伤，谁不发指。前者朝廷急诏征兵，南方各将帅应援之师似嫌迟钝，今已无及矣。

来教所云提兵入卫一节，乃极见胆识、极有声光之作，惜乎其未之遂耳。比者至尊蒙尘于外奔，问官守责在诸侯，必临淮之壁垒一新，乃足收恢复之效，必韩滉之贡输相继，始克表纯一之心。我公忠诚，亮符斯意。树模虮虱微眇，墨绖在身，北望觚棱，唯有椎心饮泣，无路披陈。所赖霄汉，故人回斡，日月重觐光天，则岂惟穷乡旧史一人之私庆，天下将同受其幸矣。杜工部诗云："严风朔雪天王地，只在忠臣翊圣朝。"苏长公诗云："草间狐兔尽何益，天子不在咸阳宫。"每读二公语，辄为拊髀奋跃，不能自已，亟欲远为明公雒诵，冀左右之垂听也。临颖曷任企注之至，天寒，伏惟为国为时自重，不宣。

注：

此函作于光绪二十六年十二月（1901年）。

2-19 复余寿平同年

奉花朝前一日手教，藉承素履安贞，深慰远注。世变多端，危机不测，自此以往，恐不能媚洋人及不能媚媚洋人之人，皆将纳诸罟获，为一网打尽之计，假手异种以残同种，历来党祸无此酷毒也。处此时局，唯"贞晦"二字可济，愿共勉之。弟居龙泉，庶几诸葛君所谓苟全性命不求闻达者，乃南皮迫欲致之省会，非所乐也，入幕赞画，独有梁髯①，弟拥故毡作学究本色，丝毫不敢与闻官事。伏念先子一生，以持守澹静、知命乐天为本，近想遗型，时有悚惕，故欲痛抑浮动，不使张脉乱气，为害于周身而淆吾真宰，所恨负性褊躁，学不足以化质，仍不免病根时时发动耳，如何。伯晋身后，鄂中频传有骇闻之事，既而访之罗人，均属子虚，此君生前遭谤忌多矣，②至于已死而世且不能宽之，岂非才之故耶，可为吁叹者矣。别后积绪种种，纸墨往还，百不一吐，何时有暇，当谋一面。不一。

注：

① "梁髯"：梁鼎芬。

② "伯晋身后，鄂中频传有骇闻之事，既而访之罗人，均属子虚，此君生前遭谤忌多矣，至于已死而世且不能宽之"：伯晋，周锡恩。光绪二十六年（1900）二月，周锡恩在籍，以"专事浮夸，不顾行检，着勒令休致，交地方官严加管束"，是年卒。《世载堂杂忆》记："锡恩纳同族女为妾案，黄冈县知县蜀人杨寿昌，宿学老吏也，必办此案。锡恩往见之，大起争论。杨曰：'我必办你。'周曰：'你不配。'杨曰：'我上省禀督抚，参捉你到案。'周曰：'我上省禀老师，调走你出黄州。'大骂而散。锡恩急用重金，雇快船上省，见之洞大哭曰：'杨寿昌欺辱门生。'泣诉原委，及当时侮辱之状。未几，杨寿昌来禀见，杨严禀周锡恩纳族女，及侮辱地方官状。之洞先得臬司陈宝箴之回护，又闻周锡恩之肤诉，大有先入为主之意，即曰：'此案周族为争产业，中伤伯晋，族人中书周淇，隐为谋主，吾早知之。伯晋文人，何必故为辱之？'杨曰：'否则，卑职何以临民？'之洞曰：'可与某缺对调。'杨留省不回黄州，候对调者抵黄州到任，派人办交代。杨寿昌子尚能言当日交骂情事。伯晋因癸巳浙江副主考关节案，五翰林同时革职回籍，不二三年即死。"（刘成禺著、蒋弘点校：《世载堂杂忆》，山西古籍出版社1995年版，第59—60页）

函云"奉花朝前一日手教"，乃此函写作时间已到光绪二十七年（1901）。

2-20 复刘幼丹前辈

别七年而有武昌之聚①，解衣纵谈，穷日尽夜，忽庄忽谐，忽俗忽雅，无有端崖，不测起止，胸中无数痞块霍霍然，一旦而消，可称奇快。顷得江西来信②，如老妪说家常事，又可当一面语也。前与弦斋③言，尊性坦率，却遇事有变化伸缩之妙，不是直头布袋，故能顺应有余，于来书所以规逊翁④者见之矣。"凡事张皇太过，则溃败必速，峭急已甚，则持久为难，未有与人以难堪而能从我于道"，真至言也。使有宋诸儒闻此，则洛蜀不交讧、伪学无党禁矣。至谓书办不必除去，我自有权，我不照例，此不可为通法，所谓柳下则可，鲁男则不可。今夫蛇虎至毒猛也，而人得而豢之，其豢之者，必其具有扰驯之技者也，无其技，则未有不罹其害者矣。公精扰驯，而非可望之人人，何如驱远蛇虎，禁无使豢之为愈耶。尝见巨公用人，自命能使贪诈，往往为贪诈所使而不之觉悟，此不可不引以自鉴者也。公气象磊落，故遇物少拘挛而节目疏，心思精锐，故办事能细入而条理密，皆其天分独高处，至于工夫，则全在朴实耐劳，无嗜好，无习气，故见得到者做得出，此下走所望尘而却步者耳。蕲老⑤午节前还天门，此公虽为菟裘计，于世事固未能忘情也。梅翁⑥起用，实朝廷盛举，唯此间传有辞职之说，是否出山，尚未可知。馥庭补陕藩⑦，楚北人物大有骎骎日上之势。公与逊翁尤为众目所属，推至云端，不可复下，唯当矫翼厉翮，为千仞之翔，俾光采照寰宇耳。执鞭忻慕，岂独鲰生。海洲讬庇，感佩实深，渠乡间人，不达外事，所望不以幕席相待而以子弟畜之，时加约束训诫，俾无陨越为幸。弦斋清恙，经旬未已，属先致意。临颖不尽缕缕。

注：

① "别七年而有武昌之聚"：所言"七年"，当自光绪二十一年（1895）刘心源出京补授四川夔州府知府，至二十七年（1901）刘心源新任江西督粮兼巡南抚建道。

② "江西来信"：指柯逢时来函。柯逢时（1845—1912），字逊庵，号懋修，别号息园，湖北武昌人。光绪九年（1883）进士。光绪二十六年（1900）九月，以两淮盐运使为江西按察使，二十七年九月，任江西布政使，时在江西。

③ "弦斋"：吴兆泰。

④ "逊翁"：柯逢时。

⑤ "蕲老"：胡聘之。

⑥ "梅翁起用，实朝廷盛举，唯此间传有辞职之说，是否出山，尚未可知"：梅翁，屠仁守。光绪十五年（1889）屠仁守以直谏诏严责，革职永不叙用。西游至山西，主讲令德堂，二十六年（1900）五月，以教士有方，得赏五品卿衔。二十七年五月，赏五品京堂候补，交政务处差委。次年陕西大学堂开办，任总教习。

⑦ "馥庭补陕藩"：馥庭，李绍芬。李绍芬，字馥庭，湖北安陆人。光绪二年（1876）进士。二十七年（1901）三月，以陕西潼商道为陕西按察使，四月，由陕西按察使为陕西布政使，九月，护理巡抚。

函云"馥庭补陕藩"，李绍芬补陕西布政使在光绪二十七年（1901）四月，尚未及九月其护理巡抚，据以推测，此函大致作于二十七年四月至九月间。

2-21　复刘渠川大令①

　　顷奉惠书，深慰驰仰，藉审动定增绥，贤劳卓著，允惬下怀。兴学育才为当今急务，执事措意学堂，办理迅速，俾敝邑人士首被文翁之化，得开风气之先，何幸如之。钟堤四工出险，关系下游民命甚重，在于封境尤为首受其冲，想为民捍患，必当加意维持，不任企祷。三闸工程于南垸泄道最为吃重，绅士禀求入局，所谓阳鱎者也，必不可信。唯敝居在松石垸内，与七十二垸虽同在一隅，实限南北，该处绅士素识无多，未敢妄有推荐。窃意绅士贤否难齐，最不可使之敛费，一经敛费，则贪心必动，只图肥己，不恤病人，甚或藉以张威福、快恩怨者有之，若仅仅监工，则上有贤明令长之督察，似亦不能任意侵渔，唯不能过假以事权耳。卓见以为何如，专复。敬请升安，即贺岁吉，不戬。

注：

①"刘渠川"：湖北江陵人，钟祥县县令。待详考。

此函作于光绪二十七年（1901）。

2-22　答陈仁先①

　　前日奉手书，以院中方月试，卒卒无暇，致迟登答大箸。战图创通大义，起例发凡，力锐而思精，断为必传之作。夫考据之事，信以传信，疑以传疑，信者纤末必具，疑者区盖不言，众家著作，尽同斯例，苟强所不知，必成妄作。来书谓过于求详，反生窒碍，其言当矣。中国图学久微，郑渔仲②慨然有作，识力绝人，乃其自所纂述，仍是有目无图，后儒病焉，前世所称《山经》瑰怪、《尔雅》草虫，迄少传书，靡从目验。国朝诸儒务实求是，《仪礼》宫室，《考工》车制，蔚然有图。若夫舆地为考史之钤键，实经世之径术。行军用兵，首重形要，措置一乖，利钝立显，在于学者能勿究心，然徒钩稽志传，搜采篇章，纸上钻索，暗忽难明，不有专图，难期洞澈。近世胡刻一统之图③，董缩内府之本④，承学抚摩，视同球璧，然董则简而未备，胡则详而未明。又陵谷迁改，郡县割并，辖治不常，名称屡异，稍存刻舟之见，难收合辙之功。海西、日东并重，图学生徒由于童习学舍，编为日程，画分点线，记邮电之经行，色别浅深，显地形之高下，细穷累黍，大括全球，然详外者尚略于中，合今者或戾于古，今欲稽合同异，综揽得失，成开辟之巨观，弭豪发之憾事，愿力宏大，难可尽酬。窃意古图止须绅绎史文，参会旁记，但使山川险要、攻守利便，无甚差殊，便可视同前车，昭示来轸，其所未寤，姑从益阙。今图如曾胡用兵，在五十年内者，钩釚遗文，参验统志，求详不厌，确凿非难。事近则感发易生，言亲则倾听易入，开示来学，毗辅兵家，无过于此。至每图立说，一仍涞水原文，游夏⑤之词，难参笔削，自不俟言。唯以战名图，则撮拾所及，但求醒战事之眉目，不必具事实之首尾，此中具有断限，尚非茫无津涯。以足下鸿笔，其能文省事，明至精极，当无疑也。模于舆地之学致力甚浅，弱岁颇喜笺注小学、声韵，粗有所明。三十以后，视今时所谓汉学者，一如骨董冒博古之名，乖致用之实，以此断绝考据忽十余年，心杂多忘，学殖日落。乃蒙贤者过许，抒所宿疑，拳拳下问，极知荒陋，无以塞来请，不敢自文其愚，聊述大凡，具于别纸。桓谭实重扬云之书，沈约乃酬刘显之问，可为惭汗者也，惟通学裁览焉。

一，武侯二次伐魏，由散关出陈仓，五次伐魏，由斜谷至郿，史文各异，其为两路无疑也。详译史文，初伐魏，扬声由斜谷道取郿，而以赵云、邓芝为疑军，据箕谷《地志》，箕谷在陈仓东南，身率大军攻祁山。武侯用兵谨慎，志在安从坦道，平取陇右，徐取关辅，为十全计。街亭失利，乃谋陈仓。陈仓不克，乃出斜谷。斜谷者，曹操谓为五百里石穴，武侯亦患其深险，不独以魏延子午为危计也，迫于无路进兵，不得已为此冒险直进之图，故必聚米谷口，修治邸阁，然后行师。当日用兵步骤如此，故不得混陈仓为褒斜路也。案：褒斜道，秦时已有之，汉高帝王汉中，烧绝栈道后，从韩信计，引兵从故道出陈仓，定三秦。故道在今凤县颜师古《汉书》注。裴骃、孟康谓在武都，武都距陈仓甚远，不相涉，故从颜说。《方舆纪要》所谓别开西路者，是也。《河渠书》武帝时，人有上书，欲穿褒斜道，言抵蜀从故道，多阪回远，今穿褒斜道，少阪，近四百里。后汉顺帝时，诏谓益州刺史通褒斜路，此殆所谓斜谷也南口曰褒，北口曰斜，举斜可该褒。今日宝鸡、凤县之驿道，当古散关、陈仓地，意其为高帝别开之西路，而斜谷则在东，从褒中入，为秦汉时旧路耳。至疑陈仓未下，径屯五丈原，已出陈仓之东。后路可危，无此用兵之理。考《水经注》载，诸葛亮与兄瑾书曰，有绥阳小谷，虽山厓危险，溪水纵横，难用行军。昔逻候往来，要道通入。今使前军研治此道，以向陈仓，足以扳连贼势，使不得东行。据此，则武侯兵入斜谷时，别有牵缀，陈仓之师，后路无可虑也。得此一证，亦可悟兵法。

一，沛公由杜南入蚀中，《汉书》如淳注曰，入汉中，道川，谷名。《通鉴》胡注，则引子午、骆谷二道证蚀中。《读史兵略》注，则定为子午谷。案，如注，虽未实指蚀中为何地，其云入汉中道川谷，则为斜谷无疑。秦汉时，由关中达汉中，皆以褒斜为正道，又斜谷南口在褒中，高帝都南郑，与褒中壤地相接，无缘别出他途也。骆谷南口则在洋县北三十里，子午谷南口则在金州、安康县界，为今汉阴地颜师古说，去汉中甚远，万不如斜谷抵褒中之便。诸家泥于杜南之文，致成曲说，不知由杜南入蚀中，岂必径向南行，不能迤西而至郿县之斜谷口乎。且汉平帝元始五年，王莽始通子午道，是高帝时子午尚非通涂。骆谷则见于两汉记载者尚少，三国时始有之，故愚见直断蚀中为斜谷也。据此则送张良至褒中，情事亦顺，毫无抵滞矣。又《前汉书·高帝本纪》云，张良望归韩，汉王送至褒中，与《史记》"良送汉王"文异。窃意史称汉王就国，楚子诸侯，人之慕从者数万人，良身为汉臣，分宜随行，不得云送，就国后，良望归韩，而汉王送之，故由南郑至褒中。详其文义，则班书为审矣。

一，刘裕伐南，并公孙五楼画策，殆无可议。其云据大岘，使不得入，自是争险要着，其云简精骑二千，循海而南，断其粮道，别遣兖州之众，缘山东下，腹背击之，盖轻骑由昌乐、潍县趋莒州，横出于琅琊之间。而兖州之众，缘梁父东下，由新泰、博山至临朐，大兵拒其间，轻骑抄出其后，则晋兵为腹背受攻之势矣。至疑置兵临朐为无用，此殊未审情事。五楼献谋，晋兵尚未过大岘也。若如所策，则急据大岘，而以重兵驻临朐，为后路策应之师，为捍卫根本之计，未为失也。南燕都广固，当今青州府，西北八里之尧山，距临朐才四十五里，临朐有疏虞，都城必至不保，既刘裕从参军胡藩之计，乘燕兵出战，临朐空虚，以奇兵间道取其城，遂逼广固，灭燕而还，慕容违愎，纵敌入腹，自弃险固，以取穷蹙，岂复有幸存之理哉，非五楼谋之过也。

注：

① "陈仁先"：陈曾寿（1878—1949），字仁先，号苍虬，又字耐寂，又称苍虬居士，湖北蕲水人。经心书院优等生，时撰历代兵事图略表。光绪二十九年（1903）成进士。

② "郑渔仲"：郑樵（1104—1162），字渔仲，自号溪西遗民，今福建莆田人，世称夹漈先生。

③ "胡刻一统之图"：胡林翼编制之《皇朝中外一统舆图》。

④ "董缩内府之本"：董方立在《乾隆内府舆图》基础上编制之《皇清地理图》。董方立，名祐诚。

⑤ "游夏"：子游与子夏，均为孔子学生，以文学见称。泛指文学之士。

此函作于光绪二十七年（1901）。

附来函

沈观先生讲席：

　　战图如已赐阅，即请付去带转。寿学识浅陋，不足任此，其中遗漏与谬误之处，在在皆是，盖事关考据，每有异同，短长互见，不易折衷，此一难也。前史简略，凡用兵由某地至某地，或以一语了之，兵所经过之处，不能实指其名，其或为古今驿路所在，尚可考证，然驿路亦多有因时代而变迁者，若使过于求详，必致反生窒碍，此二难也。中国图学不及外人之精，胡图已病疏略，然舍此更无善本，此外新出者仅湖北安徽两省耳，底本不备，则战图不精，此三难也。凡一图为一说，悉仍通鉴，原文剪裁，既非易事，而太简则事之精神不见，过详又近于泛滥，转不便于观者，欲求一详略适宜之体例，非率尔所能定，此四难也。兹将平日所积疑数条，另纸录呈，敬求指示一切，俾有折衷，斯幸甚矣。

一，武侯第二次出师伐魏，《史》言由散关出陈仓，《读史兵略》注谓，此为褒斜正路，即今驿道。按，今日驿道由宝鸡、凤县、留坝厅而至褒城。然至第五次出师，《史》言由斜谷伐魏，若同出一道，则不应前后异文，且前此因攻陈仓不下而退者，此次径屯五丈原，则已出陈仓之东，陈仓不克，后路可危，似无此用兵之理。寿疑前由散关出陈仓，乃今之驿路，后由斜谷，始是褒斜道，盖武侯以前攻陈仓不利，乃改道，由斜谷而入，似褒斜与今驿路为二道，与《读史兵略》相背。以无确据，未敢臆断，古今用兵，此地者最伙，此不考明，则其后皆难着手。

一，沛公由杜南入蚀中，胡注引子午、骆谷二道证蚀中。《读史兵略》注谓，从杜南而入，则当是子午谷，以杜县在长安西南也。然《史》又言，张良送至褒中，若由子午谷，则不应复至褒中，《方舆纪要》于子午、骆谷、褒斜三道，皆采取之，究当以何说为长。

一，刘裕伐南，燕兵过大岘，征虏将军公孙五楼画策，谓宜据大岘，使不得入，然后简精骑二千，循海而南，断其粮道，别遣兖州之众，缘山东下，腹背击之。《读史兵略》谓，缘梁父山东下，由新泰、博安至临朐也。按，此时晋兵在大岘，欲腹背击之，缘山东下，当是引兵至大岘，不应复至临朐，置兵无用之地也。此处有误否？

2-23　再答仁先

前奉书贡其一得之愚，乃蒙虚衷采纳，不以为枝赘而置之，甚幸甚幸。嗣接手书，申言《读史兵略》之误，具见观书详审。案，此种只能研核《史》文，不能别寻证据。《兵略》之误，误于段晖之兵后屯临朐，遂为此注，而不知此乃超之左计。《史》既云缘山东下，则《兵略》之误，断然无疑。南燕兖州治梁父，至新泰，向东南，至博山来书言博安，误。又转向东北，决不如此周折矣。以地形度之，当是由新泰、蒙阴而至沂水，乃与缘山东下四字笋缝相合。盖晋兵逼大岘，而守岘之兵迎战于前，兖州之师抄出于后，所谓腹背击之者，殆必如此。至循海之骑专为绝其饷道，与战事不必相涉。弟前说亦属谬误也。来书云，大岘为守兵，兖州为战兵，谓宜言引兵至大岘，则是迎出晋师之前，而非横截晋师之后，与腹背击之之文，殊不相应。至刘裕步进至琅琊，所过皆筑城，置兵守之。原以防燕师之断后，此策得失尚不可知，唯就当日敌情、军势而论，固无以易五楼之谋耳。承来悎而改错如此，其合与否，尚祈审度，稍暇面尽。

注：

此函作于光绪二十七年（1901）。

附来函

奉读赐书，不于不屑之列，而所以诲之者，既详且尽，仰见虚怀以诱后进之盛心，感幸无已。来示教以图当简，于考古而详于知今说，则但求战事之眉目，不必具事实之首尾，谨当奉为准则，此后得所依据以求矣。蚀中之断为斜谷，褒斜之断非驿道，夙所疑《读史兵略》之误，而未敢确执以定者，至是而积惑尽以释然。前谓陈仓未克，则后路可危，乃因《读史兵略》混褒斜为驿路而言，今既确定为二道矣，则陈仓已非出师，后路更何谓危耶。且今得别有牵缀陈仓之师一证，尤无所疑矣。惟刘裕伐南燕一节，寿未喻者，乃《读史兵略》之注，非敢谓五楼谋之过也。以《史》只言"缘山东下"四字，而注径断为由新泰、博安至临朐，不知另有确据否。详玩五楼之意，似以据大岘者为守兵，然后徐简南循、东下二路之师，以击其腹背，是为战兵，若如注言，引兵临朐，则尚在大岘之后，仍作守兵而已，故有置兵无用之疑也。愚见如此，尚祈教之。惟恕其琐渎是幸。

2-24　答黄翼生[①]

两奉手书，迫于院事，阙然久不报，悚仄何如。比维盛德日新，素履无咎，幸甚。贵宗谱叙，欲以芜笔播述清芬，非夫寡陋所可任，然以廿年旧好，誰逯殷勤，不敢逆来恉，辄贡上一篇，垂览之余，亦可得其荒落之状矣。模年来于文章之事不甚措意，偶有造述，止求平易切近，达于事情，不欲为虚枵曼饰，淫于词而累于理，失古人立诚之道，此则亟欲与良友印证者耳。模释服在十月，知交劝勉，猥欲鞔驴速驾以就修途，然时局败坏至此，大厦一绳，正复何济。来书相期过厚，读之增惭，恐大鸟三年不鸣。争臣之论，首发自韩公也。幸勤攻吾阙，不为美言，企望企望。

注：

①"黄翼生"：黄福（1850—1936），亦名复，字雨田，号翼生。湖北沔阳（今仙桃）人。光绪十年（1884）举人。为两湖书院教习。

此函作于光绪二十七年（1901）。

2-25　贻屠梅君光禄

甲午奉状，荏苒至今，七年之中，两遭大故，颠踬迷乱，人事罕通，未得以时修敬于左右，顾其眷怀名德，感念旧游，未尝一日忘也。都城之变，从古未闻，大地陆沉，谁能无痛。两宫怵兹祸难，收采旧人。陆贽方还，考亭再召，海内之士，喁喁企踵，方将倾耳而听。延英之对，饮泣而读，兴元之书，以为永命，可祈得人斯济。越得种蠡，而雪大耻，夏资靡高，而致中兴。古之一旅，且可图强，今有八荒，岂云待尽。昨弦斋出示大疏兼之手书，意求屏居，志存高蹈，窃以为过矣。朝廷遘此多艰，力求群策，与承平而征处士、开创而引大儒者，情事不同，缓急亦异，虽众材始支大厦，而一壶实重千金。丈以忠爱著称，原非沈冥可比，试征传记君臣忧辱之义，古人父母病危之言，虽复握火抱冰，寝荼茹蘖，冀有或然之益，乃为无咎于心，盖知遇非等于众人，而大义难逃于天地，若乃以瘝官为惧，以衰疾为辞，则运筹帷幄，子房不害病多，坐策庙廊，鬻熊未为年老，斯又不宜遽言归去，遂尔浩然者也。天步实难，臣力当竭。虎夔屋壁，而僮仆奔惶，盗坐室堂，而主人听命。世变斯亟，天意难知，若使人计偷生，贤皆逊世，天下胥溺而不思一手之援，同室斗争而不为被发之救，行见冠履失所，禽兽食人，干净之土俱无，文武之道将尽，鱼惊鸟乱，豆剖瓜分，纵复抗志而遗荣，私图全身而远害，介子辞禄，将逃何处之山，鲁连谢官，欲蹈谁家之海。言念及此，唯有潸然。伏望闵此阽危，勉图宏济，许身勿贰，尽瘁不辞，以副圣主旁求之心，以慰士林向往之意。逢尧舜而天将旦，有仁贤而国不空。惓惓鄙心，不任企祷，唯垂督焉。

注：

光绪二十七年（1901）五月，屠仁守以五品京堂候补，交政务处差委。函2—20有言"梅翁起用，实朝廷盛举，唯此间传有辞职之说，是否出山，尚未可知"。此函乃劝屠仁守出山，大致作于光绪二十七年五月后。

2-26　复杨劭篯

己亥之夏，都中一通书，日月不居，倏焉三载，自以苦幽之余，荒忽颓丧，人事久废，音问遂疏。今春寿平太守来鄂留连讲院，略说尊状，不能详也。比辱嘉命，兼荷隆施，分金以厚交游，拾芥不遗朽腐，投赠实良朋之谊，挹注同岂弟之风，仰荷高情，唯有感佩。执事以盘才处剧任，政平讼理，游刃有余。粤人类能言之，风声所树，展布非难，鹏翼宜奋于重溟，凤雏岂羁于百里，高翔捷出，静以竢之而已。弟皋比久点，祠①禄徒分，同蘧子之知非，愧孙卿之劝学。释服伊迩，劝驾者多责重载于虚车，期蛰鸣于大鸟。北上之计，总在明春。衰兰既无在谷之芳，小草终贻出山之诮，知我者将何以教我也。临书偻偻，不尽所怀,东望海云,唯增劳结。

注:

① "祠":原文"词",据文意改。

函中称"释服伊迩",函2—24提及"释服在十月",故此函大致作于光绪二十七年(1901)九、十月间。

2-27 复张巽之

前月贵弟来,奉到手笔,备承尊状。经年始获一讯,把书开阖,不能去手,恍然与故人晤对也。慈闱未即康复,断无绝裾远宦之理,前寄上一函,已与来教不谋而合矣。大局安危不可知,山中养晦,留此身以待时,虽古之仁贤君子处此,无以易也。在朋辈中惓惓望公出者,惜以大才投之闲散耳,不知仕宦升沈、功业成毁,均有数存,非人所能为。唯素位循理,是立身把鼻,亦即是处世受用也。某今岁居此,意绪殊无聊,无复曩者与公相呴相濡之乐。除弦、青数公外,未尝多接一人,以性好狂言,良友天末,无可发抒者。执泛悠之人,而语以知觉所未函、思虑所不达之事,徒足以供其怪笑嘲骂而已,何味之有哉。讲席近已谢去,明年省城改学堂,分大小中三等,南皮意在札委官办,扫除中国千余年师儒旧架、延礼空文,去腐生新,后效当有可觊也。李馥廷中丞邀弦斋赴陕主宏道书院,此间又欲其回龙泉,弦斋则意在入秦,幸鄂绅尚无如报馆所骂窟穴书院为养老计者耳。冬杪拟归家度岁,开春料理北行。某平生仕止,一以自然为宗,不敢为至卑之行以辱吾亲,亦不敢为过高之言以欺吾友,想公能明此意也。院居止携侧室,十月朱姬举一子,稍弥旧憾,明年入都,不以家累自随。知注琐琐。敬颂侍奉万福,无缘会晤,望不以数附书为勤。

注:

函中云"十月朱姬举一子",据以推测,此函写作时间在光绪二十七年(1901)

十月之后。

2-28 上广雅宫保

揭来武昌承教诲饮食之赐多矣，昨者北上，复蒙赠处殷勤，有以壮其行色，中心臧写，无日能忘，天气渐炎，敬维起居曼福。树模自拜辞后，江海之行，才逾十日，便抵都门，叨庇舟车安稳，行李无恙。所过津沽一带，洋兵节节置戍，台垒属连，旗纛相望，外城周墙，尚有数处缺口未合，崇文门迤西，别开一门，石榜洋字，可为骇然。内城使馆圈界过大，几于反客为主。单于之邸，高入天云；令威之来，徒见城郭。数经过之坊市，已半改夫旧观；论撞坏之家居，犹失声于痛定。昔齐威在莒，句践栖越，尚须刻意记念，以求不忘，此则日日如处围城，时时若临大敌。下僚疏贱，是用忧惶。未知庙堂之上，当轴诸公，桑杜之绸缪，薪胆之苦辛，正复何如也。肃书布悃，不尽欲陈，唯为国爱身，顺时葆练。不宣。

敬再启者，前在经心书院席次，谕及日员福岛电文，有"出亡国记念会"语，①不甚可解，顷询之李木斋②同年，乃系前明亡国记念会，故其党欲于三月十九日举行，业经彼国政府查禁矣。

注：

① "论及日员福岛电文，有出亡国记念会语"：福岛，福岛安正（1852—1919），日本陆军少将，曾于光绪二十五年、二十七年到中国，与张之洞有所联络。光绪二十八年三月二十三日（1902年4月30日），张之洞收到福岛自东京来电，电中有云："顷有贵国不良之徒在东设会，将出亡国纪念会之名，诱惑留学各生，即由当局者已行严办矣。"（《张之洞收东京（福岛）来电（光绪二十八年三月二十三日到）》，《近代史所藏清代名人稿本抄本》第2辑，张之洞档90，第277页）

② "李木斋"：李盛铎（1858—1937），字椒微，号木斋。江西德化（今九江）人。光绪十五年（1889）进士。光绪二十四年八月充出使日本国大臣，二十六年二月补授内阁侍读学士，十一月补授顺天府府丞，二十八（1902）年三月，回京复命。

据福岛电文收到日期，及函中"江海之行，才逾十日，便抵都门"语，推测此函写作时间大致在光绪二十八年（1902）四月后。

2-29　致梁节庵太守

鄂中相处前后八年，契爱之深，以日加益，复蒙临歧赠处，惓惓逾恒，自顾戆愚，未知何以得此于左右也。拜辞以后，江海之行才逾十日，即抵都门，浩劫之余，凡所见闻多堪悲咤，唯验放月官，动辄数百员之多，是其独盛者耳。居此两旬，每过使馆圈地，见其兵士之络绎，壁垒之森严，相逼如此，以为官府上下当如日处围城，时临大敌，乃群公雍容琚珮，旷度如常，百司趋走，仍循成例。闻自洋人入城以来，风气益靡，乐籍之众多，宾筵之豪侈，过于乱前。子舆氏有言，般乐怠敖，是自求祸，为国家闲暇时言耳，况其并非闲暇耶。模好为危苦之言，世俗雅所不喜，止可令公闻之耳。临颖不任驰企，伏承动静万福。

注：

据上函，周树模到京后第二日在光绪二十八年（1902）四月，函云"居此两旬"，推测此函写作时间在四、五月间。

2-30　谢赵孟云①

顷袁季九同年②转达尊意，得悉台从不日首涂，慨然为解骖之赠，相贶过厚，殊不敢当，惟以临歧惓惓，又不能还骆主人，致负高贤与共之雅，对使拜受，惭感交并。此行绣衣入蜀，所望乘时建绩，为吾党光荣。企切企切。

注：

① "赵孟云"：赵鹤龄（1853—1928），字孟云，云南鹤庆人。光绪二十一年（1895）进士。二十六年（1900）以编修随员西安，时山西巡抚岑春煊荐其任山西

诸地提调前路粮台,叙劳擢道员。时,分发四川,将入蜀。

②"袁季九同年":袁玉锡(1857—1915),字季九,湖北襄阳人。光绪二十年进士。二十六年,以兵部郎中钦派留京办事大臣,二十九年,出任遵义知府,时在京。

此函大致作于光绪二十八年(1902)四、五月间。

2-31 致郢中会馆①各京官

昨接李大令慈荣②来函,据称庚子乱时,于保护会馆不无微劳,意图占住南院,暂缓搬家,复牵叙伊与黄占翁③亲戚交谊,恶言丑诋,殊伤雅道。前据君等同称,会馆被乱后,所存公私什物,大半遗失,又招住多人,有同杂院,其为保护,已可想见。若仅仅空房,则沔阳馆、襄阳馆俱属邻近④,无京官居住,洋人固不能移去也,自不能以此为要挟之计。至称占翁与伊亲交,不应催促,无论占翁与伊如何亲戚,如何交谊,会馆乃三属⑤所共,占翁亦不能以大家之公产酬一己之私情。前此弟与君等倡议重修,发书募款,四处罗掘,始克有成。若甫经整理更新,便听本地候补之官,连家带眷,盘踞不退,此端一开,将来如何管理。又来函自陈困苦,不知会馆乃集贤之堂龚学士题榜于此,非济贫之所,此亦不能执以为词。惟伊系属职官,非全无体面之人可比,仍由君等再行开导,劝令设法速迁,免伤乡谊。总之,会馆不准本处候补人员及一切无干流寓人居住,乃是公例,并非私嫌,君等当力持正论,勿令占翁一人受怨,使任事者寒心,是为至盼。手此布闻,统维裁察。

注:

①"郢中会馆":据《北京会馆基础信息研究》,郢中会馆位宣武门外麻线胡同路东42号,今西城区红线胡同18号,其北有西琉璃厂,为荆门、天门、钟祥三州县共建。(白继增、白杰著:《北京会馆基础信息研究》,中国商业出版社2014年版,第374页)

②"李大令慈荣":待考。

③"黄占翁":待考。

④ "沔阳馆、襄阳馆俱属邻近"：据《北京会馆基础信息研究》，襄阳会馆，位兴胜寺北段4号，今兴胜胡同路东4号。沔阳会馆，老馆位前孙公园20号，会馆在十间房7号，今前孙公园胡同路北41、57号。

⑤ "三属"：指荆门、天门、钟祥三县。

此函作于光绪二十八年（1902）。

2-32　与卢栗甫观察^①

亥年^②奉讳归里，猥蒙垂念。先人大故，远致盛仪，旋即肃书陈谢，托京友转达，时值北方扰乱，驿递难通，不审得登记室否。别来数年，世事变幻，有如云狗，回忆曩者，台旆入都，方日本款议初成^③，二三旧友相聚于馥庭方伯^④宅中，剪烛夜谈，冀幸太平可保。不及五年，大祸又作，儿戏干戈，腾笑万古。比虽收还旧京，风景不殊，坊市半改。天宝之乱离难说，贞元之朝士无多。腥臊逼人，豺狼满地，抚今追昔，感怆实深。某滥竽谏垣，日盗寸廪，徒切处堂之惧，殊无曲突之谋。所望二三豪俊整顿乾坤，收拾覆局，同乡雅故如馥庭、巽庵^⑤诸公，已位列屏藩，处得为之地，执事德器深闳，乡里所重，乃忽谢首郡，退就安闲，岂以有用大才而遂忘情世事耶，使人不能无憾。在鄂晤蒋则仙同年^⑥，为言尊体时有不适，尚希加意餐摄，为国爱身，不尽偻偻。

注：

① "卢栗甫观察"：卢昌诒（1838—1903），字栗甫，室名养拙斋。湖北黄冈人。同治十年（1871）进士。时山东济南知府。

② "亥年"：己亥年，光绪二十五年（1899），是年二月卢昌诒调任济南知府。

③ "方日本款议初成"：指中日甲午战后，《马关条约》签订。

④ "馥庭方伯"：李绍芬。

⑤ "巽庵"：张孝谦。

⑥ "蒋则仙同年"：蒋楷（1853—1912），字则先，湖北荆门人。光绪二十五年（1899）以山东莒州知州调署山东平原知县，因民教忿争案革职，二十七年入张之

洞幕，充武备学堂稽察委员、学务处委员。《清实录》记其二十八年六月复原官。（《札委蒋楷等充武备学堂稽察委员》（光绪二十七年三月十九日）、《札委学务处总办等》（光绪二十七年六月二十一日），苑书义、孙华峰、李秉新主编：《张之洞全集》第六册，河北人民出版社1998年版，第4086、4108页）

此函作于光绪二十八年（1902）蒋楷已返京后。

2-33　复余寿平太守

两奉手书，敬悉素履无咎，府第平安，深慰远企。所事皖公先发，自无庸赘。各省吏治之坏，几于黑乌一色，欲救其弊，在朝廷慎重举措①而已。静观时局，殊无转机。当轴诸公仍是各私其私，凡所引用，无一无来历者。私督抚而一省之政事乖，私学政典试而天下之文风坏，私各部院长属而国家之庶事丛脞，源苟不清，其流必浊，大较然也。每闻达官常谈有所欲排之人，则曰某人有脾气，不知古今忠孝义烈人均有脾气，若无脾气则必巽诡无节，顽钝无耻，脂韦突梯，以求媚于世。庚子乱时，有以卿曹之贵，受洋人马捶，为执虎子，尚复腼颜偷活者，此皆素无脾气，能载厚福而尸高位之人也，岂不可叹。今又变一说，曰某人太旧，夫埋头讲章，钩心八比，疲精敝神于楷法，谓之旧可也。至乃并纲常名教之说而旧之，规距礼法之士而旧之，则将取其毁经非圣、自由流血者而新之，天下万世之祸尚可言乎。模直性狭中，方居下位，无气力以挽此颓风，亦唯不肯茅靡波流，随悠悠之口以为张翕。比来京师，不接一生客，不谒一要人，一以自守为主。本年虽与考试差，得失之际，了不介怀，时会如斯，岂复有乘昏乱而攫贵利之想。唯无田可归，不能不苟禄于此，良用疢心耳。笏卿②意在用晦。苏生冲淡如常，如本年不改台官，翰林院可得京察，水到渠成，不烦造作。季九③气势最厚，能了事，用世才也。在此唯三君最昵甚，望台从早日至都，得以轩眉论列，一吐痞闷。门联，笏、苏难急就，容缓寄上。琐琐奉陈，不觉累纸，唯察不宣。

注：

① "举措"：原稿为"举错"，据文意改。
② "筠卿"：左绍佐。
③ "季九"：袁玉锡。

此函作于光绪二十八年（1902）。

2-34　与陈子青①

驿路经保定，见湖北题名录，欣悉一门三凤，同时高举，科名佳话，葭莩有荣，未审阶庭顾盼，其乐何如也。此次楚榜多知名士，仁先②志趣闳深，言行均有坛宇，窃尝谓其冠冕南州，左世兄③经术深，根柢厚，其文至茂美，关世兄④持论坚正，有父风，故是一时之隽。区区之心，甚望仁先承其群从，与同榜二三豪俊，声气应求，相与正楚北学派，推而达之于世用，以救沦胥而持颠坠，此之一捷，不足以尽其远大之程也。昨端午帅⑤寄来闱墨，佳作如林，乍脱拘挛，自尔犇逸，惟阑入报馆语者甚多，施之礼闱，必无幸也，望告贤郎等留意。大抵北场义不妨新，词则必典，即今日为学，欲卫经先卫文，苟破文必破道，亦自然之关键也，公以为然乎，否乎？模春间至京不久，遂有大梁之行，⑥力瘁于道涂，精疲于校阅，忽忽半年，不复有读书静坐之一候，此间官事简而应酬多，正是悠悠送日，不敢望进道，视公之山居养素、琴书自娱者，仙源迥绝矣，不胜健羡。

注：

① "子青"，陈恩浦（1857—1922），字子青，号云如，湖北蕲水人。光绪二十八年（1902）乡试，其子陈曾寿、曾则、曾矩同科中举，即函中所云"一门三凤，同时高举"。陈曾寿（1878—1949），字仁先，号苍虬，别号耐寂、复志，光绪二十九年（1903）成进士。陈曾则（1881—1958），字慎先，号寥志，别号微明，行二。陈曾矩（？—1943），字絜先，号强志，行三，为周树模婿。

② "仁先"：陈曾寿。

③ "左世兄"：不详，待考。

④ "关世兄"：不详，待考。

⑤ "端午帅"：端方（1861—1911），字午桥，号匋（陶）斋，姓托忒克氏，满洲正白旗人。光绪八年（1882）举人。时为湖北巡抚，此后历任署理湖广总督、江苏巡抚、湖南巡抚、两江总督兼南洋大臣、直隶总督兼北洋大臣。函稿中称"端午樵中丞"、"端督部"、"端中丞"、"端陶斋尚书"、"午公"者，皆端方。

⑥ "春间至京不久，大梁之行"：光绪二十八年（1902）春，周树模入都，由编修授御史。七月，任顺天乡试同考官，往开封。有诗《七月十六日晨出彰义门往河南分校顺天乡试》、《大梁行示袁季九同年》，后诗题注云："壬寅秋借河闱补行顺天乡试，余与袁君季九并充同考官。"（《沈观斋诗》）

此函作于光绪二十八年（1902），周树模在开封。

2-35 上端午樵中丞

夏间曾贡一笺，想登签掌。汴梁读邸报，敬审朝廷方以楚事属公，兼圻权领，不日真除，①为公贺，亦贺吾楚民也。窃常挹公言，诊及其所措之政事者，大要在恤民艰，剔吏蠹，以强国本而固人心，既专一面，盖将举大湖南北卵育而翼覆之，部下蒙福，其曷有既。树模不能丝发有补于时，然苟其所尝亲近慕悦之人，手援天下，俾就槁者复苏，而沦胥者获济，则未尝不喁喁而企望也，况梓桑切近，其情自倍耶。承惠闱墨，多可观，亦可喜，但积水曾冰，或虞变本，如何如何。广雅尝为立学宗旨，在不废经不废文，缘文与经相附丽、共存灭也。故夫事可开新，词须则古，苟文体一破，道术将裂，宗教亦不能保，必以经籍饰近事，以雅故释今言，斯为可贵。若皮傅新语，造作译文，图骇庸目，适见其不武而已。固哉之言，敢质诸左右，唯垂教焉。肃布，敬颂勋祺。

注：

① "朝廷方以楚事属公，兼圻权领，不日真除"：光绪二十八年九月六日

（1902年10月10日），端方以湖北巡抚兼署湖广总督。

据文意，此函作于光绪二十八年九月六日（1902年10月10日）之后。

2-36　复端午樵中丞

顷辱赐书，备承宠贶。温风入谷，气变为春融；行潦濯罍，民归夫岂弟。拜登增愧，怀允不忘，三复来书，于要政求实际，于浮费务蠲除，所以惠我鄂人者，甚至感戴。何言？唯是循名责，实汰冗，去浮利，于亿兆人，或不便，于一二人，主持坚定，是在明公。树模颇涉旧闻，闲窥彼法，更新举废，势在必行，唯须量体以裁衣，庶免举鼎而绝髌。迂怀陋识，日以惜民力、培元气为言，并非好为煦孓之谈，冀邀乡里之誉，徒以来自田间，习知民隐。外人之要索权利，猞糠以及米，内地之搜求丝粟，剜肉以医创。饥寒迫而无告者多，征敛繁而失业者众。四民待毙，八表何营，膏尽而火必不燃，皮空而毛将安附。所幸福星照楚，节用爱人，在大贤，由已溺饥，既得遂万物得所之愿，而腐儒言民疾苦，亦得展一命济物之心，此真蒙庄所谓相视而莫逆者也。弦斋不偶，然在公荐贤之心尽矣。介弟被征，指日骞腾，可贺可贺。临颖不任悁悁，肃谢，敬请勋安，载贺年喜。

注：

函末云"载贺年喜"，此函写作时间已近新年，应在光绪二十八年十二月末（1903年1月）。

2-37　唁丁衡甫同年^①

顷奉赴书，惊悉年伯母太夫人瑶岛归真，璇宫证果，悼愕殊深，执事至性过人，自必逾常哀毁。惟念太夫人郝法钟礼，作范中闺，生膺翟茀之荣，殁有贤明之誉，芝兰满室，旌荣在门，含笑九原，实无几微遗憾。且椿庭健在，爱日方长，礼厌所尊，情难自遂，尚希节哀制泪，以慰严君。模日下栖迟，弗获千里执绋，抚衷歉然，谨制素幛一悬，聊当束刍，伏祈代荐灵筵，是所叩祷。专肃奉唁，祗候孝履，不备。

注：

① "丁衡甫"：丁宝铨。光绪二十八年（1902）四月，丁宝铨到广东惠湖嘉道道尹任，十二月丁母忧。

此函作于光绪二十八年十二月至光绪二十九年（1903）间。

2-38 复余寿平太守

奉手书，悉台从已抵珂乡，府第自姻伯以下，以次平安，极慰远企，闰月履新①，局定再行迎眷，部署极为适宜。粤患甫平，滇事又起，②星星之火，恐致燎原，奈何。窃意今日之事，剿匪其标，安民其本，诚得良有司尽心抚字，和辑其民，使失业之民转而缘南亩，人人有以安其业而乐其生，断无有甘心为非造端生事者。故安民者，治匪之本，而察州县官者，又安民之本也，望兄注意。此间事如常，五月望日考试差，循例逐队，冯妇攘臂，不必得虎止，足供为士者之一笑耳，不尽。

注：

① "闰月履新"：闰月，光绪二十九年（1903）闰五月。履新，指余诚格是年署广西左江道。

② "粤患甫平，滇事又起"：时"粤患"，一般称光绪末年广西会党起义，实在光绪三十一年（1905）始平。"滇事又起"，光绪二十八年（1902），兴中会会员谢缵泰、李纪堂与原太平天国将领洪全福联络会党，拟在广州起义，事泄失败。二十九年四月，云南个旧锡矿工人在周云祥率领下，攻占个旧县城、临安府城、石屏州城，风声所至，省城震动。

函中提及"五月望日考试差，循例逐队"，又，周云祥于是年闰五月初四日

（1903年6月28日）被杀，起义旋失败，故推测，此函写作时间大致在光绪二十九年五月十六日（1903年6月11日）至闰五月初之间。

2-39　上升吉甫中丞①

敬启者，树模奉命充山西副考官，于九月○日揭晓出闱后，接到家书，因本年春夏间阴雨连绵，先茔坍塌过甚，松楸遥望，感怆实深。此次山西借闱陕中，与湖北原籍毗连，拟吁恳天恩，除往返程途不计外，赏假两个月回籍修墓，一俟假满，即当趋诣阙廷，恭覆恩命，为此伏祈据情代奏，实为公便。专肃奉布，敬请勋安，唯希照察，不具。

注：

① "升吉甫中丞"：升允（1858—1931），字吉甫，号素庵，姓多罗特氏，八旗蒙古镶黄旗人。时陕西巡抚。

光绪二十九年九月十七日（1903年11月5日），陕西巡抚升允代周树模奏请赏假回籍修墓。据以推测，此函写作时间大致在是年九月。原稿中，此函首尾相括，以示删去，为存史料原貌，亦录之。

2-40　与吴心荄院长

别来两载，只一通书，缘琴从屏居僻左，邮递罕通，遂疏笺素，维起居无恙、教育益闳为慰。某去岁赴汴，今兹入秦，所谓慰情胜无者，顾以公卿仄目之人，幸而获此，皆出圣主特恩。又得藉以周览关中形势，考问风土，所得殊已丰矣。在秦频晤仲丹世兄①，曾过其寓庐，赁庑闲居，极为可念。闱后接午公②电，亦拳拳于此，真多情人也。某于陕帅③一无所渎，独于世兄事则再三絮聒不已，曾蒙首肯矣。此公木强，非轻诺者，或不至为飘风乎。梅老④精神颇佳，著述甚伙，于此间当道殊枘凿。前樊山在京⑤，亦颇致不足之词。此来初见，道及行止，尚有三宿出昼之意，某以廿年久要，言不敢隐，别时来言，改计回京供职。此老学行，下走固早以刘蕺山、黄漳浦⑥相待，甚欲其出，以张吾楚，故力赞成之。比请假两月，便道省基墓，舟过沙洋，距讲席不过百里而遥，蒙惠之间，又昔日履齿所经，感念旧游，睠怀良友，益复魂神飞越，因成《奉怀诗》一首⑦，另纸写上，以当握手一笑。附上梅老《格致谱》四册⑧，山西闱艺两本，香片茶两匣，乞詧入。宝生先生聪强如旧否？为道想念，明岁花朝时，如能扁舟诣鄂，尚可畅聚，未知先生有此高致否。临楮匆匆，百不一吐。

注：

① "仲丹世兄"：吴兆泰子。待详考。

② "午公"：端方。

③ "陕帅"：升允。

④ "梅老"：屠仁守。

⑤ "前樊山在京"："樊山"，樊增祥（1846—1931），字嘉父，别字樊山，号云门，湖北恩施人。光绪三年（1877）进士，时陕西按察使，二十八年十二月调任浙江按察使，"在京"当指其交卸后入京。

⑥ "刘蕺山、黄漳浦"：刘蕺山，刘宗周（1578—1645），讲学蕺山，又称蕺山先生。黄漳浦，黄道周（1585—1646），字幼平，福建漳浦人。

⑦ "因成《奉怀诗》一首"：《奉怀诗》，即《沈观斋诗》所存周树模作《汉上舟中奉怀吴心荄前辈时主荆门蒙泉书院》，诗云："峭洁于时百不谐，名山端可著青鞋。买田阳羡知何日，精舍寒泉更我偕（予与心老同主经心书院，又先后讲学蒙泉）。蒋诩尚余三径在，灵均休怨众人皆。明湖水满垂纶处，料有渔翁作等侪（文明湖在蒙泉书院前，心老时钓于此）。"

⑧ "梅老《格致谱》四册"：屠仁守著《格致谱》二十四卷。

此函作于光绪二十九年（1903）。

2-41 上端午樵中丞

自初春奉状，敬候起居，忽忽及秋，遂有关中之行。晋风朴重，愿①以贱子之愚懵，渔泽猎山，讫难有逸鳞奇羽之获，上副大贤所期，深用惭汗，惟誓愿所及，譬如佛说一切法具种种神通，仍自有其不二门，在此则可与尊宿心印者耳。闱毕假归，取道终南，以明公一言之重，所过蓝田商州一路，颇致殷勤，寨河舟小欠伸，打头河口换船，不得不尔，遂于光化②大令有所扰动，抚衷实抱不安。舟过襄阳，一路有遗帖来者，则敬谨避谢，既入乡土，便是部民，不敢妄居使者过境也。至公礼待之盛心，惟有永矢弗谖而已，临颖不尽慺慺。

注：

①"愿"：原稿在"重"字前，据文意正。

②"光化"：县名，今湖北西北部襄阳地区北部、汉水中游东岸，老河口市辖内。

此函作于光绪二十九年（1903），周树模出闱后归里行舟上。

2-42 再致端午帅

敬再启者，舟过安陆，就阅钟祥各段堤工，以上四工为最险，狮子口矶头大半坍塌，堤外淤滩渐次冲刷，巴家剅所作草矶，蛰陷尤甚，大溜直扫堤根，外无沙护，若遇明年盛涨，万难支持。此堤关系七州县民命，一有疏虞，则如高屋建瓴，下游皆成泽国。查钟堤向以船关所入为岁修专款，经前任郡守李芗园方伯①禀定有案。闻近年屡将此款移作别用，以致经费不敷，工程草率。窃以为百政虽待举行，而无有急于民生者，民不聊生，尚何他事之可言。台下轸恤民艰，士庶瞻仰，乞饬安陆郡守将钟堤险工及时修理，并不得将船关岁修专款挪作别用，以符定案而重要工，则其福我群黎，实无纪极。

注：

①"前任郡守李芗园方伯"：李有棻（1842—1907），字芗垣（园），湖南平江人。前任安陆知府，时已任江宁布政使。

此函作于光绪二十九年（1903）。

2-43 上张官保

夏间都下得奉清尘①，猥以子弟之行，频与宾僚之宴，废寺寻松，园亭命酒，近二十年来节镇还朝，久不闻此高致矣。顾或拟于步兵命驾，兰成访碑，未免不伦，抑非其实也。晋闱撤棘，公《新旧》一诗②已传至关中，"水火渐忘薪胆事，调停头白范纯仁"句，其语绝痛，宜其感人。顾以公一游一咏，为海内所瞻仰注视如此，他所措施，抑又可知已。树模无似，谬从文字之役，晋本狭陋，又以愚懵者主之，虽极意搜采，终不能有十五之得，上副长者所期，良用愧悚。真定道上，奉和《慈仁寺观双松》诗一首③，另笺缮上，下里之音，不足赓高唱，然奉教而作，不敢辞也，唯斧削为幸。比于○日抵里，尚未得公还镇之耗，实用悬企，明春道经鄂中，谨当趋诣铃阁，面领训言，临颖不任瞻恋，伏承起居胥福。

注：

①"夏间都下得奉清尘"：光绪二十九年四月二十日（1903年5月16日），张之洞自武昌抵京，寓下斜街畿辅先哲祠，至十二月二十二日（1904年2月7日）出京，回鄂。

②"公《新旧》一诗"：张之洞所作《新旧》一诗。诗云："璇宫忧国动沾巾，朝士翻争旧与新。门户都忘薪胆事，调停头白范纯仁。"时人王揖唐撰《今传是楼诗话》"新旧之争"条，云："南皮入相已晚，其时满汉新旧之争尤烈，感叹所及，辄寓于诗。《新旧》云：'璇宫忧国动霑巾，朝士翻争旧与新。门户都忘薪胆事，调停头白范纯仁。'又《西山》诗末二句云：'新旧只今分半座，庙堂端费翰旋功。'凡知光宣朝局者，皆可识南皮苦心也。袁甫挽公句云：'匡时苦费调停策，绝笔惊看讽谕诗。'两语肃括，可见生平。"（王揖唐著、张金耀校点《今传是楼诗话》，辽宁教育出版社2003年版，第268页）

③"真定道上，奉和《慈仁寺观双松》诗一首"：即周树模所作《奉和张广雅

宫保慈仁寺看双松时真定道中作》，诗云："天宁古柏冻不摧，南洼烟卧龙爪槐。燕郊寺寺有乔木，慈仁双松为之魁。国初诸老擅题咏，遗墨往往留僧牌。人代电火饱经历，太平雨露常滋培。自从妖贼召戎祸，绀宇俄化昆明灰。兹松幸为斤斧赦，不与殿阁俱摧颓。廉蔺侠侍赵廷上，黄绮来自商山隈。抱冰老人郁奇意，欲从二叟相追陪。披草布席集宾友，眼明见此连抱才。支离未免旁人笑，我觉妩媚心为开。白发苍颜几相向，劲气犹足排云雷。走卒争传司马出，山僧喜见苏髯回。旧游俯仰成一梦，百感不觉从中来。每过宫门共驼语，愁从华表看鹤归。天宝乱离那可说，贞元朝士多沈埋。犬羊踞床坐便殿，凝碧管弦凄以哀。骊山方息三月火，柏梁又告同时灾。苑花池柳改颜色，铁牡金铺生莓苔。即令痛定思前事，老泪迸出如琼瑰。双松重是先朝物，一日岂惜千徘徊。旧邦再造要梁栋，急征将作收条枚。轮囷足中当时用，讵必老丑人推排。况公坐规百年计，护养牙蘖犹婴孩。何时众材磊砢露节目，使我长望葱郁气。佳哉，江上枯柟滂续杜陵句，武昌官柳尚待陶公栽。"（《沈观斋诗》）张之洞原诗题《慈仁寺双松犹存往观有作》。诗云："千步廊前车如织，归来中满不能食。无聊欲共草木语，城南双松上胸臆。琳宫百堵无片瓦，远见精光出草棘。伟哉衣冠绮与黄，曾睹秦火三月熄。龙鳞如掌丑愈妍，返照在顶晃黝碧。崇效僧图遭掠卖，长春《九莲》难踪迹。此寺瓷像亦俄空，佛救不得凭谁力。访旧多为游岱魂，求如汝寿那可得。同游俱是感慨人，藉草相看到曛黑。往年妖乱等一梦，锦库成灰铜仙泣。遗此区区老秃树，岂足增壮帝京色。虽不中用亦复佳，留与后来阮亭望溪弄笔墨"。又，樊增祥有诗，题《张少保师招同王弢父于晦若两京卿沈子封编修周少朴侍御过慈仁寺址看松征赋长句》，可知张之洞招同游者有王彦威、于式枚、沈曾桐、周树模。（《樊樊山诗集·樊山续集》卷一九）又，胡钧撰《张文襄公年谱》卷五记其事："一日，无聊甚，约宾客数人往看慈仁寺双松。寺毁于庚子之乱。公至，支布栅藉草而坐。都人士聚观，涂为之塞。"

此函作于光绪二十九年（1903）。

2-44　致郑叔进学使[①]

秋间同持晋节，并辔入秦，日接光仪，积至三月之久，欢若弟昆，忘形尔汝。幸得随大贤之后，因以获得士之名，庆慰其何可量。比计星临益部[②]，满路光辉，翘企翘企。弟拜送旌麾后，于次二日首涂，陆行至龙驹寨登舟，山河滩浅，汉水沙淤，行殊不易，阅二十五日始抵里门，叨庇行人安稳，布帆无恙。解装后旋招泽生家弟来，询动止，甚愿远依幕下，藉观大匠之柯，则兹已措资装，已告知关聘川资一切，均于到蜀后致送。其人素系谨厚一派，质过其文，官场仪节多所未悉，公冲襟夷抱，料亦不以世法见绳，尚希推屋乌之爱，时督以所不及，不任感叩。弟离家两载，嫁娶累累，屏当不易，入都总在明年仲春，知关绮注，用以坩闻。临颖不尽惓惓，敬颂节安，不一。

注：

① "郑叔进学使"：郑沅（1866—?），字叔进，号习叟，湖南长沙人。光绪二十年（1894）进士。二十九年出任山西乡试主考官，以编修提督四川学政。

② "益部"：四川别称。汉武帝设十三州，"益"其一，乃有"益州"、"益部"。其辖在今西南，包括川西部分地区、重庆、云南、贵州、汉中大部分地区及缅甸北部、湖北河南小部分。

此函作于光绪二十九年（1903）。

2-45　致余寿平

西安试毕，于十月杪假归里门，奉到来教，敬审绥辑有方，左江境内一律敉平，①深慰悬企。桂事略有眉目，海东大波②又复轩然而起，世界竞争方剧，将来何处是干净土，海滨垦牧，其得为桃源天地乎？顷鄂帅急递见告，政府联日之约已定，声明日战失利，许借北京屯兵，都人士震，恐此事结果殊难豫卜。败③则无以平俄之怒，胜又何以酬日之劳，然拱手让辽，则各国借口瓜分，此时迫出于战，亦是无策之策，唯于死棋求生，以日胜为祸迟而患小耳，高明有何妙筹？列强交竞，注意在兵，中国不切实从此下手，一切新政均是烟雾之事，急时抱佛，终无济也。弟从前屡以放下别事专意治兵说南皮，虽是其言，而不能单刀直入，头脑太多，门面太重，故鄂兵虽愈于他处，亦苦无多。北方袁军与姜、马两军④最有名，顾其数亦有限，不足以成大军，当劲敌。云帅⑤

极精悍,麾下有无可战之兵足资入卫?此公固负时望,宜有建立者也。弟过此穷冬,即拟单身赴阙,微薄不足自效,台上空论又亦无益,如能得一参赞戎幕事,则甚愿也。匆匆不次。岁暮天寒,千万为国爱身。

注:

① "敬审绥辑有方,左江境内一律敉平":余诚格时任广西左江道。

② "海东大波":指发生在中国东北地区、朝鲜半岛、黄海、日本海的日俄战争。

③ "败":原稿无,据文意补。

④ "北方袁军与姜、马两军":"袁军",袁世凯率领之北洋军。"姜",姜桂题(1843—1922),字翰卿(汉清),安徽亳州人,光绪二十八年(1902)任毅军统帅。马玉昆(1838—1908),字荆山,安徽蒙城人。时直隶提督。光绪二十九年日俄在东北交战,奉命出关,驻古北口至朝阳一线。

⑤ "云帅":岑春煊(1861—1933),字云阶,广西西林人,岑毓英子,岑春蓂兄。光绪二十九年三月(1903年4月),由署四川总督,调署两广总督。

此函作于光绪二十九年(1903)冬。

2-46 致纪香聪①

别来两载,东海之尘又复飞扬,世界竞争方剧,和平恐涉虚想,如何。执事櫜括楚材,一绳之维,可扶倾厦,河汾将相,不能不私心企望也。弟离鄂逾年,去岁赴汴,今兹入秦,身瘁于道涂,精究于校阅。文字取士,科举得人,象罔之求,岂能望赤水之获,徒增愧悚。比假归里门,屏当家事,花朝后拟首涂诣阙,过鄂当谋一相见。手此奉布,即候道安,不尽。

注:

① "纪香聪":纪钜维(1849—1921),字香聪,又字伯驹,号悔轩,晚号泊居。直隶献县(今河北献县)人。同治十二年(1873)拔贡。时湖北文普通中学堂

监督。

②"花朝":旧俗以阴历二月十五日为百花生日,称为"花朝"。

此函与下函均提及于花朝前后北上赴京,过鄂当谋一见,当是同时作,与下函时间同在光绪三十年二月十五日(1904年3月31日)之前。

2-47 致梁节庵

客冬奉手书并郭华野①碑一分,藉谂兴起楚学,自任以重,深慰企仰,驿使乏便,遂稽裁答。日露之争②,早知有此,唯两手对敌,均向我棋局中着手子,而我乃谓之局外中立③,不知将来收局,谁受其利害,掩耳盗钟,绝可怪异。日胜露挫,所谓两害取轻。此传佛暗助露,包藏祸心。我素不讲外交政策,事会之来,亦无有执国际法以诘问者,真不知所谓自立者安在矣。抱冰④何日还镇?日来东事如何?所居僻左,得信为难,便中尚希见一二。模拟花朝前后首涂赴京,过鄂当趋诣左右,面罄壹是。临颖不尽慺慺,伏惟爱詧。

注:

①"郭华野":郭琇(1638—1715),字瑞甫,号华野,青州即墨(今山东青岛)人,康熙九年(1670)进士。

②"日露之争":日俄之争。光绪二十九年十二月二十四日(1904年2月8日),日军偷袭驻旅顺港的俄军战舰,日俄战争爆发。

③"局外中立":光绪二十九年十二月二十七日(1904年2月12日)清廷下谕,"现在日俄两国失和用兵,朝廷轸念彼此均系友邦,应按局外中立之例办理"。

④"抱冰何日还镇":"抱冰",张之洞。光绪二十九年十二月二十二日(1904年2月7日)张之洞出京,三十年正月十四日(1904年2月29日)回任视事。(《张文襄公年谱》卷五)

函首云"客冬奉手书",此函写作时间已至光绪三十年,又询"抱冰何日还镇",具体时间当在是年二月十五日(1904年3月31日)之前。

2-48　复端督部

　　人还，奉到手教，兼拜珍贶多品，施过其情，受之增愧。顷由杨大令处递到钧函，展读实深忧愤。值此世界竞争，不治兵，不备战，万无可以自立之理。第我当喘息甫平，兵力太薄，日不得英美暗助，大小势悬，利钝亦难逆覩。北方袁马两军①最有名而为数太少，鄂兵②号称精练，亦苦无多，此时抽调入卫，自是要义。惟沿江匪徒如麻，日谋窃发，内河山谷之间，伏莽亦所不免，东事若急，诚恐奸宄从而生心，鄂省兵空，似不足以资弹压。想明公帷幄运筹，必有成算也。树模郁郁家居，一闻此耗，如婴疾痛，后此事机若何，尚希随时下告，俾得为麻鞋赴阙之谋，百叩百祷。弦斋舟过脉望觜，有书来，因苦寒所阻，不曾过舍也。穷冬，千万为国自重，不宣。

注：

　　① "北方袁马两军"：指袁世凯、马玉昆所率军队。光绪二十八年（1902），袁世凯兼任练兵大臣，在保定编练北洋常备军。马玉昆，字荆山，亦作景山，安徽亳州人，时直隶提督。

　　② "鄂兵"：时湖广总督张之洞所练自强军。

此函作于光绪三十年正月（1904年）到二月间。

2-49　谢山陕内帘各官①

　　同场选佛，门前看立鹄之袍；锁院论交，座上接飞凫之舄。缔因缘于文字，荷高谊于云天，祇维某某，制锦长才，持衡妙手，以儒林而兼循吏，三辅腾声，蓄道德而能文章，群材受范，九重特隆，心简四国，奉为羽仪，引睇芝晖，难名藻饰。弟鹄渚回骖，乌台逐队，饱经北地之尘，时动西方之慕。公门桃李，定移嘉荫于河阳；彼美榛苓，试传好音于山隰。专肃奉谢，敬候台安，维希荃察。

注：

① "山陕内帘各官"：上年主考、同考山西、陕西乡试各官员。

此函作于光绪三十年（1904）。

2-50 谢陕西抚台①

谬持晋节，载赓使者之皇华；幸入秦关，得接真人之紫气。西方维深其企慕，东道有愧其殷勤。敬维某文武兼资，德功并著。周旧邦之新造，首崇分陕之贤能；唐社稷之中兴，全倚西平之节度。忠清为九重所鉴，勋望匪一有能名。晚鹄渚扬舲，乌台逐队，时忉染衣之惧，惭无补衮之能。千里驽骀，只困风沙于冀北；八荒霖雨，长瞻云气于终南。专肃奉谢，敬请勋安，唯希霁鉴。

注：

① "陕西抚台"：陕西巡抚升允。

此函作于光绪三十年（1904）。

2-51 谢同乡各官

关中弭节，得亲兰芷之芬。渭水联裾，倍重梓桑之谊。开鲭厨而饭客，分鹤俸以赠行。仰荷高情，殊深纫感。祗维某某荃履延厘，华簪竺祜。长庚星朗，欣瞻福曜于三秦；太乙云多，下布甘霖于九野。鸿仪仰企，凫藻难名。模栗碌如恒，薪劳自笑。台乌逐队，惭无补衮之长才；河鲤传书，每忆题襟之雅集。专肃布谢，敬候勋祺，惟希亮察。

注：

此函作于光绪三十年（1904）。

2-52 致李馥庭方伯

鹤楼之别，倏尔七年，世事变更，一如桑海。自大旆由秦入滇①，天南万里，音问缺然，至以为歉。客岁使晋假归，远闻台下为人龁齕，遂罣吏议，②世路风波，出人意想。比有自大梁来者，述及云南，上计孝廉，盛称执事莅政精敏，规画厘然，徒以岳岳之气，不能苟合取容，致此蹉跌，舆论所在，公道自明，未必青蝇，遂点白璧，伏望恢宏德量，以道自胜，有忍能容，为异日东山再起之地，企祷企祷。弟饱经多故，值此横流，眼雾日生，发星可摘，老境呫呫逼人，欲归无田，郁郁居此，念处堂而滋惧，若涉水之无涯，未知何时返吾初服。暮春弭棹江皋，迟望旌麾，期与故人相见。因假期已满，属有东事，恐涉逗留，竟不获握手一笑，至今耿耿。天气渐炎，惟望顺时葆练，偻偻不尽所怀。

注：

① "自大旆由秦入滇"：光绪二十七年（1901）十月，李绍芬由陕西布政使升任云南巡抚。

② "远闻台下为人龁齕，遂罣吏议"：光绪三十年正月，李绍芬因"纵容丁役需索门包，于各属领解款项加添火耗，克扣入己"，又"上年周云祥窜扰临安一案，该藩司横生异议，几至偾事"，着即行革职。

此函作于光绪三十年（1904）暮春后。

2-53 复端午樵中丞

春间上谒节楼，频获瞻对，叨从宾僚之后，杯酒流连，脱巾言笑，尽欢饱德，欣慰无穷，濒行乃蒙珍贶骈蕃，仪过其物，私心纫感，不知所酬。到京旬余，适台下拜移抚江苏之命①。江左幸有夷吾，精采自当一变。惟鄂中士庶骤焉失所依倚，东征西怨，此菀彼枯，益不能无皇皇耳。模浮沉此间，一无补报，时时以苟禄为惭，地上虮臣，纵有心肝可奉，其为微末，亦何足数。所望明公整顿乾坤，乘时建绩，使素所亲厚之人，得以远分荣光，导扬盛业，苍生蒙福，其何有涯。临颖不任翘仰之至。

注：

① "适台下拜移抚江苏之命"：端方署理江苏巡抚。

光绪三十年四月十一日（1904年5月25日）清廷谕，端方署理江苏巡抚。据以推测，此函大致作于是年四月。

2-54　谢武昌诸公

江皋弭棹，获接清尘，乃蒙雅谊殷拳，设醴以待，穆生分金而资，陆贾私衷感刻，无日能忘。祇维棠舍阴浓，槐厅日永，江清汉广，遥传南国之歌思，鱼美笋香，定助东坡之吟兴，德晖引企，私慕无穷。模奉别后，由江达海，行两旬有余，于夏初抵京，佛生日入对。还朝事竣，俗冗实多，日逐骢马之尘，殊少涓埃之报。陪鹓鸾而趋上阁，何补圣明，同雀鼠而盗太仓，只惭尸素。专肃布谢，敬请勋安，唯希垂察不宣。

注：

此函作于光绪三十年（1904）。

2-55　致梁节庵太守

春间小驻武昌，仰荷东道殷勤，累日壶觞，江干车马，所以宠待者甚至，怀允不忘。到京忽已月余，随例应酬，昏昏送日，未及致谢于左右，良用歉然。顷有自鄂来者，询悉政体违和，伯雨太守代摄府事①。方深悬系，既而报纸又传失子之事。疑其谬误，再三探询，始知其审，为之悼叹无极。骥子好男，倏焉摧折，虽在上哲，岂能忘情。惟直此艰时，贤者之身例丛忧患，外境宜无称心者，伏望以露电观世法，以彭殇为齐年，留其悲智，以救世人，勿以童乌之痛而伤损道真，遽灰远志，幸甚幸甚。临颖哽塞，不尽欲吐。

注：

① "伯雨太守代摄府事"："伯雨太守"，黄以霖（1856—1932），字伯雨，江苏宿迁人，光绪十七年（1891）举人，时以候补知府，在张之洞幕，任湖北武学堂总提调。梁鼎芬时任武昌知府。

此函作于光绪三十年（1904）。

2-57 谢张宫保

暮春道出武昌，猥蒙赐之燕间，殷勤杯酒，继颁厚赍，以助宿蠡，自顾不才，数承长者之礼待，甚感且惭。自大斾指金陵，模亦随尘东下，海舟安稳，于孟夏初旬还朝，佛生日入对，慈圣垂询外省新政甚悉，于湖北学堂深加赞许，连日频下恻怛之诏，如限制内务府经费，各省奏单刊入官报，似有动于立宪政治之说，解除禁锢，使反侧自消，尤为光明坦荡。宫中尧舜，固自有为，惜左右辅导无人耳。东方兵祸连结，收局殊不可知。都下酣嬉渺然，若战事之不相涉，此则可为怪诧者也。临书不任驰恋，盛夏，伏维顺时珍摄，不宣。

注：

此函作于光绪三十年（1904）盛夏。

2-57 复周左麐太守①

潘冠曹进士②来京，奉到惠书，兼辱嘉贶，具纫拳拳之谊。去夏阅邸钞，悉足下除守南阳③，为之欢忭累日，私念宿学长才，不得自遂于科名者，将于事业而发挥之。兹承来示，乃知受事未久，遽有回溪之折,④宦海风波,不可思议,如此使人不能无闷。第疑谤已成,须逆来而顺受之,以待公道之自明。若急持则愈结而不可解,笔舌之间,两希留意,此非世故之言,抑古人三已无愠,不为小丈夫之悻悻者。愚自服阕入京,两年之间,入汴入秦,奔走衡校之役。此次假归,展转九月有余,实于言责有旷。东祸方深,粤乱⑤未已,天下之事,可忧甚大,一身得失,又不足云也。足下夙饶远略,当何以筹之。大梁近事⑥,有所见闻,望不厌觐缕。临楮不尽所怀。

注:

① "周左麾太守":周钺(1859—1909),字左麾,号百迟,江苏上元人。光绪十九年(1893)举人。

② "潘冠曹进士":潘浩,字冠曹,号养伯,江苏宜兴人。光绪三十年(1903)进士。

③ "除守南阳":任河南南阳府知府。

④ "受事未久,遽有回溪之折":光绪二十七年(1901)七月,周钺以河南补用同知召见,得旨着以知府留河南过缺即补。三十年六月,因"泄沓成性,嗜好太深",着开缺。

⑤ "粤乱":广西会党起义。

⑥ "大梁近事":光绪三十年(1904)八月,时河南巡抚陈夔龙张贴"压沙地征粮"告示,清查开封祥符县抛荒土地,并征缴"欠赋",引发百姓不满,聚往县衙请愿免粮。

据"大梁近事",推定此函大致作于光绪三十年(1903)九月。

2-58 上端中丞

自大旆莅苏,振兴百度,壁垒一新,遥听风声,益增倾仰,秋凉,伏维起居曼福。宋敦甫太守①来此,为言公移节之日,鄂人瞻恋,绘为《攀辕图》,一时题咏甚众。某留滞京师,不能执鞭道左,以一尊为寿,辄赋诗二章②,贡诸左右,欲以粘附图尾,未知可备异日輶轩之采否。

此间未可久居，巾柘水清，武昌鱼好，时有归来之兴，倘得福星长临楚分，使枯朽之姿仰获庇赖，愿受一廛，躬耕课子，不复关怀于世事矣。承爱不敢虚饰，请以此言同诸息壤。临楮不尽依驰，唯幸垂鉴。

注：

① "宋敦甫太守"：宋康复，字敦甫，湖北汉阳人。时过周树模，《沈观斋诗》存《送宋敦甫之官吴中》诗一首。诗云："幡然乞郡吴门去，躞蹀神驹意出尘。从政诗人要忠厚，入宫太守例清贫。治平有效儒风贵，粉绿争妍世态新。似子文章过吾党，前途应不受缁磷。"（《沈观斋诗》）

② "赋诗二章"：即周树模所作《题端午樵中丞鄂城攀辕图》诗二首。诗云："楚雨吴烟各一岑，东门柳色思难任。云霓自满来苏愿，江汉终存借冠心。执礼生徒齐北面，作歌父老半南音。谋新听罢原田诵，更赞陶桓百炼金。""一江绿尽葡萄酒，倾入千家饯别卮。恩意浅深人自觉，烟波浩渺我归迟。买丝争绣平原像，伐石新刊岘首碑（公去时鄂人于黄鹄山刻石肖像）。问道安东权假节，阳春延望再来时。"（《沈观斋诗》）

此函作于光绪三十年（1903）秋。

2-59 致樊云门方伯①

去岁京华，得奉颜色，清言雅量，披豁愚蒙，使人倾挹不尽，酬对未久，遂有关中之行，试竣假归，于今春还朝，而台斾又由浙返陕，公出我入，如相邀然，深以暂近宝山，辄被风引，未得尽穷胜妙为憾。陕裁粮道，关中馈饷一委鄧侯，想苾劳愈甚。昔刘道民姿性绝异，手书口答同时并举，我公捷敏不让道民，众目一纲，自中条理，三辅之事，繫公是赖。模不文不武，久虱此间，殊无补报，自揣狭中之性，实非仕宦所宜，但得为鹤谋二顷之田，近水筑一分之屋，便拟挂冠归去耳。不欲飘泊横流，向露车栖宿也。兹因李杰三同年入陕之便，略布区区，李君笃厚长者，望加拂拭。吴心荄前辈有子名葆者，需次在陕，能免饥冻否？新老旧交，不能无念，亦祈有以翼覆之。临颖不尽所怀，伏承起居万福。

注：

① "樊云门方伯"：樊增祥（1846—1931），字樊山，号云门，晚号天琴老人，湖北恩施人。光绪三年（1877）进士。光绪二十九年九月，由浙江按察使调为陕西按察使，即函中所云"由浙返陕"。三十年十一月，为陕西布政使。

此函作于光绪三十年（1903）十一月樊增祥出任陕西布政使之后。

2-60 上张宫保

自夏间奉书后，不获以时敬问起居，抑不欲以寻常暄寒上渎尊听，非敢忘也，公还镇以来①，凡所施设，犁然有当于人人之心。各州县赔款改作学堂经费②，功在一方，驳赫德之条陈，斥精琦之谬议，③功在天下，都下士大夫莫不翕然称之，况于素所亲厚，其为倾心，益复可想。东事自旅顺既陷，俄败涂地，自忖无以当日，而谋寻衅于我，近日布告各国，谓我违犯中立，彼当保持其利益，盖欲为战后要求张本，④失于东者，取偿于西，不待龟卜。又英人入藏⑤，是其隐痛，此时濡忍而不敢发，将来必求所以泄之。我西北边备空虚，一无部署，想公规画大局，必有补救之策，可否开示大义，以发愚蒙。模悲愤徒深，无裨万一，台中亦少同声者，盖无日不怀归志耳，长者之前不敢虚饰。临颖殊深驰恋，伏承道躬康胜。

注：

① "公还镇以来"：指张之洞在光绪三十年正月（1904年2月）自京归鄂以来。

② "各州县赔款改作学堂经费"："赔款"，即赔款捐，光绪二十八年（1902），张之洞为应对新案赔款摊派，饬州县就地抽取之捐。三十年七月，张之洞札饬，"自本年八月为始，所有各州县赔款捐，均予免解省城"，"今惟学堂一事，最为有益地方、强盛中国之大端"，"应即将此项赔款捐，全数留于各该州、县，专为该处

办理学堂之用"。(《札各属免解赔款留办学堂》,《张之洞全集》第六册,第4247页)

③ "驳赫德之条陈,斥精琦之谬议":光绪二十九年(1903),海关总税务司赫德应清政府之请,协助改革币制,自是年二月至三十年九月间,先后条陈,提出五篇《改虚金本位货币,定位银钱准价节略》。三十年初,美国货币专家精琦亦应清政府之请,提出改革币制建议之《中国新圜法条议》。二人主张均在实行金汇兑本位制,皆有控制中国币制进而控制中国财政经济之目的,一经提出,遭到普遍反对。是年八月十六日,张之洞上《核议赫德条陈筹饷节略窒碍难行折》与《虚定金价改用金币不合情势折》,指出"至赫德此议以外,恐远方之人窥我理财方亟,创为不根之论,设为动听之策,以冀揽我利权,误我国计者,正复不少","财政一事,乃全国命脉所关,环球各国,无论强弱,但为独立自主之国,其财政断未有令他国人主持者,更未有令各国人皆能干预者"。(《张之洞全集》第三册,第1625—1635页)此事参见陈振骅著《货币银行原理》:"庚子之后,外债跃增,银价跌落,镑亏之累,日以增重,于是清廷朝野,益觉币制之改革,及不容缓。光绪二十八年冬,外务部饬驻美代办沈桐照会美国政府,请合力补救,同时墨西哥亦提此议。美国政府乃于次年设一国际汇兑调查委员会,派精琦(J. K. Jenk)等为委员,令与中墨政府以及欧洲主要当局,共同参酌拟议改革币制政策。是年冬,该委员会调查完竣,提出报告书于美议院,并派精琦来华,于三十年春抵北平,上圜法条议于政府","精琦之提案既出,中国廷臣纷纷反对,张之洞及袁世凯尤力。于是精琦又撰续议释疑一册,声明币制由中国政府督理,但聘外国专门家为参议云云。然清廷以此事重大,不欲率尔举行,而精琦提案,遂无期搁置。精琦提案之精要,在九、十、十一、十二,四条,即主张金汇兑本位制。"(商务印书馆1935年版,第177—179页)

④ "东事自旅顺既陷,俄败涂地","近日布告各国,谓我违犯中立":光绪二十九年(1904)十二月,日本军队突袭驻旅顺之俄军,日俄两国宣战,清廷宣布"局外中立"。至三十年十一月二十六日(1905年1月1日),俄军失守,日军占领旅顺。十二月,俄国布告各国,称中国不守中立。参见驻俄大臣胡惟德于光绪三十年十二月十二日(1905年1月17日)致外部函:"密探俄通告文有'中国违背中立,俄即任意举动'一语,为官报所不载。昨与外部力辩,伊谓:美曾联各国保中国中立,若有违背,俄即不认。盖意在借端,以便陆师绕辽右击敌,或兼为异日水师擅泊口岸地步。势必枝节横生,亟应通告声明。否则,利在人,咎在我。"十六日函:"俄通告宗旨,外间议论不一。有谓欲纵军辽右,以绕敌,先小试,后且大

举，特破我中立，不能无所借口；有谓预为议和时抵制中国地步，问罪有词，安望和商归地；又谓意在扰乱大局，冀各国出而调处，为下台计。特汇闻。总之，此举必有命意。我中立、不中立，出入甚巨。倘受诬不辩，转自坐实。法人偏袒，不宜深信。美、英使曾谈及否？若通电驻使，向各国声明，自占地步，亦与通告无异。钧筹若何？乞示。"并附俄通告原文："战初，俄允美请，限战地及中国局外地。本年二月五号曾通告，视中国之确守、日本之遵行为准。十一个月以来，中国有未能守、不愿守之意。如烟台雷艇任日得利，日军在局外地统胡匪给饷项，日员充直隶边军兵官，均有实据。战初，日水师即据用庙岛、烟台及沿海他处私运军火于青泥洼、汉阳官厂卖与铅料各节诘问华官，复语含糊。据各处消息，中国实未守局外，且竭力预备为与战计，民情汹汹，甚为西人危。俄政府不能不提醒各国，彼欲力保中国局外，惜中国为日所迫，未曾做到。倘再有此项情节，俄不得已只能顾自己利益，以对此种中立矣！"（《使俄胡惟德致外部俄通告中国违背中立宜向各国声辩电二件 附通告原文》，《清季外交史料》7，第 3407 页）又，光绪三十一年正月二十七日（1905 年 3 月 2 日）外务部收驻美大臣梁诚函《与美国国务卿晤谈俄通告各国我背中立情形俄所指摘各节皆可逐一辩驳》："先是初十日，俄使喀希尼见海外部面交照会一件，声称中国不守中立，特行布告，以后如再有此等情事，即不能守美国战界之约，以保本国之战利等语。翌晨，日使高平小五郎见副外部海有寒疾，请假未出，访探详情。午后诚往海约翰私宅，晤谈良久。海谓俄人屡败计穷，旅顺失陷，更行无赖，此次指摘中国各事，显系故意吹求，居心叵测，不可不防。诚探问美廷宗旨，劝坚持战界之约，海谓前限战域原为保全中国，维持大局起见，今中国并无违犯实情，不至以俄人一面之词方针遽改，惟中国未接俄人照会，深恐无从驳正。其时，诚尚未知俄人竟不照会我国，祗得告以中国理直气壮，自必逐条严驳，俾寰球共见共闻，絜是比非，正有公论。美国能始终主持仗义执言，实斯世和平之福，不可稍形馁弱，俟明日商总统后，定有办法，再当奉布。"（外务部收驻美大臣梁诚函《与美国国务卿晤谈俄通告各国我背中立情形俄所指摘各节皆可逐一辩驳》，郭廷以、李育澍主编：《清季中日韩关系史料》，台北："中央研究院"近代史研究所 1972 年版，第 6089 页）

⑤ "又英人入藏"：光绪三十年（1904）七月，英军入侵西藏，二十八日强迫西藏哲蚌、色拉、噶尔丹三大寺寺长非法签订《拉萨条约》。九月，外务部宣布条约无效。

俄国"近日布告"事，在光绪三十年十二月初十日（1905 年 1 月 15 日），又，函首云"自夏间奉书后",据以似可推测,此函写作时间尚在光绪三十年十二月。

2-61　复端午樵中丞

正月八日奉到宝塔洲①舟次赐书,兼承垂念。北地之寒,所以呴濡之甚厚,勿感其何可言。牙刻扇碟二事,精雅绝伦,棘端母猴,不是过也,谨当什袭珍之,唯有投无报,歉也,如何。自大旆离鄂,一岁之中,忽吴忽湘②,殆无暖席,然所过③之地,譬如雨沛苗生,蓬蓬增气,虽所施未竟而大体已立。吴人官京师者群焉,惜公之去而虑继者之难,况我鄂人蒙化最深④,其慕恋依倚,当复何如耶⑤。长沙小作回旋,以公足知多谋,自有余地。湘人以气力自雄,士嚣而民悍⑥,不逞者往往杂出其间,如驭马然,疲者策之,奔者勒之,在随俗为移,易耳。明公以为然乎?否乎?此间内容腐败,无以异于旧时。模时时妄发,恒苦机牙不应,事与心左。世事竟似百创并溃,一针一灸,何能奏功,要当以求田为上策,久点此职,日在惭赧之中,殊不安也。尚望频惠德音⑦,有以匡我。临颖所怀不尽,伏承起居万福⑧。

注:

①"宝塔洲":位湖南长沙洗心禅寺附近。

②"忽吴忽湘":光绪三十年十二月初一日(1905年1月6日),端方由署理江苏巡抚调任湖南巡抚。

③"过":广东省立中山图书馆馆藏端方收件,原稿为"至"字。(广东省立中山图书馆编:《广东省立中山图书馆馆藏名人手札选萃》,商务印书馆2002年版,第42页)

④"蒙化最深":端方收件原稿为"蒙泽尤深"。

⑤"当复何如耶":端方收件原稿为"又何如耶"。

⑥"悍":端方收件原稿为"健"字。

⑦"尚望频惠德音":端方收件原稿为"风便尚望频惠德音"。

⑧"伏承起居万福":端方收件原稿为"伏维垂督,敬承起居万福"。

此函作于光绪三十一年（1905）正月。据广东省立中山图书馆馆藏收件原稿，函首抬头"陶斋尚书祖台坐下"，末落款"治晚生周树模顿首"。

2-62 谢张广雅宫保

远辱赐书，兼承重贶。阳回律暖，能生黍谷之春；地厚人归，载诵兰陵之语。亟馈有烦于尊者，误书犹念。夫郢人惟上德之兼容，故勤施而忘倦。伏审福星照楚，快雪应时，忧国常愿年丰，安民斯为政本。大云之覆，已遍及于万家；时雨之沾，乃不遗夫一士，可谓德博而化、道广能周者已。模尺寸寡效，四十无闻，抱寒蝉，惜己之，惭为金马陆沉之客。论其野性，宜侣渔樵，岂有昌言可资龟鉴。江流南纪，每怀吉甫之清风；柳色东门，愿托桓公之美荫。

注：

中国历史研究院图书馆藏《张之洞函稿》存张之洞《拟复江西道察院周都老爷印树模台启》。函云："少朴仁兄大人阁下：别来再奉惠书，欣承动定。咏迟答书来之句，想早朝归咏之风，良问殷勤，下怀驰向。弟江城还领，岁钥又新，抚时事之多艰，念退思之莫补，乃邀扬诩，只益惭皇。盖履冰临谷以时兢，岂木屑竹头之获效。比责言于中立，更深虑于边防。空穴来风，彻桑未雨，绸缪牖户，所贵先筹。诚如尊言，宜有至计。京华依望，远瞻北向之归鸿，封事争传，愿听朝阳之鸣凤。专肃布复，祗请台安，并贺春祺不备。馆愚弟顿首。正月廿九日。"又，"敬再启者。顷交百川通电汇寄年敬一百金，祈查收为幸。珂乡去冬久晴，幸春前连得快雪，丰岁可占，冬温亦解。并以附闻。弟又启。"（《张之洞函稿》，所藏档号：甲182—213）"年敬一百金"，当周树模所收之"重贶"。张之洞于光绪三十年正月自京还鄂，函云"江城还领，岁筲又新"，可推测已至三十一年。据此，周树模函写作时间在光绪三十一年正月二十九日（1905年3月4日）之后。

2-63 复张季直同年[①]

自别春明，忽逾十稔，天霞云鹤，攀仰无从。伏谂鲁连之名益高，计研之策可用，郁然时望，冠绝等伦，□②远风仪，惟深企羡。顷蒙手笺下贲，肸饰有加，施鞭策于疲驽，求蛰鸣于大鸟，把书开阖，只益惭惶。某四十无闻，尺寸寡效，抚铜驼而悲叹，为金马之陆沈，梦想江湖，欲向何山而栖隐，徘徊宫阙，难禁此地之高寒，倘得频赐刀圭，稍祛蒙滞，不胜至愿。

注：

① "张季直同年"：张謇（1853—1926），字季直，号啬庵，江苏海门人。光绪二十年（1894）进士。三十年三月，着赏加三品衔，作为商部头等顾问官，故函中有"鲁连之名益高，计研之策可用"语。

② "□"：疑有缺字。

此函作于光绪三十一年（1905）。

沈观函稿　三

3－1　上镇国公①

树模再拜，奉书上公爵，前海外相从，经历半载，②仰蒙纡尊降贵，礼待有加，中心衔感，无日能忘。自顾不才，荷上公国士之知，又怵于时艰，急欲稍效愚忠，为皇室建久长之策，不阿权贵，不避怨嫌，耿耿之忧，唯求利国。上公以亲贵主持，遂蒙圣明采纳，诏下之日，八方震动，以为自强可待。乃当事者百计挠败，若深恐上公之奋起有为，因而侧目于贱子，此实非意计所及者。自出国门，惝恍如失，于前月上旬行抵吴门，受事以来，瞬及一月。③新设之署有如磬悬，而一切学堂用费，京师学生津贴，外洋留学经费，皆由本处筹拨，文移催促，函电交驰，而苏省并无丝毫的款，援案请拨，则藩司推之局所，局所推之道关，辗转诿卸，徒费日时，迄无着落，若明岁上台不谋办法，唯有投劾而归耳。模虽不学，尚非热心仕宦者，若仅置之闲散之地，无论如何清苦，决不稍存觖望，唯陷之枯窘之乡，外无以应取求，内不能展尺寸，则真不可一朝居也。恃上公之挚爱，敢缕述其近状如此，伏唯垂詧。模已为外吏，不复与闻朝事，惟时时眷念左右，北望咨嗟。上公名满天下，易滋疑忌，不宜一切用刚，出入禁闼，宜比常时倍加和顺，恐宫中疑为不居要职有所怨望也，千万留意。临颖曷胜依恋之至，专布，敬叩尊安，伏乞崇鉴。树模谨肃。

注：

①"镇国公"：载泽（1868—1929），字荫坪，满洲正黄旗人。光绪三年（1877）袭封辅国公，二十年（1894）晋镇国公。

②"前海外相从，经历半载"：光绪三十一年（1905），周树模以二等参赞随同载泽出洋，经日本，道美而历欧洲，考察政治。载泽《考察政治日记·序》云："（光绪三十一年）冬十一月陛辞出都，十二月诣日本，次年正月道美而英而法，五月自比东还，六月至京复命。谨以四国之所周咨，政教法制之大要，分属参赞随员，译纂成书，凡三十部，九十六卷。部为提要，恭呈御览，而以其书上考察政治馆备采择。"（蔡尔康·戴鸿慈·载泽著《李鸿章历聘欧美记·出使九国日记·考察政治日记》，岳麓书社1986年版，第563页）

③"上公以亲贵主持，遂蒙圣明采纳，诏下之日，八方震动，以为自强可待。乃当事者百计挠败，若深恐上公之奋起有为，因而侧目于贱子，此实非意计所及者。自出国门，惝恍如失，于前月上旬行抵吴门，受事以来，瞬及一月"：光绪三十二年七月四日（1932年8月23日），载泽呈递密折，力请立宪，以保政权。十三日，上谕"仿行宪政"。十四日又谕，立宪之预备先行更定官制，派载泽等十四人编纂，奕劻等四人总司核定。十五日，载泽为御前大臣上行走。十八日，设新官制编制馆，下设起草、评议、考定、审定四课。周树模任审定课委员。九月初四日，载泽奏陈厘定官制要旨。八月二十七日（10月14日），周树模奉到电谕，着迅速赴署理江苏提学使任。十月初七日，周树模奏报接篆日期。其过程原委，左绍佐撰《周公墓志》有记载，云："归国后，于君主立宪，多所敷陈。泽贝子立宪一疏，君之笔也。时议宪政，拟从官制入手，廷旨令君与朗润园王大臣参与会议，有尼之者，阴嗾苏抚电请赴提学使任，交军机处饬赴新任，君遂外出。"（《辛亥人物碑传集》，第414页）

周树模于光绪三十二年（1906）十月初旬抵苏，函云"于前月上旬行抵吴门，受事以来，瞬及一月"，故推定此函写作时间大致在是年十一月上旬。

3-2　与华璧臣同年①

都下过从，极承相爱之殷，惜别匆匆，怅惘无已，敬维上侍舅福，履候胜常为慰。弟自秋杪戒行，叨庇度海平顺。莅苏以后，俗冗如毛，排日参筹，分班见客，午夜埋首案牍中，此其表面之事，居然一官也。至其内容，则衙门新立②，有如磬悬，要而言之，一钱不可得，一事不能办而已。学署本无财政，一切仰鼻息于人，而凡支放之事，向所督之于学务处者，今则移之于学司。省城各学堂以及外洋留学、京师学生津贴，岁需逾二十万金，并无丝毫的款，皆临时筹措。苏省经济困难，为各省所未有，援案请拨款项，抚以下之于藩，藩以推之于局于关于道，展转诿卸，迄无着落，而应放应汇各款，皆须按期照发，否则文移催促，函电交驰，日为函者之请求而人不应，日受债主之追呼而己亦不能应，此景此情，何能久处，若明年上台不能筹得的款，唯有投劾而归耳。凡东西文明各国欲举行要政，皆以豫筹经费为先。今以重要之事，责之徒手之人，虽有智谋勇力，将何所施。就近况而论，苏省学务不唯未办者难望扩充，即已办者亦难支柱。如弟不才，投之闲散，乃分之宜，至于居此窘乡，系③缚手足，而尺寸不得施展，将来且要受不能任事之名，真不能无邑邑也。老兄相知有素，能于学部大老处达此苦情，感且无既。少沧近亦牵于学界④，可谓用违其才，弟不足惜，而不能不惜少沧也。都下近事何如，望略示一二，天上宫阙，今夕何年，盖不能无惓惓也。临楮所怀不尽，诸维爱詧，即颂台安。

注：

①"华璧臣同年"：华世奎（1863—1942），字启臣，号璧臣，祖籍江苏无锡，世居天津。光绪十九年（1893）举人。时为军机领班上行走三品章京。

②"衙门新立"：光绪三十二年（1906），各省裁撤提督学政，改设提学使司提学使，统辖全省地方学务。

③"系"，原稿为"挚"字，疑"系"之繁体"繫"与"挚"形近，以"繫"字误为"挚"字，据文意改。

④"少沧近亦牵于学界"："少沧"，段书云（1856—？），字少沧，江苏萧县（今安徽萧县）人。时以广东雷阳道台署理提学使司。《丘逢甲日记》光绪三十二年八月初二日（1906年）条载："早往学务公所。学使于公将入都参议宪政，以段少沧观察（书云）署理提学使。"丘逢甲，时为广东学务公所议绅、广州府中学堂监督。（黄志

平、丘晨波编:《丘逢甲集》增订本,广东人民出版社2019年版,第450页)

此函作于光绪三十二年(1906)。

3-3 复王胜之太史①

顷奉惠书,备承谦德,谓路政②之烦重,辞议长③而不居,讽诵回环,窃以为过。方今新政推行,百端待举,教育之事实重于交通。部定新章,取资群议,原欲使官绅之力合,上下之情通。贵省夙号文明,敬教劝学,诸待扩充,育德振民,事实闳大,非得识贯古今、望孚乡国之人,不足以领袖诸绅,津梁来学。执事通才宿学,物望所归,学会由其主持,部中推为咨议,教育议务,久已身任不疑,④岂有近在梓桑,诏及子弟,转加推让之理。今剡牍既已上陈,征书断难复返,兰陵祭酒,任匪异人,尚希俯鉴肝鬲之诚,勉负仔肩之重,俾群流得所归仰,各校赖以振兴,不胜厚幸。专肃复陈,就候道履,惟希照詧不宣。

注:

① "王胜之太史":王同愈(1856—1941),字文若,号胜之。江苏元和人。光绪十五年(1889)进士。

② "路政":指王同愈参与主持苏省铁路公司事。光绪三十二年(1906)五月,王同愈被举为苏省铁路公司驻苏办事人。"又与张謇等主持苏省铁路,集股商办,创设铁路公司,公推王清穆为总理,公与张謇、鼎霖为协理。设苏省铁路学堂兼长校务,培植路政人才甚众。"(王同愈著、顾廷龙编:《王同愈集》,上海古籍出版社1998年版,第578页)

③ "议长":指江苏学务公所议长。光绪三十二年十月二十二日(1906年12月7日),江苏巡抚陈夔龙奏请委任王同愈派充江苏省学务公所议长。

④ "学会由其主持,部中推为咨议,教育议务,久已身任不疑":光绪三十一年(1905),由江苏巡抚陆元鼎奏请,王同愈总理江苏学务处。"学会",即江苏学会。"部中推为咨议",光绪三十二年(1906),学部设谘议官若干人,以备谘询,参画学务,不作实缺,王同愈被推为学部谘议官。其"久已身任"江苏"教育议

务"情形，顾廷龙所撰《清江西提学使胜之王公行状》有详记，云："中丞陆元鼎素知公熟心教育，特奏调回苏办理学务，充学务处总理。改宾兴公所为学务公所，设公立第一高等小学堂，公立第一中学堂，公立师范传习所，公立初等商业小学堂，又设公立半日学堂，以便职工子弟半日就学、半日留本业。创设苏府学会，江苏总学会，公举为副会长，充学务公所议长。又充学部谘议官。（教育总会成立，公举张謇为正会长，公与许鼎霖副之。）吾吴创办学校，革新教育，筚路蓝缕，公之力最多。"（《王同愈集》，第578页）

此函作于光绪三十二年（1906）。

3-4 与翁印臣观察顺孙①

顷承驷从枉过，藉聆教言，深慰景仰。脂车临发，不获出城走送，怅歉何如。常昭学界，龃龉积久，未能冰释。弟局于官守，莫由与珂乡诸公接洽，终难通两家之邮。素仰执事明达虚公，乡里推重，倘得鲁连排解，俾新旧融和，学界永消阻碍，造福梓桑，实无涯涘，不独区区企祷已也。

注：

① "翁印臣观察 顺孙"：翁顺孙，字幼渊，号印（寅）臣，江苏常熟人，翁同龢侄孙。光绪十七年（1891）举人。时直隶候补道在籍，光绪三十一年，江苏学务总会成立，为专门部干事员。三十二年九月二十日（1906年11月6日），江苏学务总会在上海召开会议，更名江苏教育总会，翁顺孙任职情况不明。

此函作于光绪三十二年（1906）。

3-5 上江督端午帅

日前晋谒铃辕，得瞻麾节，拜尊者饮食之赐，荷将军礼数之宽，猥以属僚，同于主客，感激惶悚，匪可言宣。拜辞后候船江干，宵分始发，于初八日抵苏，清理积牍，兼部署考优考职各事，日来粗有眉目。此间学务，前已面陈梗概，预算年内用款，非三万余金不济，到任后即上详抚军，事下藩司，筹拨则以分摊于局于关于道，展转诿卸，终难凑齐。学司本无财政，一切仰给于人，得铢而铢，得黍而黍，无能生发，亦无可挪移。而省城学堂经费以及出洋学生学费、京师学生津贴，向所责之于学务处者，今皆移之于学司。函电沓来，无非索款，已函请而人不肯应，人追呼而己不能应。明年留欧学生由预备而入大学，按照学部新章，学费增加之额数至三万有余，来日大难，真不知所以为计。现在公所未能成立，建筑之费益复杳然，若不先事绸缪，将恐无以度岁。前承帅台面许筹济万金，归来未敢轻泄于人，惟体察情形，非得此款断难支柱，伏恳早日赐拨，应如何补呈公牍，统候示遵。大江南北，同属仁怦，本无界限可分，而苏垣学堂皆系明公手创，断无视其废坠之理。明年尚望筹拨的款，保持成绩，再图扩充。树模奉令承教，得以广公之惠于吴人，不胜至幸。

注：

原稿末句有"专肃布陈，敬请钧安，伏祈崇鉴。树模谨叩"，删。此函作于光绪三十二年（1906）。

3－6　与胡馛卿观察①

自淮上通电后，久不致书，悾偬可想。前见寿州师②，知台旌移权西圻。改章之际，迁地为良，不必故枝也。陶公理财，注意盐政，搜求必甚，摘发必严，若有所诘问，幸以明快之笔登答，勿涉吞吐，至属至属。兄海外归来，适值改政，以受上公③深知，略有赞画，朝贵侧目，急欲挤之出外，于九月廿七日奉迅速赴任之旨，闻命悚惶，踉跄出走。十月初旬抵苏，新设之署有如磬悬，而每月待放之款丝毫无着，日受追呼，请款书上，则抚以下之藩，藩以推之关局，文移往还，终归画饼。前在京时，已知大概，而当事者故以难题窘我，好在布袜青鞋，早作准备，意有不适，当从野鸥于松石湖畔矣，不能服盐车上太行也。二小儿尚在家塾，昨寄史论数通来，颇有思笔。鄙意以为作谬妄之通人，不如为明白之学究。云帆沧海，破浪乘风，自视殊觉寡味，不愿儿辈效之。世事无可言，姻叔谢客家居，山林闲福，神仙不啻也，唯祝长健。临书不任驰系。

注：

① "胡馥卿观察"：待考。

② "寿州师"：孙家鼐（1827—1909），字燮臣，安徽寿州人。咸丰九年（1859）进士。时文渊阁大学士，充学务大臣，管理全国学务。

③ "上公"：载泽。

此函作于光绪三十二年（1906）。

3-7 上端制军

前奉钧函，备聆温谕，仰蒙垂念学款枯竭，允筹万金，饬于腊月中旬备文支领，昨已派员赴辕，想赐拨给矣。模遵饬于十五日前赴江阴考验南菁学生，于十六日到县，即往学堂。十七至二十日，每日分门严试诸生，自辰至申，皆亲临纠察，略无松懈。所有挟书偶语旧习，一切禁绝，间有二三倩代者，均经当堂察出，拟令按名退校，以肃学规。课卷仍携回详细复核，分别给予毕业、修业文凭。其新班各生，按其程度高下，斟酌去留，再行具文详报。至改办高等文科①，须俟部复到日，与教育总会悉心筹议，恐非两三月不能就绪。值此除旧布新之际，小作停顿，使之捐弃故伎，更受要道，是亦微妙法，未识明公以为然否。模明日仍由内河返苏，屏当岁事。知关尊廑，缕切奉闻。敬请钧安，伏希垂鉴。

注：

① "改办高等文科"：指南菁书院改南菁高等文科第一类学堂。

据文意，此函作于光绪三十二年十二月二十日（1907年2月2日）后，将至年末。

3-8　复杨惺吾先生①

奉别五年，走俗抗尘，不获修敬于左右，乃蒙手书下逮，肫饰逾恒，滋以为愧。承惠大著各种，如以贫子得窥龙藏，欢喜赞叹，莫可名言。吾楚先贤以文章擅名者甚众，独石庄②《绎志》，漆室③《枢言》，号为经世，自余专家著述，盖不多觏。今先生此作，为舆地家补苴罅漏，自辟町畦，直可夺胐明④、东原⑤之席，真不朽盛业也。弟来吴劝学，强名曰官，微愿区区，一不得展，时有武昌鱼好之思。倘明春杖履翩然，下临吴会，得于沧浪亭畔，把臂论心，一纾蕴结，不胜至愿。世兄⑥在此，殊不寂寞，足纾尊廑。临颖不尽慺慺，手复即颂道安。

注：

①"杨惺吾先生"：杨守敬（1839—1915），字惺吾，湖北宜都人。《杨守敬学术年谱》收杨守敬来函。全文为："少朴提学大人阁下：拜别以来，倏逾五载。欣悉阁下提学江苏，又闻奉使各国考求政治，卓著勋猷，为吾楚光宠。此后帝心简在为国柱石，固意中事也。守敬少不如人，倏忽已老，情同颜驹，惟所撰书近已次第付梓，已刻成有《水经注图》及《要删》二种，今以呈览，其《水经注疏》尚待董理也。小儿蔚光，不克绍我箕裘，以知县候补江苏，现充房捐局文案。倘因刊梓之谊，爱屋及乌之义，时在训诲，实为至感。今冬明春，拟到苏一游，晋谒台端，藉聆教言。先此布闻，即颂勋安不庄。乡愚弟守敬顿首。"（《寄周树谟信》，阎继才主编，杨世灿总编纂，宜昌市政协文史资料委员会、宜都市政协文史资料委员会编：《杨守敬学术年谱》，湖北人民出版社2004年版，第183页）

②"石庄"：胡承诺（1607—1681），字君信，号石庄，湖北天门人。明崇祯举人，入清，谒选吏部，以老丐归，闭户不出。著有《绎志》《读书说》及《菊佳轩诗集》。周树模撰有《胡石庄（胡承诺）先生诗序》。

③"漆室"：王柏心（1799—?），字子寿，亦字坚木、冬寿，号筼亭，室名漆室、薖园、百柱堂、枢言草阁等。湖北监利人。道光二十四年（1844）进士，以主

事用,签分刑部。逾年乞养归,不复出。主讲荆南书院二十余年。工诗文,负经世才。著有《枢言》《续枢言》等。

④ "朏明":胡渭(1633—1714),字朏明,号东樵,浙江德清人。精舆地学,曾助徐乾学修《大清一统志》,著有《易图明辨》《禹贡锥指》《洪范正论》《大学翼真》等。

⑤ "东原":戴震(1724—1777),字东原,又字慎修,号杲溪,休宁隆阜(今安徽黄山)人。乾隆四十年(1775)赐同进士出身。著有《毛郑诗考证》《孟子字义疏证》《声韵考》《戴氏水经注》《考工图记》《勾股割圆记》等。后人编辑成《戴氏遗书》。

⑥ "世兄":杨守敬三子杨必昌,字秋圃,来函中称"小儿蔚光"者。

据函云"倘明春杖履翩然",可推定此函写作时间尚在光绪三十二年十二月(1907年)。

3-9 复华璧臣

正月廿一日奉到手书,备承纫注,藉谂潭履春稣,深慰翘仰。公领班密院,遂跻卿曹,珥笔纡筹,足光同辈,可欣可贺。弟以不才,荷菊公①谬许,俾得驰观域外,归来无所建立,远迹吴下,日对沧浪,上负圣明,下惭知己。菊公东出之谣,此间亦有所闻。辽事安危,在此一举,不有重臣,曷膺艰巨。至于下采荛菲,提挈鄙人,论公义,则臣以尽瘁为忠,论私情,则士为知己者用,既不敢畏难而思避,亦不必饰让以鸣高。自揣才力不逾中人,坐镇雅俗,则见有余,出理棼乱,则虞不足,诚恐冒进,以羞良友,乞将此情代达菊公。近事俄顷风云,此局未必遂定,姑存此说可耳。窃意办辽,以求人为入手第一义。向来服官之人,以东省为边远,高才俊望多裹足不前,其投效者大抵落拓无聊,或阘茸不能自见者耳。今宜采择京外官有声望政绩者,酌量奏调,留东补用,并奏请拣发正途人员若干名,如广东之例,勿任规避,然后厚其俸薪,优其奖励,庶几群才辐辏,争欲自奋于功名,而东事可望转机,否则以旧有东三省之官吏,而欲造成一新东三省,此不可必得之数也。如不求百数之府州县良有司，仅恃三五大吏，臂指不能相使，呼吸无由尽通，则于事终鲜济耳。辽为外人势力所侵，欲制外，先保民，欲保民，先治官，此根本也，一切政治皆由此发生。迂愚之见，公以为然否？弟到苏时扫地赤立，一无凭借，经三月之久，惨淡经营，夜以继日，近学款已奏定，公所已成立，学员已组织，所属州县号令渐已能行，不似前此之束手，然已笔秃唇焦矣。大府曰可，同官曰能，深用为愧，草草营构，不过借此为养拙之乡而已。知关爱注，用敢附闻，临颖不尽所怀，菊公前望达下忱。少沧前亦有电来，深用悲惋。手复，即颂春安。

注：

①菊公：徐世昌（1855—1939），字卜五，号菊人，又号弢斋、东海、涛斋，晚号水竹村人、石门山人、东海居士。直隶天津人。光绪三十三年（1906）三月，补授东三省总督，兼管三省将军事。

据下函写作时间，推定此函作于光绪三十三年（1906）正月。

3-10 复余寿平方伯①

客冬，节高世兄②过苏，倾谈数次，备悉尊况，尝③托附寄一笺，外小印、时表各一，亮已督入矣。旋奉十一月十三日告，直气谠言，痛切时弊，南台风韵，至今未减，不能不敬佩也。年事匆匆，久稽裁答，又接本年正月十一日惠示，颇采弟旦丑登场之语，折节以事长官，而不屑世俗之所谓运动钻营，可谓通介。两得公之来书，既速且勤，而弟之报之常迟且缓，此可觇其敏钝不同而精力之相差实远也。此间学务近日略有眉目，缘款已奏定，诸事便可施手。陶公颇有旧情，然不敢望其提挈。沧浪亭水，可濯可饮，与世相忘，世亦忘之。若一作热官，居要地，即不免游羿彀中也，涉世稍深，自然堕入。犹龙意境，勉强行道，鳞爪仍时时透露，不知养到何时耳。华璧臣来函，云节高事当竭力代谋，唯尚未晤面。邓令前在金陵曾见过，面色黄萎似久病者，承属谨当在意，唯前向陶公有所言，皆无验，方伯乖崖，进言殊不易也。手布即颂春福,不尽。

注：

①光绪三十二年（1905）十一月,余诚格署广西布政使。
②"节高世兄"：余棨（1881—?）,字节高,安徽望江人,余诚格长子。
③"尝"：原稿为"当"字,疑误,据文意改。

函3—15有"正月廿三日曾上一笺"语,上函亦在正月,据以推测此函即光绪三十三年正月二十三日（1907年3月7日）所"上"之"笺"。

3-11 复上镇国公

客腊奉到赐书,备承纫注,心存乎天下而复惓惓于一夫,忧国之念,下士之风,求之近今,实罕伦比。模随侍旌节,遍涉欧瀛,历七八月之久,自以体骨不媚,颇为众人所尤,而上公以盛德见容,加之优礼,以是感其知而不识所报。还朝以后,承上公指示,有所发舒,水火盈廷,卒以无效,朗润草案①化为烟云,外官之议②至今未有所决,使天下得以测朝廷之意向,此虽屏居在外而不能不怃焉伤之者也。来苏数月矣,汲汲皇皇,惧职之不举,近始略有端倪,可以免于簿责。身处清闲之地,神游寂寞之滨,养拙偷生,私自庆幸,然每一想念大局,意气发动,辄复攘臂裂眦,投袂思起,不自知其何以然。尝静夜扪心,默数畴昔所经历,吉菩提③之酷暑,印度洋之大风,销烁肌肤,震撼五藏,然犹扶病强起,侍上公于天倾地侧之中,坐观黑浪崩腾起伏有如迭巘。当此之际,死生惊惧不入其胸中,惟相与论说古今规画大计,非夫至愚,孰肯为此。今几何时,过去之事已成梦境,不足寻求,后此茫茫,亦不知何者为栖泊之地,盖与涉红海时无以异也,能无怃然。南北乖隔,不获仰承面命,辄布悾悾,唯垂督焉。树模再拜谨上。

注：

①"朗润草案"："朗润",恭王府朗润园,时设编纂官制馆于园中。朗润草案,

即编纂新官制之草案。

②"外官之议"：地方官制之筹议。

③"吉菩提"：今译吉布提，位非洲东北部亚丁湾西岸。

此函作于光绪三十三年（1907）。

3-12　上端制军

去腊遵饬考验南菁学生毕，曾将大概情形函陈钧座，亮蒙垂詧。兹逢献岁，理宜诣辕谒贺，因年尾春头，百端丛脞，复仰体我帅不以苛礼责属僚之意，遂尔废然，福曜遥瞻，弥深结恋。顷自金陵来者，为言大帅以江北春赈浩大，日夕焦劳，墨色癯顇，致忘寝食。①虽求民之瘼不惮劬勤，而为国爱身，宜加啬养，东南半壁，所依赖荩躬以次整理规划者，至繁极重，脱使兴居偶失，转以衰竭为忧。细人之言，尚祈采择。兹因便奉上猴头菌两合，谷城山中产也，芹献充庖，望赐麾纳。

注：

①"大帅以江北春赈浩大，日夕焦劳，墨色癯顇，致忘寝食"：光绪三十二年（1906）江苏、安徽大水成灾，为数十年所未有，时端方新为两江总督，筹款赈济，汲汲以救。

函云"兹逢献岁"，则此函写作时间在光绪三十三年（1907）正月。

3-13　复刘幼丹廉访①

去腊奉手书，累月不报，虽由尘冗，亦以别来数年，世事变迁，一如浮云之不可捉搦，欲言而不得其绪，以此迟迟。来书盛言田野之乐，再三讽味，便有投弃簪绂、把臂入林之想。我辈性质，本与官地不宜，又皆由词曹居台职，养成疏节，不解事人，固应无所合，然其所自立者在此，虽蹉跌可不悔也。公事已过去，毫不芥蒂，足见道力之坚。小人亦时时自危，幸而所居既属清简，又非膏润，或可为人所恕耳。先后处都下二十年，未尝与贵游周旋，前岁忽为人搜得，遂有海外之行，周视环球，灼见拘墟，循旧万不可以图存。漫游归来，志在决去拘挛，赞成改革，事甫有绪，权贵仄目，交起而排之，致成今日之结果，自揣无可建立，聊以吴门片席为偷闲养拙之乡，倘得岁入如公，便当共醉烟雨，不让君实独乐也。计比时道从已至汉，因布悾悾，伏惟亮詧不宣。

再，来书云两文郎均留东习实业，可谓卓解。今人动言学堂造就人才，非也。学堂乃所以养成国民，俾人人具普通知识，各知爱国，各知谋生，各知自治，一国之人，如此所以强也。兹立学堂，为求才，入学堂，为谋官，则仍是科举魔术，求科举者痼习，于教育本旨无当也。另纸言令侄事，谨当在意，唯渠系实缺人员，颇不易设法，侍所处一无拳勇，然有时或可以乞邻耳。

注：

①光绪三十一年（1905），刘心源解广西按察使职，归里，筑奇觚室以居，多著述。

此函作于光绪三十三年（1907）。

3-14　复上镇国公

二月奉到赐书，语意殷秦，所以敦勉者甚至，镂刻心腑，永矢弗忘。模以冗散文儒深荷国恩，俾司学事，方惧无以称之，更何敢稍存觖望。前笺云云者，第以浮海经年，与上公蚤夜之所图谋，私冀归来建立，于时事有纤毫补，一旦破散，上无以裨圣明，下无以酬知己，偶一念及，不免动心，此中真意，唯上公能明之，亦唯上公能鉴之。模居此数月，渐以相安，无烦尊廑，他时或得重入国门，长侍左右，则至愿也。临颖祗深驰慕，唯垂鉴焉。

注：

此函作于光绪三十三年（1907）。

3-15　复余寿平方伯

正月廿三日曾上一笺，亮邀垂鉴。旋接手教，亦于是日封发，千里同心，遥相感应，洵非偶然。藉谂姻伯大人益增康健，府第上下平安，深慰远系。承询出洋保案，弟于此举极不赞成，而同人中欲得者多，弟唯欲自洁，曾向泽公再三恳辞，坚不允许，另片保弟及惺庵两人，均荷记注。①弟之本意在不得出洋丝毫好处，以塞悠悠之口，似此不唯画饼，亦可谓蛇足矣。弟到苏后，枯窘之状已于屡次书中及之，于扫地赤立之际，披荆斩棘，自辟町畦，居然支起门面，约旨卑思，渐有此间乐不思蜀之意。贵阳②安和，伯老③平正，经翁明健，乃豪迈一流，颇以意气相许，日来奉召抚吉林，④于鄙人极为眷眷，同官幸无龃龉者，足以仰纾廑注。和武臣⑤来见一次，人甚沈毅，近为朱中丞挈赴吉林，不能至桂，托为函达歉忱。察其语次，感公之知，而又难违朱公之约，因择而取一也。东三省改制，城北⑥有电相邀，已辞却矣。性甘寂莫，殊无远志，所恨不能买山而隐耳。笏兄近有信来，于三月三日悼亡，情况可想，在台中怫郁特甚，有周旋同志诸人之间以终老之语，属弟纠合之。此老宿望，至交我辈，固当有以慰其意也。节高世兄到京后无信来，未知行止如何，甚念。内人月内必到署，知注附闻。

注：

①"另片保弟及惺庵两人，均荷记注"："惺庵"，刘彭年（1857—1933），字寿篯，号惺庵，直隶天津（今天津）人。光绪十五年（1889）进士。时掌湖广道监察御史，亦随同载泽出洋考察宪政。光绪三十二年，载泽保举周树模、刘彭年博学广闻，奏请备朝廷驱策。九月下谕，以随使考察出洋，予军机处存记。

②"贵阳"：陈夔龙（1857—1948），字筱石，号庸庵，贵州贵阳人。光绪十二年（1886）进士。时江苏巡抚。

③"伯老":陈启泰(1842—1909),字伯屏(平)、鲁生。湖南长沙人。同治七年(1868)进士。光绪三十二年八月,以安徽按察使为江苏布政使,三十三年(1907)八月,署江苏巡抚,十二月实授。

④"经翁……日来奉召抚吉林":"经翁",朱家宝(1860—1923),字经田,一作金田,号墨农,云南宁州(今华宁县)人。光绪十八年(1892年)进士。三十三年三月八日(1907年4月20日)谕,着署理吉林巡抚。

⑤"和武臣":待考。

⑥"城北":徐世昌。

据文意,此函作于光绪三十三年(1907)三月后。

3-16 复沈子培学使①

前文公达茂才②过苏,奉到惠笺,藉谂道履胜常,新猷益楙,甚以为慰,即欲作答,而文君去不复来,以此迟迟。法眼驰观东瀛③,所得必多,有记述以分饷同人否?企切。近日办理新政,均以筹款为第一难题,不独学务为然,而学务尤甚者,用财而无财权,仰人鼻息以为活也。弟去冬受事,扫地赤立,皇皇数月,始将经费筹定,瓮牖绳枢,聊避风雨,不敢大有兴作。奏定之数仅十七万有零,而向由司局经放者,不入此内。方伯初议,欲并合计算,弟执以为不可,恐数多不易邀允。实则苏省学务费尚二十七八万也,心苦经营,权实并用,可为知者告耳。承询公所办事章程,近公所凡设四科,课专门,实业以他课兼之,官绅参用,月薪至多者不过百番,取其约而易守,官谨于治事,绅长于达情,故二者不可缺一也,未识尊处部署何如。至选派教员,诸多窒碍,或人地不习,或言语不通,求其与道大适,戛戛其难,是以此间教员仍由各属推举,陈情拣派。若督察州县,虽在广张视听,要以省视学得人为主,使其言信而有征,则各州县无遁形矣。一隅之见,敢布听诸左右,幸有以教之。南菁改文科,学部来函不谓然,意欲改优级师范学会,又难之,尚未定议。金陵大会,前与汪颂年④本有此约,今颂年以忧去,公能九合同盟,不胜至幸。部印闻铸就,讫无来文,亦不知领法。偻偻奉闻，唯希垂督不宣。

注：

① "沈子培学使"：沈曾植（1850—1922），字子培，号巽斋，别号乙盦，晚号寐叟。浙江嘉兴人。光绪六年（1880）进士。时署安徽提学使。

② "文公达茂才"：文永誉（1881—1933），字宝书，号公达，江西萍乡人，文廷式长子。陈诗有《天倪宝遗集》序，可作小传读。

③ "法眼驰观东瀛"：光绪三十二年（1906）八月，沈曾植赴日本考察学务。

④ "汪颂年"：汪诒书（1866—1941），字颂年，湖南善化人。汪康年弟。时署江西提学使。

据文意，此函写作时，周树模尚未署奉天左参赞，故推测在光绪三十三年（1907）三月至四月十五日（5月26日）间。

3-17　复李梅盦①

伻来，奉惠书，词义深美，所以相期者过厚，愧弗敢承。又荷赠扇，笔墨精能，迥绝时俗，爱玩不忍去手。辽左新造，当外交之冲，内政久荒，棼丝待理，自视薄劣，诚恐借箸无筹，上负圣明之知，下为吾党所诟，望随时以忠言益我。江南宦途本杂，然水清石见，何能一概相量，足下古君子也，茅靡波流，诚非所安，如东方有可推毂，谨当留意。唯来谕所云去江南，到江南亦为笃论，翔集之间，未宜率尔也。鄙人因北电敦促，午节后即行，竟不获往谒陶帅，藉聆名论，亦歉事也。手复致谢，就颂箸安，不一。

注：

① "李梅盦"：李瑞清（1867—1920），字仲麟，号梅庵，自号梅花庵道人、清道人，江西临川人。光绪二十一年（1895）进士。时两江优级师范学堂监督。

据文意，此函作于光绪三十三年四月十五日（1907年5月26日）周树模署奉天左参赞,至端午节前期间。

3-18 复陈子砺学使①

前奉惠笺,词义高美,所以奖勖不才者甚至,纫感殊深。承乏此间,丰年一无建立,愧悚不安,所喜宁苏一气,条贯略同,远资借鉴之明,常得规随之益,如果稍宽岁月,或有成绩可言,忽尔东移,殊乖始愿。辽左新造,百端艰棘,负重而责之尪羸,事大而承以轻渺,夙夜兢兢,以荣为惧,诚恐上负圣明,下羞知己,尚幸不遗旧好,时惠忠言,俾有所资,以为借箸之筹,则不惟一身之私幸也,公其许我乎。午节后首涂,初拟谒辞匋帅②,藉图良晤,北电迭催,不果所愿,怅也,若何如。倚装匆复,不尽所怀,唯鉴为幸。

注:

① "陈子砺学使":陈伯陶(1855—1930),字象华,号子砺,晚年更名永焘,又号九龙真逸。广东东莞人。光绪十八年(1892)进士。时江宁提学使。

② "匋帅":端方。

此函作于光绪三十三年四月十五日(1907年5月26日)周树模署奉天左参赞,至端午节前期间。

3-19 复张巽之观察

髯奴还,捧读手示,心地干净之言,至为澈悟。佛说众生劫烧,我土安净,此是解弢堕甃之法。惟安心是佛,舍身救世亦是佛,意义本自圆妙,无可执也。辽左危局,尽人皆知,弟之宦情,公所独鉴,时事推挽至此,无可如何。泰西有探险家,今乃小试其术,倘风色不顺,即谋转轮,决不穷极北冰洋也。望公山居有暇,时时以棒喝相示,勿使我迷失本来,实为慈悲之赐。尊乘移赠,公诚豪举矣,弟则不免于贪,然既奉,勿以市情推测之示,岂敢再赘一词,唯有拜受。圉人既称稳实,自可留用。东行甚迫，所欲与公言者，非尺楮所能罄，此后终期有云龙追逐之一日耳。专复布谢，即请道安，不尽。

注：

　　此函作于光绪三十三年四月十五日（1907年5月26日）周树模署奉天左参赞，至端午节前期间。

3-20　致华璧丞同年①

　　前在都门，诸承纫注，感激实深。近谂爅直勤劳，兴居多祜，至以为慰。政界更新，不日当组织内阁，公枢密旧，得时则驾，有熟路轻车之乐，无南辕北辙之虞，曷胜企仰。弟奉别赴辽，将及两月，昨以起居失慎，眩晕触墙，致伤额部，近已全愈，视事如常，足纾尊廑。此间百端艰棘，借箸无筹，碌碌守官，自分必致陨越，不谓灾之骤及于身也。报纸之谰言，局外之苛论，层出不穷，既同此局，所谓游羿彀中。鄙人四顾旁皇，日无加餐，夜不甘寝，负性愚憨，好为引绳削墨之谈，在人已为不欢，于事未必有济，以此私自惶愧，恐贻羞于知好，奈何。协约成后，事机迭起，南满交涉，久持不决，而间岛问题出矣，越界进兵，一以无道行之。③幸此间尚有先事之备，不至遂为所乘，然将来界务事，断非易了，缘日人垂涎此地，蓄谋已久也。三省权利久落外人之手，两国④各以全力经营，不惜巨款，我决不能以空言抵制，今以部拨三百万便动色相告，真措大眼孔矣。以弟默察局势，只有破釜沉船、放步大走、放手大办一法，或可挽回于万一，若复因循锢蔽，苟且补苴，终归无济，何用张旗建鼓、多设官吏为也。总之，东三省之事，当集政府之全神以注之，当合中国之全力以谋之，不当如向来习惯，以一省付之督抚，盈绌消长，任其自为也。何也？三省之存灭，关系于全国也，今若以其人为不可恃，则唯朝廷进退之，至于政策之如何施行，孰当孰否，则当确有定见，不得拘挛吹索，如议者之纷纷也。弟自揣才质庸下，决非拯危难任艰巨之人，所处亦属不轻不轩之地，然遇事不免发愤者，缘此心未死，血不能使之凉也。恃公挚爱，一吐狂言，唯希垂詧。不一。

注：

①"华璧丞同年"：华世奎。

②"协约成后，事机迭起，南满交涉，久持不决，而间岛问题出矣，越界进兵，一以无道行之"："协约"，指日本与朝鲜在光绪三十一年十月二十一日（1905年11月17日）签订的《日韩保护协约》，亦称《乙巳条约》，此协约使朝鲜丧失外交权，朝鲜对外关系事务悉由日本外务省监理指挥，朝鲜在外侨民，悉由日本驻外代表及领事"保护"。"间岛"，位图门江北岸江东滩，属吉林省辖延吉、汪清、和龙、珲春四县。光绪三十三年七月十一日（1907年8月19日），日本基于《日韩保护协约》获得的所谓法律依据，借口"间岛"所属未定、"保护"该处朝鲜垦民，派遣日本宪兵和朝鲜巡检渡过图门江，并于十四日（23日）在龙井设置"统监府派出所"，向清政府提出保有领事裁判权、警察权等无理要求。

③"两国"：指俄、日两国。

函云"间岛问题"事发生在是年七月，下函3—21至3—25均作于七月末，则此函写作时间应在光绪三十三年（1907）七月下旬。

3-21 致陈筱帅①

半载苏垣，仰叨庇荫，凡有施设，悉赖扶持，私幸涂辙可循，步趋无失，忽尔东迁，殊乖本愿。到沈两旬矣，庶事更新，棼纷难理，日人交涉，棘手万分，虽以唐中丞②之著名外交磋议，至今尚无一款就绪，报纸所传皆谰言也。树模本乏赞画之才，滥居盘错之地，自顾碌碌，无所短长，诚恐受局外之讥弹，负明公之期望，尚期德音下贲，俾有遵循，实为至幸。回首吴门，不免南枝之恋，未知何日重依旌节也。临颖不尽驰念，复叩尊安，统惟垂鉴。

注：

①"陈筱帅"：陈夔龙，时江苏巡抚。

② "唐中丞"：唐绍仪（1862—1938），字少川，广东香山（今珠海）人。时奉天巡抚。

据函 3—25 "附致苏垣各当道书，费神至感，饬送至感" 语，函 3—21 至 3—25 五函写于同时。光绪三十三年六月二十日（1907 年 7 月 29 日），东三省总督徐世昌奏报周树模到省，即 "抵沈阳"，函言 "到沈两旬"，则大致在七月十日左右。"日人交涉" 事，在七月中旬。函 3—22 言 "袁张内召" 事，在七月二十七日。统上推测，此函写作时间应在光绪三十三年（1907）七月末，"袁张内召" 以后。

3－22　与陈伯平中丞①

别来忽忽两月，缅怀光霁，无日不思在苏从公后尘，日夕趋步，幸免僭尤。到沈以来，诸事草创，整理不易就绪。外交之事，唐中丞亦为所困，至今无一款议定，而议者蠭起，至谓利权全失，殊非事情。方今国是未定，皖案②一出，四处骚然。闻政界将有变更，袁张内召③，不知作何措置。贵阳④风度实为镇静，前在京时，确闻有参政消息，不知何以至今寂然。苏事近况何如？远处边境，回想旧巢，不能无念，倘因北风频惠德音，不任企盼。匆匆复布，不尽慺慺，敬颂起居万福。

注：

① "陈伯平中丞"：陈启泰。光绪三十三年八月二十六日（1907 年 10 月 3 日）上谕，陈启泰以江苏布政使署江苏巡抚。

② "皖案"：即光绪三十三年五月二十六日（1907 年 7 月 6 日）安徽巡抚恩铭被巡警学堂总办、光复会成员徐锡麟刺杀一案。

③ "袁张内召"：光绪三十三年七月二十七日，袁世凯补授外务部尚书兼会办大臣，张之洞、袁世凯入京补授军机大臣。

④ "贵阳"：陈夔龙。

此函写作时间在光绪三十三年（1907）七月末，"袁张内召" 以后。

3-23　与朱竹石观察①

半载同舟，过承知爱，受益宏多，临别雅意殷拳，若深惜其去者，自视缺然，不知何以得此于公也。昨阅邸钞，知公真除淮扬之喜，为之欢忭累日，豸节何日履新，至为悬企。弟前月初四日陛辞，望后抵沈阳，诸事草创，有如棼丝，昕夕皇皇，徒劳鲜获，外交万分棘手，均由唐中丞磋议，久不能决，报纸谓为允许多款，殊为失实。知关厪注，琐琐奉闻，唯希爱照，并贺大喜。

注：

①"朱竹石观察"：朱之榛（1840—1909），字仲蕃，号竹石，室名常慊慊斋、志慕斋、经注经斋。浙江平湖人。光绪三十三年五月，端方奏请以朱之榛署理江南淮扬海河务兵备道兼按察使衔。江庸撰《趋庭随笔》卷一记载，"平湖朱之榛竹石者，椒堂漕帅为弼之从孙也。官江苏垂四十余年，中岁失明，人皆以朱瞎子呼之。以候补道员十署按察，两署布政，最后乃授淮扬道，亦未到任。"（朝阳学院出版部，1934 年）

此函写作时间在光绪三十三年（1907）七月末，"袁张内召"以后。

3-24　与罗申田观察①

别来忽逾两月，回忆吴下同游之乐，临歧赠别之情，殊为眷眷。辽事百端待举，外交尤棘手万分，议久不决，而言者蠭起，多不察事实之言。两强相逼，以全力经营，岂可空言抵制。放手大作以破除拘挛，尚不知有济与否，若以文法牵制，则唯有听其陆沈而已，如何。兄已入此危局，故不欲波及左右。老弟奇气郁蟠，急欲展其骥足，以予观之，世局尚有大变，将来或有同患难之时也，言之憪然。贵阳温厚君子，本有参政消息，不知何以至今寂然。风便望惠我好音，复问勋佳。

注：

① "申田观察"：罗长裿（1865—1911），字申田，号退斋，湖南湘乡（今娄底）人。光绪二十五年（1899）分发江苏试用道。

此函写作时间在光绪三十三年（1907）七月末，"袁张内召"以后。

3-25　与何小雅太守①

别来忽逾两月，想念光霁，无日能忘。弟前月初四日陛辞，下旬莅沈阳，此间百端待举，有如梦丝，外交尤异常吃紧，日人剽悍，处处伸手作攫拏之势，未易戢其野心。弟本疏庸，何能借箸，恐不免贻羞知己耳，奈何。附致苏垣各当道书，费神至感，饬送至感。

注：

① "何小雅太守"：何刚德（1855—1936），字肖雅，号平斋。福建闽侯人。光绪三年（1877）进士。光绪二十六年（1900）任苏州知府。

此函写作时间在光绪三十三年（1907）七月末，"袁张内召"以后。

3-26　与张季端提学①

申江握别，忽忽经年，每念清晖，时增结轖，在苏曾奉惠笺，适直束装戒行，致迟作答。到东以来，百端草创，事烦才短，竭蹶从公，日夕皇皇，徒劳寡效。前月杪因劳眩触墙，致伤额部，经旬不能视事，狼狈可想。此间本万难着手之题，当事者皆欲罢不能，而谣诼日兴，流言四起，游羿縠中，谁能无所疑畏者。近城北奉召入都②，因缓吉黑之行，未知东事前路若何。弟性不宜官，精力退减，日有武昌鱼好之思。闻黑省苦寒，贫瘠特甚，公耐此官职否，便中望明详细示我。至为盼切，手此复请勋绥。

注：

① "张季端提学"：张建勋（1848—1913），字季端，号愉谷，一号愉庐，广西临桂（今桂林）人。光绪十五年（1889）进士。光绪三十二年（1906），以翰林院侍讲授道员，补授黑龙江提学使。

② "近城北奉召入都"：城北，徐世昌。光绪三十三年八月十四日（1907年9月21日），旨命徐世昌进京商办三省要政。二十一日徐世昌启行，二十二日到京。

函云"前月杪因劳眩触墙"。函3—20有云"昨以起居失慎，眩晕触墙"，函3—20作于七月末，则此函作于光绪三十三年（1907）八月下旬，徐世昌奉召入都后。

3-27　复钱新甫侍读①

夏间小住都门，得亲光霁，深慰拳拳之私，时以盛暑百忙，竟不及走辞，良用歉仄。顷奉惠笺，敬谂瀛馆高寒，清修多祜，极符远念。弟莅事沈阳，忽已两月，百端经始，头绪如麻，自以才短识疏，处兹盘错，时以陨越为忧。此间着手之难，迥殊内地行省，主权既不完全，领土多半破坏，稍有动作，牵碍良多。内政向未讲求，以一省之大，并无官册可备稽考，州县各官多以阘冗充数，其吏治可想矣。近始设法清厘，编定册籍，为一一之吹，未识能有丝毫之补否。便中尚希赐以箴言，俾资韦佩，实为至盼。令亲沈君俊伟非常，宦途易于出色，近已有位置，知关雅注，用以附闻。临颖款款②，不任翘企，手复即颂纂安。

注：

① "钱新甫侍读"：钱骏祥（1848—1931），原名贻元，字新甫，号念爱，耐庵，晚号聩叟。浙江嘉兴人。光绪十五年（1889）进士，时在京，为侍读。

② "款款"：原文"款"，据文意补。

此函大致作于光绪三十三年（1907）八月下旬。

3-28　复曹梅访同年①

夏间小住京师，时以盛暑百忙，不获数亲教益，致为歉然。顷奉惠笺，敬谂儳直宣勤，清修多祜，殊慰仰企之私。弟以不才入此危局，日夕廪廪，常以颠蹶为忧。此间措手之难，有识皆知，日南俄北，各以全力经营，决非可以空言抵制，从前利权全失，今欲设法挽回，所谓探骨虎口也。我纵有多财之实，为大力之趋，相角相抵，尚不知其胜负何若，苟以赤手捕风，虚张旗鼓，适足以见笑外人，固不能有丝毫之裨也。报纸之谰言，局外之苛论，日出不穷，至如何支此局面，保此倾危，则不闻有一谋一计，可为攻错之资者，志在攻人，而不在谋国，不得谓之贤矣。弟处两姑之间，百无一展。前以劳眩触墙，头部受伤，近始平复。老境渐来，殊无远志，惟时念武昌鱼好耳。秦事当留意，勿念。手此奉复，即颂筹安，东寅同年②并候。

注：

① "曹梅访同年"：曹广桢（1864—1945），字梅访（枚舫），号蔚叟，湖南长沙人。光绪十八年（1892）进士。光绪三十四年五月，以军机处领班三品章京为吉林提学使。

② "东寅"：曹广权（1858—1934），字东寅，号南园。湖南长沙人，曹广桢兄。光绪十九年（1893）举人。

此函作于光绪三十三年（1907）八月末。

3-29　复熊勉占参军①

夏间令郎入都，时以暑中百忙，殊疏款接，两次晤谈，已面定挈以东行，上副雅命，临行忽有将母之说，未敢挽留。兹承手教，藉悉抵潞平安，深以为慰。来示执谦太过，世交至契，拘于官样，转以疏外为嫌，以下望无复施。弟到东两月，事繁才短，日夕不遑，前月杪因劳眩触墙，致伤额部，经旬不能视事，五十之年忽焉已至，盖衰象先见矣。龙江之说实非无根，自顾疏愚，辞不敢任，由东至彼，铁路可通，唯昂昂溪至省，陆路不过四十里，不过半日程。世兄行止须少缓再议，缘北地苦寒，殊不易耐，闻冬令地裂数尺，蔬菜稀少，非乐土也，若奉天则与京师气候略同耳。手复即颂台安。

注：

① "熊勉占参军"：待考。

此函作于光绪三十三年八月末。

3-30 代徐菊帅拟上政府①说略

在东受事三月有余，日夕兢兢，迫欲为远大之图，冀收尺寸之效，顾心所欲为，尚百不一举者，良以宗旨未定，则动作必涉迟疑，经费不充，则百事无由展拓。方朝议改设三省，推○总制，自以才智短浅，万弗克承，恳辞至于再四，嗣以朝廷优加倚任，假以便宜，然后感激受命。私念三省之事散漫纷歧，欲求气脉之贯通，必先事权之统壹，且御外之道，力分则薄，气聚则厚，即如黑龙江之军事财政，责其独立，以控穷边，此必不得之势也，于是定为节制三省之局，期于机关不滞，调度适宜。到东以来，言者蠭起，或谓为权重，或谓为铺张，不知权者因事而生者也。今三省之事过重，则其权自不得轻，且权重则责重，不才日以责重为惧，而外人偏以权重见疑，真进退维谷矣。至于铺张之言，亦近似矣，大抵谓其设官多，用费广，不知两强逼处，客主相形。前者俄设远东总督，今日又设关东都督府，遍置属僚，属设民政以下各官，彼皆借我一隅之地，而日图扩张其势力，我领有全境，而缩减其范围，可乎。总之，因办事而设官，欲办事则官必多，费必广，不办事则官可不设，费可不烦。○虽至愚，亦解为守约之说，持重之言，第以事机逼迫，虽高掌远跖，急起直追，尚恐不足以济，若复拘挛锢蔽，以数米量盐之智，为刀笔绳墨之谈，瞻顾失时，悠忽待尽，此模之所大虑也。今筹借外债，议久未决，重要待举之事未敢发端，苟且补苴，深自惶愧，近于三省事略有所筹，恐面不尽，为条列于左。

一，计划三省之交通。

东省铁路，南干属日，北干属俄，直穿心腹而过，护路兵丁，车站巡警，节节布置，侵我主权，平时往来已不啻假道邻国，受其控制，一旦有事，则气脉鲠塞，声息难通，此乃至危极险之地位也。欲求上策，惟有赎回三省铁路，然非常之举，外人不易就范，财力亦所弗胜。次则惟有速办新民屯至齐齐哈尔一路，尚可为补救之法，此路在辽河以西，与东清路约所载"不得修并行线之干路，不得修有碍干路之支路"两层，均无触背，外人无从干涉，如得此路速成，乃是死棋得生，而三省之气通矣。

一，统一三省之财政。

凡举办大事，皆以财政为命脉。前将军赵②整顿奉天财政，岁入之款骤增，多系剔除③税项，中饱所得，今改统捐，而收数大减矣。其余如荒价，如股票捐，皆一时暂得之数，非常年经久之款。计今所入，以充奉天养兵养官行政之费，尚属不敷，何暇更谋远大，且今日所规画乃三省之事，非一省之事也，是以前经奏请筹借外债，开设三省大银行，以为财源总汇。④银行既立，然后三省之圜法可期画一，三省之钞票可期畅行，展转生发，挹注不穷，其有筑路开矿经营实业诸事，均取资于此，俟生利日丰，并可取为练兵行政之用计，无便于此者。乃闻言者至谓借债可以亡国，此非通论也。埃及以借债亡，日本则以借债兴，顾用之何如耳。埃及以外债补内亏，消耗于不返，故至于亡。日本以外债兴实业，生发于无穷，故日以兴。今文明诸国未有以举外债为忌者，俄筑西伯利亚铁路，日筑南满洲铁路，即如我筑京汉铁路，皆属借款，未见害如是之巨也。窃以为宜斟酌借法，若一切杜绝，使办事者无所措手，敷衍因循，终归于不救而已。

一，整齐三省之军备。

三省幅员辽廓，两强交伺，胡匪蚁聚蜂屯，随时窃发，安内攘外，全资兵力。今八旗制兵久已有名无实，吉黑之西丹马队亦燔焉殆尽，所仅存者尺籍耳。奉天八路马步四十营、备补队一营、协巡队一营、新安军四营、盛军二营，吉林新立常备军一协，其捕盗队有吉胜四营、吉兴四营、吉强四营、吉安四营、吉宁四营、吉新四营、精锐左翼四营、精锐右翼四营、三姓四营、阿勒楚喀四营、黑龙江巡防马队六营、步队七营、护垦马步队各一营，总计三省兵额，除八旗制兵不计外，奉天吉林各不及二万名，黑龙江不足四千名。且其兵或收纳降队，或抽拨旗营，人类不齐，营制饷章不一，器械衣服淆杂，欲以绥边固圉，建威销萌，难矣。窃度三省之地，非实有精兵十余万不足以资防守，今拟于奉天先编陆军两镇，吉林两镇，黑龙江一镇，一切均照陆军部新章，先就各营挑选精壮年在二十五以下者，充补不足，再行募充。各营老弱概行裁汰，如果银行能成，饷项有所挹注，奉吉黑三省每年逐渐增添兵数，期以五年后，务令奉天吉林各有精兵军三镇，黑龙江有精军两镇，庶可稍纾东陲之患，不至为强敌所陵。若不筹借款，不浚财源，将北洋拨调之两镇，明年由奉自行筹款，饷者且无法以赡之，他更无论已。

一，经营三省之实业。

今之筹东事者，莫不曰铁道也，矿山也，森木也，农垦也，渔业也，工艺也⑤，商运也，外人之所耽耽逐逐者，亦不外此数事。今铁道之权利已属外人，独新齐一路尚可着手，非速筹举办不可，故欲修铁路，必筹巨款。矿山森林多为铁路之附属品，照约均应合办，我不预筹股本则无以应客，彼将独专其利，故欲争林矿，必筹巨款。农垦之事最为切要，徙民实边，讫无长策，富者招之不来，贫者远莫能致，若由官给路费、牛种、庐舍，无论所费不赀。北地早寒，耕种唯在夏令，若来不及时，则一年坐耗，垦未成而人弊矣。宜设三省农垦公司，官以巨股提倡，并入商股，由商承办，先试招数千人或万人垦地若干响，一切章程准照商律，限以三年，行之有效，然后逐渐推广，十年之后，地皆成熟，人多土著，而大利归农矣。故兴农垦，必筹巨款。渔业部分较小，措置尚易。至于工艺，则非设一学堂，立一传习所已也，必须建筑工厂，制造物品，大之如织布、制革、炼钢、铸炮，小之如胰烛针纸之类，远法欧美，近师湖北，庶可抵制外货，消纳游民，故兴工艺，必筹巨款。松花江干涸而吉林之航运滞，辽河淤浅而营口之商业衰，非急谋疏浚，则交通阻隔，商务难望发生，故欲济商运，必筹巨款。今以三省之贫瘠而应行举办之事至繁且要，既不能募集民债，势且借助外款，此议不决，则虽苦心经营，终成空言画饼矣。

以上四端，仅就其最急要者言之，其余吏治、民政、旗务、蒙务，应行措注之事尚多，三省重大，关系全国，尽人皆知，挽回已失之利权，保全不完之领土，断非拘文牵义、委蛇瞻顾可以集事，伏望集政府之全神以注之，合中国之全力以图之，若视同内地习惯，以一省委之督抚，听其盈虚消长，不为襄扶，则非庸驽之所能任矣。冒昧上言，唯垂督焉。

注：

①原稿有"庆亲王"字样，删，改"政府"。

②"将军赵"：赵尔巽（1844—1927），字次珊。隶汉军正蓝旗。光绪十三年（1874）进士。时四川总督，前任盛京将军。

③原稿此处多一"除"字，据文意改。

④"是以前经奏请筹借外债，开设三省大银行，以为财源总汇"：光绪三十三年六月初八日，徐世昌《奏为东省商疲民困拟请筹借洋款开设银行等事》（档号：03—6703—139）。

⑤"也"，原稿无，据文意补。

函云"在东受事三月有余"。徐世昌于光绪三十三年四月赴东，"受事三月有余"，则至七、八月间，故推测此函写作时间大致在光绪三十三年（1907）八月末。

3-31　上镇国公书

名再拜，上书上公爵前。夏间都门晋谒，蒙赐燕间属陪密坐，衔杯道故，解带写诚，缱绻之私，有逾畴昔，自惭疏节，仰荷上公相遇之厚，悚仄不知所酬，拜别怱怱，如有所失。伏审明光宿卫，翊赞维新，以副四海喁喁之望，甚盛甚盛。模在东受事两月有余，时直更张，百端草创，精疲于应接，腕脱于批牍，方晨见客，向午趋衙，每日散归，必过申酉，家属寄居都下，累月不通一书。前因劳眩触墙，致伤额部，经旬始痊，至今斑痕未退，其才之不足以理烦，力之不足以任重，此其见端矣。此间交涉，初到时颇有规诤，继见屡次会议皆一意磋磨，至今多款均未议结，不独盐政，重要问题也，台官弹射，报纸讥评，殊非事实。东省根本重地，关系全局，尽人能知，然当各筹保守之方，不宜取快攻排之论。以今日之事机危迫，虽管乐复生，范韩再世，不敢必其有济，况无古人之才而环受今人之责势，且心旌不定，智计俱穷，救过不遑，乞身求去，是岂封疆之福乎。今既择人而任，当宽以时日，责其成功，书满箧而不疑，市三虎而不动。若涂辙屡易，宫羽频移，纷扰颠倒，归于一无所成而已。际兹两强交涉眈逐，日求逞志，铁路横亘，主权不完。为今之计，唯有破釜沉船，赌命一掷，无惜不赀之费，急为救败之谋，或可挽回于万一。否则人以实力经营，我以空名粉饰，张官置吏，建鼓悬旗，外启敌国之忌疑，内遭时流之笑骂，不待智者，而知其无能为也。模负性愚直，周旋两姑之间，凡事例得与闻，亦凡事非由自主俯仰，自笑无能，轻轩可否之间，难为夷惠。凤承上公知爱，不比于众人，敢略尽其愚。倘因风便，俯赐德音，加以教督，不胜厚幸。临颖曷尽依驰，伏惟垂詧。模再拜谨上。

注：

函云"在东受事两月有余"，周树模于六月抵东，两月余，在八月末。又，函3—34写作时间尚在八月末，则此函及函3—32、33，亦均作于光绪三十三年（1907）八月末。

3-32　复蔡燕生侍御①

前贵门下毕中书来，奉到手教，委曲周至，其言有文，历数都下近事，不啻抵掌而谈，快慰无似。伏想清切纡筹，忠谠日进，谏垣生色，旧侣有光。近日政界翻新，风云俄顷，张袁处中，当可稍定。锻铁者忌其数反，八足二螯，躁扰终日，殊无济也。台上诸公望均捐弃细故，发抒忠谠，争是非，不争意气，论事理，不论新旧，无落赵宋空谈，不蹈晚明覆辙，则至幸矣。公以为何如。模本无异能，处兹危局，从公竭蹶，救过不遑，到东以来，日无加餐，夜无甘寝，前以起居失慎，触墙破额，卧病经旬，蒲柳望秋，衰象先见，盖不能无懔懔耳。毕君已有位置，毋念。敬颂说安，不尽慺慺。

注：

① "蔡燕生侍御"：蔡金台，字燕生（孙），江西德化人。光绪十二年（1886）进士。时掌湖北道监察御史。

此函作于光绪三十三年（1907）八月末。

3-33 致卢木斋提学①

夏间道出津门，备承东道之雅，得为永夕之谈，剪烛论心，犹有当年经心学舍风味，快慰真不可言。比想文翁之化遍于国中，安定之规传为世法，解除宿瘤，提阐新机，为礼失求野之谋，收经正民兴之效，不能不望之大贤矣，翘企翘企。弟以朽材谬窃时誉，因其推挽之故，处之盘错之交。受事以来，日夕懔懔，诚恐颠越，以辱亲知。前因劳眩触墙，致伤额部，经旬卧阁，百念如冰，老将至而不知，功未成而思退，棘荆满地，蒲柳望秋，公视此境，谓可娱玩否耶。经营东事，须大手眼，智周乎六合，虑及于万年，力破拘挛，徐图补救，或可收桑榆之效，免禾黍之嗟，若复委蛇瞻顾，一却一前，数米量盐，不出翁姁之计，引绳切墨，日为文吏之言，恐陆沉不远矣。前明办辽事，部臣牵掣，言路交哄，以吾楚熊襄愍②之贤，致有传首九边之惨，长城既坏，国亦随之，此亦最近之纪念，不可不引以为鉴者也。今之任者，未必芝冈，而朝廷举措，当鉴明事，公老谋深识，不以愚言为谬否，倘因羽便，有以教我。临楮无任拳拳。

注：

① "卢木斋提学"：卢靖（1856—1948），字木斋，湖北沔阳（今仙桃）人。光绪三十四年九月，调为奉天提学使。时在津，为直隶提学使。与周树模同肄业于经心书院。弟卢弼（1876—1967），字慎之，号慎园，毕业于日本早稻田大学政治经济科。周树模任黑龙江巡抚时入其幕，历任黑龙江抚署秘书官、交涉局会办、调查局总办、统计局专办、会勘中俄边界大臣会议委员。卢弼撰《沈观斋诗序》云，"先生少年与罗田姚彦长及家兄木斋同肄业经心精舍，同爨而食，交最莫逆。先生与家兄又同举于乡"。（《沈观斋诗》）

② "熊襄愍"：熊廷弼（1569—1625），字飞白，号芝冈，湖广江夏（今湖北武汉）人，明代将领，谥号襄愍。

此函作于光绪三十三年（1907）八月末。

3-34 答余寿平方伯

七月十一日曾上一笺，计邀台鉴，八月间两接来书，备闻谠论，其气至盛，其理至坚，而不可夺，犹是当日台官霜面，何其壮也。弟前者凿空海西，阴求彼己得失之故，遂不敢为拘虚笃时之谈。中国千圣百王，子舆氏所谓人伦之至者，一言尽之矣。亲亲之义，男女之别，亘古今，合中外，此其不深，可得与民。变，革者也，至于立法行政，纤悉赅备，则彼之所得，实暗合古意之精微，而无今日末流之弊。礼失求野，有不容以深闭固拒者，故变法是也。所以变法之人非也，办事是也，所以办事之人非也，然因其人之不能当意而遂谓法不当变，事不必办，则又不可。他族逼竞争烈，我安坐以待时，而彼则攘而有之，取而代之矣。蝮蛇螫手，壮士断腕，非不爱腕也，有重于腕者也。今日之民生困蹙，嚣然不靖，则亦怵然忧之矣。顾与其坐毙，不若图存，奋不顾生，或可免死，溃痈决瘤，而不恤此身之苦痛，岂得已乎。新政足致贫弱，公之意盖谓其烦费耳，而其所以策富强者，则仍不外实业、制造、器械、轮船、铁路诸事，此皆非大费不可者，且不惟其费也，又各有其学焉，其学非老师宿儒之所及知也，又将辅之以兵焉，其兵非绿营勇队之所能为也。然则欲救败而起衰，舍师法外人，借矛陷盾，其将何从焉。常怪近十余年，达官贵人专己守残，号于众曰"守旧"，顾其所守者，非旧学也，非旧法也，守旧官而已。官者，权之母，利之媒，日窟穴其中以自活，以为至甘极乐，而唯恐人之见侵，如蠹蚀木，如蟊食苗，不知木仆苗枯，一朝失所据，而亦无能久存也，其可哀怜，为何如耶。老兄精神才力冠绝等伦，实足以拯当世之危，而决不为常谈所蔽。来书每自谓顽固，愚以为兄非顽固，乃激烈耳。目击今之皮傅新学恣为奇诡者，多少年轻躁之士，假道托宿，以为仕宦之阶梯，而窃高位拥重权者，又皆如兄之所称某某者流也，因迫而为有激之谈，以自遂其强直之性。惟念兄位望已高，行且颛制一面，今日所蓄之意见，即将来设施之准的，故不惮广称而详辨焉，唯兄察之。东事危迫，有识皆知，城北使车方发，而论者蠭起，报纸流言，万矢攒集。弟初到此，颇有所规正，既见其外交困难，日开谈判，累月不曾议结一款，而外间谓其着着退让，事事失败，何所据而云然耶。某本庸弱，不为当事所重，安得听命于彼，此风听胪言也。弟以不才谬窃时名，牵曳至此，改弦之际，头绪万千，如以疲驽而任重远，其何能济。前月因积劳生眩昏晕，触墙致伤额部，经旬不能视事，老境渐来，宦情可想。兄每次书中辄有浩然之志，倘得买山偕隐，诚为上策。唯值此横流，何处为干净土，伏莽之戎，随时窃发，全身远害，讫少良图，恐三径松菊，只有存之梦想耳。家累侨寄京师，托庇粗平，近因闻弟蹉跌之信，不免惊惶，拟于十月初举室来沈，官居传舍，且求旦夕之暂安可也。令弟藻平朴实厚重，不染世气，请释远念。姻伯大人想康健有加，春宅均安吉，甚以为念。偻偻奉布，略无差择，唯垂鉴为幸。

注：

函云"前月因积劳生眩昏晕"，则此函写作时间仍在光绪三十三年（1907）八月末。

3–35　致钱参赞电①

昨从唐公②处见菊帅筹议四条③，极为闳远，然有须献疑者，敢布诸左右，伏乞转陈。第一条，借款数至四千万，此国债非省债，必得政府担任，度支部认可，否则责东自借，外人不承，将成画饼。第二条，筑路实为要着，惟由新达洮，虽与路约不背，难免日人不故生枝节，由洮达齐，须越俄轨而过，交涉亦必棘手，此须先时声明，否则许以筑路而不能办到，将受虑事太疏之咎。第三条，开放主义认许者多，惟日俄于铁路附属地已得之权利，不肯吐弃，我自开放，彼则牢持，欧美者人来此者少，徒予日俄以自由，我若于警权、税权不能伸张，杂居之后，交涉益繁，不可不虑。第四条，联盟之事，各国多有，然皆具有目的，英日俄法之约，意在亚东均势，各不相侵，德美无意东略，故不与日盟，国际上只争权利，讲利害，联合须有意识，泛交无益。以上四条，各有困难，然舍此实无长策，宜先事陈明，庶免后责，公谓何如。模，虞④。印。

注：

①"钱参赞"：钱能训（1870—1927），字干臣，浙江嘉善人，光绪二十四年（1898）进士。时奉天右参赞。题旁注"另抄入电稿"。

②"唐公"：唐绍仪。

③"筹议四条"：所筹议四条，参见徐世昌《密陈三省切要办法四条折》所附《遵筹东三省最切要办法四条》。办法四条云：一，"拟先借国债四千万两设立三省银行"，为划一银币、振兴实业基础。一，"拟另借洋款，先修由新民经洮南达齐齐哈尔之路，以通南北之气"。一，拟先于通商十六处自开商埠，"以保定主权、不设界限为定旨"。一，"宜先联日、俄，即英、德、法、美，诸邦亦当开诚布公"，以免孤立无助。（徐世昌著《退耕堂政书》，第550—557页）

④"虞"：初七日。

此函作于光绪三十三年（1907）某月初七日。

3-36 复筱鲁观察①

贵阳陈观察②过沈，递到惠笺，兼读佳什，想见鹤楼高宴、引杯飞翰之乐，边关萧索，无此胜游，企首故人，有如天上，未知何日得把臂入林也。弟以不才处兹盘错，吾谋不用，众毁所归，毒蛇在前，猛虎在后，安能以赤手拒之，数墨寻行，委蛇待尽，不如因仍旧贯之为愈也，何事多添如许割地使乎。赵次公③一时健者，素所倾佩，其离东是其一人之福，到鄂乃吾楚人之福也，此老精神气魄实足以祛除痼习，力挽颓风，到鄂设施何如，便中望详示。大抵吾侪所望于地方长官者，只在"不伤财不害民"六字，公能以鄙言上达于节楼否，企望企望。弦公居鄂中，想不时聚首，风雨君子，未尝去怀。弟积年劳役，卒卒少暇，平生至交，书问稀阔，此间同署办公，辰入酉散，竟日皇皇，今日以大雪闭门，得贡一笺于左右，并媵以诗④，亦自诧为希有也。手复即颂道安。

注：

① "筱鲁观察"：黄嗣东。
② "贵阳陈观察"：等考。
③ "赵次公"：赵尔巽。
④ "并媵以诗"：即《沈观斋诗》所存《答黄小鲁观督鄂中间寄原韵》诗，诗云："倦鸟何由共一林，辽阳征客苦寒侵。喜得来书说乡土，近传诗句益清深。平生驰骋真成错，妄意更张一鼓琴。自入柳边情绪减，只闻芦管不闻碪。"

此函作于光绪三十三年（1907）。

3-37 与絜先①

前在都下，缕得促谈，极钦浑璞之宝，别后奉手笺，得悉琴从安抵鄂中，家室静好，甚以为慰。来书略言所志，具悉高情，读书求道，不求闻达，是亦古君子之节概也，士各有志，未可一概相量，唯圣人言出处，盖无所执滞，隐居行义，各有其时，合人为群，理趣相济，在于父母有望显扬之意，亲戚有希光宠之心，虽属俗情，亦关爱理，贤者以为然否。鄙人郁郁此居，百不一展，秋间以积劳致眩，触墙伤额，经月始痊，敝眷十月初来东，托庇安好，知关远注，用以附闻。

注：

① "絜先"：陈曾矩。

据文意，此函作于光绪三十三年（1907）十月初家眷到东以后。

3-38　上南皮张中堂副笺

敬再肃者，某自乙丙之际从鄂中，得亲杖履，先后六年，苗藿絜维之情，枨杜饮食之惠，中心臧写，无日能忘。癸卯大祀入都，得从宾僚，屡陪游咏，旋以于役关中，遽尔别去，迨差竣回京，而公又还镇矣，自此以后，遂阔音尘，中间虽时上笺疏，未罄怀抱。乙巳年随镇国公出洋考察，本议由京汉铁路启行，藉得道出武昌，面承指授，事有阻格，计不得行。丙午夏归自海外，仍拟沿江东上，冀遂始谋，适郑州铁路为水所败，不得已遵海回京，于是终不获就。公商定国是，有所折衷，迨改革命下，公卿会议朗润园，一时朝论哄然如市，本为箴石起废之谋，转成水火交争之局，变证之生，卢扁所不及料。模在事月余，游羿彀中而不知，已而奉命速赴苏任，仓卒戒行，踉跄南下，乃绝口不敢复言朝事，亦不敢以书上达于左右。本年三省改制，忽又东迁，此间本非完土，中清铁路分属日俄，所谓附属地者，兼兵权、警权、矿利、林利而有之，一旦有事，心腹梗塞，气脉不通，前议展筑新齐一路，所谓死棋求生，此策不行，将成绝地。今敌人事事干涉，处处牵制，彼以实力经营，我以空言应付，拘挛顾忌，日久无成，而大力者负之而走矣，张官置吏，建鼓摇旗，何益于事实乎。模既无远略，亦非边才，周旋两姑之间，毫无自立之地，日夕奔走，救过不遑，又体气素孱，出关以来精力锐减，夏间因劳眩触墙，致伤额部，蒲柳望秋，衰象先见，近值苦寒，凉风数发，益觉难于支拄，两鬓沧浪，须亦有三数茎白者，非复往者侍坐时意象矣。自分不能有补于时，唯日念武昌鱼好耳，素恃长者垂爱，慺慺上陈，伏希涵鉴。再新城守陈君作彦①，本属世交，学行之优，夙所倾仰，服官在吉，亦有贤声，近已承其治行，转陈菊帅，已电达行省，优予位置矣，知关尊廑，并以附闻。树模再肃。

注：

① "陈君作彦"：陈作彦，延吉厅同知。

此函作于光绪三十三年（1907）冬。

3-39 复杨筱麓观察①

客腊奉尊电，以事无征验，不便答复，想蒙鉴宥。入春敬维兴居多祜、潭第增荣为颂。前于邸抄中见赣抚保荐人才折，得悉大名上登剡牍，荣膺屏记，想抟扶之期不远，可胜欢忭。近传南昌新设道缺，拟以劝业一席相待，已经定议否？便中尚望示知。弟谬窃时名，为当事者牵曳至此。承吏治之敝，当外交之冲，同署办公，辰入酉散，寝处不遑，智勇俱困，措置之难，十倍内地，诚非薄劣可胜，诚恐设施无效，负圣明之知遇，为时论所讥评。又出关以来，精力锐减，去夏因晕触墙，致伤额部，冬令苦寒，益增瑟缩，若龙沙万里，更非孱躯所能支矣。五十之年，忽焉已至，宦味有如嚼蜡，约旨卑思，无心进取，求如往日经心学舍之狂态不可得也。亲家年少于我十年，而才胜于我十倍，卓然树立，足以济时危而扶末运，大厦一绳，不能不望之于左右也。少鹿亲家②尚在揭阳否？动止何如，祈为我代致殷勤。临颖不尽慺慺，唯希亮詧。

注：

①"杨筱麓观察"：杨会康（1866—1939），字仲颐，号筱麓，湖北沔阳人。时在江西。

②"少鹿亲家"：杨介康（1862—1945），字伯臧，号小（少）麓。光绪十八年（1892）进士。时任潮阳知县。周树模第三女适杨介康子杨廉。

此函作于光绪三十四年（1908）正月。

3－40　复镇国公书

去腊曾肃手笺，兼致不腆，徒以远隔德晖，无可承敬，非敢以俗例施诸左右，未蒙鉴纳，惶悚万分，顷承赐书，猥以疆寄暂权，过加被饰，抚躬循省，益用自惭。龙江本属窘题，人多避席者，财政竭，人才乏，风气闭塞，筚路难通，而密迩强邻，界线相切，蹈瑕抵隙，在在堪虞，凡殖民实边、屯兵垦地诸事，皆未可置为缓图。当国家全盛时，岁协之款近二百余万，最近如庚子年前尚一百余万，今则止部拨边费二十余万矣。此外各省协济之款，大率以赔款过重无能兼顾为辞，虽经朝旨部文络绎催促，公函私牍百计请求，笔秃舌干，迄无一应。变乱以后，全凭荒价挹注，近已扫地无余。前程雪帅①来沈，为言不病亦当乞退，无法支持。以近日情形言之，行政费尚属虚悬，何论筹边大计，读公来书，不肯委其艰于后人，雪翁②殊愧此言矣。树模一介愚戆，受圣主特达之知，不敢畏难，不敢惮苦，惟须略得施展以答高厚，若徒守株坐待，仰屋兴嗟，既非素所自待之心，亦违上公相许之意，则亦不欲久妨贤路耳。夙承挚爱，敢尽其愚。伏惟霁詧，敬叩崇安不庄。

再肃者，王倅文藻曾晤见数次，极为笃谨，已为言于菊公，必当设法位置，以副尊廑，唯渠言不欲当税差，又欲随往江省，殊费踌躇耳。名再叩。

注：

①"程雪帅"：程德全（1860—1930），字纯如，号雪楼，四川云阳（今重庆）

人。首任黑龙江巡抚，光绪三十四年二月因病开缺，四月末卸任南旋。

② "雪翁"：程德全。

此函作于光绪三十四年（1908）。

3-41　复吴弦斋侍御①

别来七载，止蒙山一通书，迹诚疏矣，顾此心之拳拳，于左右未尝有忘。顷奉手笺，就审主持坛坫②，道德日高，甚盛甚盛。唯以垂老之年，忽失冢嗣，忉怛可想，幸文孙已见头角，含饴课字，差可自娱。老庄达观，亦解脱世缚之法，正不必以强齐彭殇，訾为妄作也。侍谬窃时名，遂致高位，所历皆创设之官，所任皆繁难之事，自起炉灶，自辟町畦，寝处不遑，智勇俱困，高堂鉴影，迥非旧日之颜，广坐发音，渐作老人之欸，又频年于役，海内外津梁疲苶，臣精销亡，其何能有所建立，上副故人所期。忆前在经心③讲学时，朝夕论心，本约买山偕隐，时会所遭，不意推排至此穷荒作镇，豺虎睢盱，常用懔懔，每从鞅掌中想念高风，一如天霞云鹤，攀仰无从，未知何时释此负担，相从于楚山深处也。临颖曷胜翘企，手复即颂道履贞吉。

注：

① "吴弦斋"：吴兆泰。

② "主持坛坫"：光绪三十三年（1907），吴兆泰调任湖北学务公所议长，次年兼办官书局，故云"主持坛坫"。

③ "经心"：经心书院，原稿为"精心"，据文意改。

此函作于光绪三十四年（1908）。

3-42　复刘幼丹廉访

前在吴门曾以尺书往返，流光易驶，忽又经年，山中故人时存梦想,顷从绝徼得捧惠笺,俨如上林雁帛,为之欣快无已。三复书中"丰年可得醉饱,暇日不废钓游,衣多涧气,履无城泥"四语,何减陆地神仙,劳人览此,野兴勃勃欲动矣。模以疏节谬窃时名,不意挤排至此,边荒万里,蓝笮未开,亭障空虚,人财两绌,以不文不武之人,居孤立无辅之地,常惧颠蹶,以羞素友,不谓公更以美言相藻饰也。承道及贵郡黄君之贤,往在金陵曾见其人,诚属长者,闻其颇为某公所戏弄,以致商业失败,今欲远来相从,固所欣愿,唯此间地处寒瘠,事简禄微,略无膏润,官场难望发生,若以巨资兴办农垦林矿等事,则大有可为,否则以重茧之劳,希十禽之获,恐不免兴尽而返耳,期还与黄君商之。临楮神驰,不尽慺慺,唯亮詧。

注:

此函作于光绪三十四年(1908)。

3-43　复恽薇孙学士①

前奉手笺,悾偬未及作备,续承惠教,所以被饰鄙人者太过,且感且惭。来书泛论各省人性质,鉴别之精,名论可佩,持此足以衡量天下。惟楚人慷慨敢任则有之,当不得沈毅二字,前明张江陵②、熊江夏③是其标本也,公谓何如。弟以不才处兹盘错,穷边瘠苦,牧马频窥,库藏空虚,人才两缺,拙工遇窘题,其不曳白饮墨几希矣,公当何以匡之。孟乐同年出守,可贺。延平水土不佳,唯待量移。王令谨重,尊论不虚当,徐图位置。草草奉复,不尽所怀,唯爱詧。

注:

①"恽薇孙学士":恽毓鼎(1862—1917),字薇孙,一字澄斋,河北大兴人,祖籍江苏常州。光绪十五年(1889)进士。时翰林院侍读学士。

②"张江陵":张居正(1525—1582),湖北江陵人。

③"熊江夏":熊廷弼(1569—1625),湖北江夏人。

此函作于光绪三十四年（1908）。

3-44 致钱干臣参赞①

两旬隔别，若弥年载，梦寐之间，犹恍惚同案签判，对榻语笑时也，未识公有同情否。比维帷幄清严，荩劳倍甚，至以为念。此间荒价尽而雪翁行，库藏盘悬，公私困竭，实无措手之方，连日礮价，银行纷纷求请，亦自觉其频烦而事非得已。小人赋命穷薄，足所经涉，便为艰窘之乡。前任江苏提学时扫地赤立，一无凭借，然不过官属新设，凡百须自开生面，而不必为他人补漏洞也。今则加以重载而使居涸辙，槁可立待矣。边荒寒瘠，民病商疲，虽有良平之智略，桑孔之心计，尚不知施措何如，况若不才之庸下乎。此局万难久支，全仗款事有成，足以济三省之穷而规久大之计。以龙江近状而言，仍惟有仰鼻息于沈垣，取进止于督部，缘其局势如此，非为内地行省之自画封畛、各谋生活者比也。此皆督部与左右所前知而预算，无俟琐陈。弟生平遇事，无所回午，一以"截断众流"四字行之，整顿地方，厘剔宿弊，责无可辞，独财政一空，百端束手，固非可以空言粉饰者。近方筹划广信公司，事乃于无法中作法，若智尽能索，一无所效，将于三十六策中取一策耳，说与同志一笑。偻偻不尽所怀，唯希照督。

注：

① "钱干臣参赞"：钱能训。

光绪三十四年四月十二日（1908年5月11日），周树模奏报到任，接署黑龙江抚篆，此函首云"两旬隔别"，推测大致写作时间在是年四、五月间。

3-45 复陈仁先

顷奉手书，藉谂动定如恒，深慰远企。此次东省举贤，大名裦然选首，百鸟一鹗，睥爪不凡，为国羽仪，不独亲戚光宠已也，欣盼曷既，望益努力崇德，永保令名，以裨危局。鄙人赋命穷薄，涉足枯窘，触手繁难，龙沙之行，竟不能免，只身来此，董理断烂，已及两旬，库储既空，圜法又敝，市上交易，全用纸币，求累千之实银而不可得，公私困竭，至于如此。全省岁入不足五十万，而养兵即须八十余万。从前仗协款，庚子乱后仗荒价，近则部拨止十六万，各省协款无一应者，荒价告竣，扫地无余，又当此推行新政，改换局面之际，增官置吏，建筑繁兴，费加于前十倍，地方行政之用且无所出，而边防无论也，日夕旁皇，真不知所以为计。模疏节不媚，无上下之交，邅集于此，平生师友，冰相颇不以众人相遇，然亦未尝数通书问，有所陈请，足下能于□见时为述此间状况否？来书为言某君事，想因未悉其生平，谢而远之可也。黄小鲁之弟①前在鄂时已知之，泛驾之马，其可御乎？此间寒瘠，无处膏之润，即不惮远役，终将兴尽而返耳。匆匆手复，不尽偻偻，就颂近佳。

注：

① "黄小鲁之弟"：黄嗣东弟黄嗣翊，字心余。

函3—47有"五月十日曾致一笺"语，据以推测此函为光绪三十四年五月十日（1908年6月5日）之去书。

3-46　致徐钦帅①

钦帅督部坐右：

日前手上一笺，亮达尊览。顷驻哈比领事高松如函致幕中魏生法国大学毕业生宸徂，探询齐爱铁路事，昨已电陈大略，兹将其原函译呈鉴核，以便运筹。三省大势均须从交通入手，否则移民实边，伐林采矿，皆属口头禅理，画饼不能充饥者也。江省筻路未开，财源闭塞，比奉、吉尤甚，若待筹款自办，河清人肃，恐不及时。今比人既来游说，因而用之可望有成，且小国之人，意在出滞财、卖工艺，无侵略之心，芦汉其前事也。至于新洮有责言,爰齐少枝节,尚可听命主人,少帅②外事明而思虑密,得失利害必自瞭。然望公与熟筹密计,如以为可行,再就近向政府邮部提议,妥定办法,如别有窒碍,竟作罢论,亦无痕迹也。此间十七日实行同署办公后,楼未成,又未能中止,无财而大费,若何。手泐奉布,敬颂钧安。树模谨上。

注:

① "徐钦帅":徐世昌。
② "少帅":唐绍仪。

此函作于光绪三十四年(1908)。

3-47 致陈仁先

五月十日曾致一笺,想登台览。比维动定多豫为颂。黄生来,承手教,说士之甘,抑何有味也。鄙人本无瞻①行,何由得此。古云林茂鸟归,水深鱼聚,今鱼鸟奔凑,乃在水木萧疏处也,咄咄怪事矣。两生并偶傥,当谋所以置之。闻冰相兴趣不减,颇复事吟咏否?模三年不作诗,近乃得数首。饥者歌食,劳者歌事,盖亦有不自已者乎,录寄大家一笑。来复日稍暇,草草致语,唯照不宣。

注:

① "瞻":原字"毡",据文意改。

此函作于光绪三十四年(1908)。

3-48 复王仲午①

远从边徼得奉惠书,如见故人,欣快何极,自为粗官,日亲尘牍,不复措意文事,诵来句使人翛然有云鹤之想。近亦有句云,"东冈林密暗斜曛，西去江流远莫分。独上边楼知有意，青天咫尺看归云"，②亦可见其志矣。尊藏梨洲册是否即所书寿序？石斋书曾见两套，尊处为何本，不复省记。南北奔走，雅道久付烟云，旧有菉残，弃捐箧笥，无暇把玩，乃复买菜求益乎，相与一笑。京华旧侣星散，近虞老③又物故，念之惘惘，来书云归骖即发，不审相见何时，望无以数寄书为勤。草草不能尽，意唯惠督。

注：

① "王仲午"：王荣先。

② "近亦有句云，'东冈林密暗斜曛，西去江流远莫分。独上边楼知有意，青天咫尺看归云'"：《沈观斋诗》存此诗，题《楼上眺晚》，"东冈"为"东郊"。

③ "虞老"：李绂藻，字伯虞。《清实录》卷五百九十二载，光绪三十四年五月十七日（1908年6月15日），"予故仓场侍郎李绂藻恤典如例"。

《沈观斋诗》集中，《楼上眺晚》诗下首诗题《五月二十日雨》，故推测此函作于光绪三十四年五月十日至二十日（1908年6月5日至15日）间。

3-49 唁张巽之观察①丁内艰

顷和埙世兄自南来，奉到讣书，敬悉姻年伯母太夫人大故，悲惋弥日，伏想至孝哀迫如何可言，所幸啮指知几，先时归里，身樟所附，无悔于心。树模两遭大事，皆以羁宦京师，未亲含敛，负罪引慝，至于终天远念。公今日之哀，益增我平生之痛，寸心千里，共此忧伤。弟谬窃时名，为当轴所推，遽集于此，穷边枯窘，亭障久虚，广土半未辟之荒，深山多蕴藏之宝，经营拓殖，期以十年可成，富国唯是通运道，合赀财，非狮象之力不济，空拳孤掌，徒为临渊之羡而已。尝自思维，"少年守章句"为儒，"中年困绳墨"为法，儒法之蔽，至于支离缴绕，使人不能自得。近乃稍涉佛理，欲以解缚去缠，获身心之清净，不意道根过浅，世缘太深，前挽后推，仍成为肉食之鄙，当亦林下大师所呵也。居□多暇，希随时示我拄杖。兹托吁门观察寄上素障一悬，奠仪二百金，聊表絮酒之敬，伏乞代荐灵筵，是所切祷，专复奉唁，就候礼祺，不尽。

再启者，蔼庭亲家于去秋物故，至堪悲惋，在奉仅闻胡吁门一言，迄未接到讣文，不能冒昧致书，今和埙来，始知其审，身后萧条，不胜远念。兹寄去二百金，望代交令嫂亲家夫人以备薄奠，感叩。前鄂中联姻时，公本认蔼兄此女为己女，尚望使在公膝下时闻教诲，间窥书史，实私心所盼祷者也。和埙当谋位置，卢守才可用，缓当致之，并以奉闻。

注：

① "张巽之观察"：张孝谦。

此函作于光绪三十四年（1908）。

3－50　复徐钦帅

钦帅督部坐前：

适奉赐书，远承垂注，感沏无量，伏谂柱躬曻福，为慰为颂。模居穷荒两月矣，叨庇服食如常，早夜孜孜，挺身白战，欲变黑暗为光明，志大才疏，终恐劳苦而功不高耳，所幸雨泽应时，盛夏不暑，薄棉未尝去身，不惟如尊谕可傲内地热官，即比似沈垣，亦有冷暖之别也，久惯清寒，安之而已。唐帅回奉有期，至为欣盼，此席若骤易人，政见不同，恐致破局，公谓何如。美款幸有成，路事重要，何乃久无消息，东垂大势，在先通关隈以运棹全身，非有自主之铁路，不惟一切实业难望发生，亦无由得军事上之便利，卡伦、鄂博不过慰情胜无，零星不属之戍堡，疲弱无勇之守兵，一朝事发，所谓以狼驱羊耳，远事如狄山乘障，明日割头，近事如江东六十四屯之民，岂不足以当一卡伦乎。模非敢执迂远之见，为好大之言，妄以为局势如此，伏望明公大力主持，以急谋通道治其标，以设官殖民固其本，边事庶其有济也。此间积垢已甚，不能不略予爬梳，志欲为害马之除，并不曾为渊鱼之察。昔吾楚张太岳有云，佛发宏愿以身作荐，任人践踏，公前书教以为边荒挽三百年积习，毁誉穷通在所不计，古今任事之人不能少此定力决心。模虽愚柔，敢不自勉。在此日以勤敏率属，未尝有宿事留胠，故就商于左右者日必数四，天性急遽，少委蛇宽缓之，致虑为人所不堪，譬之火车行驶过速，或有以木石横塞轨道者，则颠覆立见，尚乞我公时时扶轮，消除一切阻碍也。书此语，以博独坐之一笑，来复日稍暇，草草上言，不觉累纸，略无差择，唯希涵鉴。

　　再密启者，垦务事若加翻腾，直是第二绥远城矣，碍难穷竟其事，唯群小倚旧尹，勾结营利，路人皆知，迹无可掩，奈何。改官设治事，议覆当不远，呼伦、蒙务、边务均关紧要，局面亦好，前朱桂辛①来此微探其意，似能俯就，且于事实能有济。兴、瑷两道亦要，姚甚平实，庆颇近利，公论云尔，孟玉□似可占一席。此种须先事预筹，胸有成竹，望熟筹密示，以便部署一切，若经定计，须商桂辛。近日蔡乃煌、高而谦皆以丞参放外道，有例可援也。

注：

　　①"朱桂辛"：朱启钤（1872—1964），字桂辛、桂莘、号蠖公、蠖园，祖籍贵州开州（今开阳），时任东三省蒙务局督办。

　　此函作于光绪三十四年（1908）。

3－51　复余寿平方伯

　　六月十六日接到五月十一日手教，系由吉省转递至此，故尔迟延。敬审姻伯大人因桂林服食不惯，康健逊前，深以为念。来书秋冬奉亲归里之说，知公久蓄此怀，唯地位已高，乞退不易，恐届时不免牵挽耳。弟到江受事已及两月，信手梳爬，无非朽蠹，去京师远，全用章疏粉饰，实际毫无，近则人去财空，公私困竭，几无施手之处，挺身白战，寸铁不持，早作夜思，未尝得一饱食甘寝。默念天生我辈，即未赋以享安闲、受庸福之性质，平日虚名盛气所感召，亦必置之劳苦艰贞之地，乃足与其本量相符，是以居极边而无愠色，但恐尺寸不效，召谤兴讪，则亦不欲久辱高位也。季端①办事极切实，丹臣②慷慨敢任，同舟中之最得力者。令弟藻平居幕中，稳实可靠，身体亦好。此间气候虽略寒，然天高地敞，无暑湿郁蒸，胜于南方瘴疠，居此尚少病者，唯食用诸物，取携不如内地为便，新建公署参用洋式，致为闳壮，弟仅仅消受此广居而已。敝眷尚在奉天，缘儿女等闻说边方寒苦，望而却步，亦不欲强之使来。由奉至江，火车两日可达，南段至长春为日车，北段至昂昂溪为俄车，昂站距齐齐哈尔城尚四十余里，近亦筑轻便铁路，七月可开车矣。前在奉曾有书与节高，讫未得复，《岳麓碑》未奉到，并闻。手复敬颂侍福，潭宅均安。

注：

① "季端"：张建勋。

② "丹臣"：倪嗣冲（1868—1924），字丹忱，安徽阜阳（今阜南）人。时黑龙江民政使。

此函作于光绪三十四年（1908）。

3-52　复陈仁先

七月二日奉手简，兼承写寄新诗，讽味再四，峭洁直逼黄陈，绰约貌姑仙，断绝烟火食，殆非凡目所可亵视。子年三十而诗境如此，造意深，落笔超，取径窄，久之去俗益远，蝉蜕鸿冥，恐诗中之人，亦不能受人世之羁衔，耐尘务之琐杂，鄙人欣佩既极，忽发此怪迂异想，大雅君子，能勿诧乎。居边境已三月，补苴罅漏，综理密微，日为运甓之劳，殊少投壶之雅，自念悻直之性为众所尤，安闲之福亦天所靳，荒寒艰苦，适与本分相宜，故视穷边为安土，治事同于曹掾，早作过于仆童，自忘其勤，亦不自觉其苦。然每念昔日宣南之游，江亭赏秋，唐园咏菊，辄有乘风归去之想，未知吾子亦时忆及龙江秃鬓翁否也。临楮不任拳拳，就候箸安。

注：

此函作于光绪三十四年（1908）。

3-53　致华璧臣同年

春间道从至沈阳，累日纵谈，得闻名论，填胸块垒，一旦划除。优孟之场，装头盖面，真气索然尽矣，一见秦王，乃使户牖皆惊，岂非至快。人谓公粗豪，吾服公直谅，非虚美也。执别匆匆，旋有龙江之役，迟回两月，始克戒行。边地苦寒，公私困竭，荒价告罄，旧尹高扬。受事以来，日为搜补弥缝之计，自朝至昃，寝处不遑，意在综核名实，力戒因循，不欲效前此之粉饰章疏，取悦耳目。旧污宿蠹，略予梳爬，不过去其太甚，然已群惊为风厉，缘此间吏治积疲故也。整顿地方，支持门面，均属寻行数墨之事。至于东垂大计，总在筹边、通道、兴业、殖民，非有巨款大力不办，断非瘠区边吏所可自营，须政府统筹全局，急起直追，庶几桑土绸缪，侮予可免。弟生平自许，颇不欲做便宜之事，为享福之官，处脂膏之地，当亦知心所共信，所虑边局万紧，间暇无多，兀守枯棋，一无长算，则巾扇风流扫地矣，此则不能不独居深念者也。倘因风便，有以教我。手布，就颂素履贞吉。

注：

此函作于光绪三十四年（1908）。

3-54　复张海若太史[①]

前奉惠笺，过承肸饰，自视衰朽，愧弗敢任。比维茂实英声，蜚腾日下，深慰企仰之甚。令兄居幕中，极资臂助，网罗贤隽，颇以自豪，将来冠冕南州，郁为时栋，属之一门轼辙矣，欣盼何如。弟以沟犹处兹盘错，既乏壮事，亦无老谋，日夕兢兢，大惧陨越。屯田之策，敢望于营平，入关之思，常存乎定远，属在同志，敢尽所怀，唯希照督。手此奉复，就候撰祺。

注：

① "张海若太史"：张国溶（1879—1943），字海若，号修丞、侑丞。湖北蒲圻（今江陵）人。光绪三十年（1904）进士。三十四年，于日本法政大学毕业归国。兄张国淦（1876—1959），字乾若、仲嘉，号石公，光绪二十八年（1902）举人。三十年考取内阁中书。时在周树模幕，为抚院秘书官。

此函作于光绪三十四年（1908）。

3-55 致陈筱石制军

睽违左右，时切依驰，徒以僻处边方，久阙音敬，良用歉然。鄂省风水为灾，深劳苂虑，天灾代有，人力难施，唯有设法补救而已，淫潦蛟洪，非常见之事，至于江汉水利，乃湖北最大问题。模从前在籍，曾预薪樵之役，咨访故老，考察地形，江水以万城堤为障蔽，以洞庭湖为停蓄，如荆堤稳固，虽有盛涨，不过濒江各州县低下之处，地略有淹溃，至汉水则性极湍悍，由郧襄而下，直泻千余里，安陆以下，始筑长堤，一旦溃决，则沿河八百里州县尽成泽国，故民间以为巨患，官家亦屡兴大工。道光间之王家营，咸丰间之狮子口，近十年来之唐心口，烦费至不可胜计，推原其故，皆由从前所有支河小港，全行湮塞，水无分泄之路，而以猛力束于一槽河身，又日以淤垫，欲其无漫溢鼓裂，难矣。十年前尚有泽口一处分泄，嗣后泽口渐湮，乃趋于吴家改口，闻去岁次帅①徇乡民之请，复将改口堵筑，是襄河数千里之水无一分消之路，吾恐河患且频年而未有已也。乡曲小民只知为一隅曲防之私利，而不顾全局之利害。次帅到鄂日浅，亦或有未能周悉者，因急切以图之。为今之计，唯有速将从前沿汉所有支河故道，逐细查勘，测绘成图，分别缓急，设法开浚，以分全河之势而杀其怒，庶足以规百年之利，免其鱼之灾。唯望我公先事预防，不动于浮言，不恤夫小费，审时度势，断然行之，则其福我楚民者大也。模远镇边荒，设施万窘，人财两绌，智勇俱穷，时以颠越为惧，南楼风月，梦想存之。今为部民，旧本僚吏，知公关注，必有倍于泛常者，敢略布区区，唯希羽便时赐教督。树模顿首

再王仲午部郎，本出公家门下，闻其告养在籍，人极澹雅，文采蔚然，未知曾否晋省修谒，现鄂中办理新政，谅必在礼罗中也。复颂勋绥。

注：

① "次帅"：赵尔巽。光绪三十三年（1907）七月调任湖广总督，三十四年二月，调任四川总督，陈夔龙则由四川总督调任湖广总督。

此函作于光绪三十四年（1908）。

3-56　致徐钦帅

钦帅督部左右：

不奉德晖，忽焉四月，秋风凉冷，塞上早霜，怀远之情，殆不可任，比想大纛临边，藉觇海港形胜为将来恢复之地，①甚盛甚盛。模窃位于兹，一无裨补，早夜汲汲，患寡忧贫，内既疚乎己心，外不能适人意，惟守公毁誉得失不计之教，于属吏颇有所箴砭，数月以来，疲玩之风似较前者为愈，年终尚少不得一番举错耳。本任绥化多守②久假不归，体弱亦难胜任，海伦辛丞③小有才，颇专恣攘利，子侄亦不谨，此两处须有移易。前呼兰黄守④屡荐王佥事彭⑤可胜外任，此人书生，有志趣，操履不苟，固模所知者，拟位置一席，可否？望酌定见示。黄守在江省实为出类拔萃，亦难能可贵者也。唐尚书启节有日⑥，款事何如，尚望告知一二。手肃，就颂勋安。

再启者，宋道等参案⑦，顷经张提学⑧详复，阅其来文，兼访众论，大致平实，此题尚属易了。李端⑨人极笃诚，遇事矜慎不苟，此次禀牍

皆其手书，恐有漏泄，兹有详文封呈鉴核，其应如何奏覆之处，请由尊处定稿，挈贱衔入奏。不任叩祷，复颂钧安，唯希垂詧。

注：

① "大纛临边，藉觇海港形胜为将来恢复之地"：光绪三十四年（1908），徐世昌巡阅黑、吉二省。十月十八日启行，十一月二十八日归奉省，旋上折密陈三省危迫情形并筹办法。

② "绥化多守久假不归"：多守，成多禄（1864—1928），原名恩龄，字竹山，号澹堪，祖居山西，清初由京师迁乌拉，后北迁吉林，隶汉军正黄旗。时随程德全去江苏。

③ "海伦辛丞"：辛天成，时海伦直隶厅同知。

④ "呼兰黄守"：黄维翰（1867—1930），字申甫，号稼溪。江西连城人。光绪二十一年（1895）进士。时呼兰知府。

⑤ "王金事彭"：王彭（1874—1940），原名王葆清，字觉三，湖北江夏人。光绪二十九年（1903）进士。时调东陆军部主事。

⑥ "唐尚书启节有日"：光绪三十四年六月二十二日（1908年7月20日），唐绍仪着赏加尚书衔，派充专使大臣，前往美国。

⑦ "宋道等参案"："宋道"，宋小梅，时黑龙江候补道。光绪三十四年（1908）五月，宋小濂、魁陞、徐鼐霖被参盘踞要差，浮开款目等，上谕着徐世昌、周树模照所参各节，确切查明，据实具奏。

⑧ "张提学"：黑龙江提学使张建勋。

⑨ "李端"：待考。

此函作于光绪三十四年（1908）秋。

3-57 致端午帅

谨再启者，隔别清尘，忽弥年载，属东事草创，日夕皇皇，簿领埋头，人事俱废，不获手修一笺，以彻于隶人之听，歉悚万分。模以短浅之才居盘错之地，在沈八月，救过不遑，移入穷荒，益形竭蹶。此间素仰馈饷，兼资荒价，顷值饷悬荒尽，旧尹飘然，而以不才承之，外迫邻交，内修新政，增官设治，招垦筹边，均非徒手可办。公私困竭，谋勇难施，殊以弗克肩荷为惧。窃自维念本以孤根邋集于此，上下之间一无援应，其何能济，夙承明公昒睐之雅，敢布区区。曾忝僚吏，又属部民，关注之殷，必逾常泛，匡直辅翼，不能无望于左右也，倘因北风俯赐德音，不胜至幸。手肃，载颂勋绥，唯乞垂鉴。树模再启。

注：

此函作于光绪三十四年（1909）。

3-58　与吴心菱侍御①

夏间承手教，旋即具覆，想邀荃照，流光易驶，忽此严冬，遥谂主持坛坫，矜式乡闾，道益高而名益重，佩仰难名。值此国步多虞，复连遭两宫徂落②之变，八方震悼，悲痛同声。我公素性忠爱，虽处江湖，不忘廊庙，摧伤之情，不问可想。时局若此，必安王室，乃能安百姓，在朝者讲内政，修外交，在野者息邪说，距诐行，当世贤人君子固同负此责耳。侍远处穷荒，设施万窘，当此机阽之际，益懔担荷之难，早夜皇皇，不知所措，尚希时惠德音，勤攻吾阙，不胜企望。闻彦长先生③近与同事，定有水乳之合，幼丹前辈④来省垣否，黄髯⑤近状若何，统望致意。子青亲家⑥未知回鄂否，拟另作一笺，由仁先转呈也。北徼多寒，远念故人，心境萧瑟，附上百金，聊资旨蓄之需，剖穄析秕，辴亵已甚，唯祈鉴存。手布，不尽偻偻，敬承道履安佳。

注：

①"吴心菱侍御"：吴兆泰，时任湖北学务公所议长，故函云"主持坛坫，矜式乡闾"。

②"两宫徂落"：光绪三十四年十月二十一日、二十二日（1908年11月14日、15日），光绪皇帝、慈禧太后先后一日而殂。

③"彦长先生"：姚晋圻。

④"幼丹前辈"：刘心源。

⑤ "黄髯"：黄嗣东，字小（筱）鲁。易顺鼎《霭园诗事叙录》谓，"小鲁者，黄观察嗣东也，又称鲁髯，湖北汉阳人"，其诗《和鲁髯韵》有"江夏黄童汉世家"句，《鲁髯假我霭园山楼移居赋柬》有"仿佛移居到上清，道南分宅有髯兄"句。（《霭园诗事》卷一）

⑥ "子青亲家"：陈恩浦。

此函作于光绪三十四年（1908）冬。

3-59　上镇国公

夏间远辱赐书，备承纫注，当即肃函具复，想蒙尊鉴。顷直国家多故，两圣先后升遐，地坼天崩，八方震悼，凡有血气，无不哀感。在于臣子受恩极深，受任极重，益复攀号无路，五内俱摧。上公以肺腑至亲，膺兹创痛，其为悲怆，更复何言。幸新主龙飞，天人协应，摄政王清忠公亮，中外倾仰，近颁诏谕，谆谆以恪遵成命，实行宪政为心，①所以安人心，定国是，息邪说者，实在于此，伏地捧读，化戚为欣。窃维上公为首倡大计之人，际兹新运，宜告远猷，以愚管所及，约有数端急宜施设。一，注重外交，在采用文明主义，昭示列强，令外人心生尊敬，则国际上自然和平。一，确定内阁制度，杜塞权贿之门，举直错枉，以服天下。一，更定宦寺旧制，荡涤历史上之瑕秽，俾宫禁肃清，中外瞻仰。一，尽裁各部书吏，繁文旧例，略与删除，俾不得假文法以为奸利，庶事皆征实，法简易从。凡此数端，皆于立宪政体关系切要，得上公亲贤重望，造膝密陈，九鼎一言，胜群僚百倍，唯甄择而审度焉。树模待罪严疆，忽焉半载，补苴罅漏，竭蹶不遑，近数月来，筹划边防，整饬吏治，清厘财计，粗有端绪，唯增官置戍，垦土殖民，动需巨款，穷边荒瘠，无可发生，迭经创立盐运，兴办屯垦，清丈地亩，均难遽收速效，以救目前，尚希上公俯念边荒奇窘，设法维持，以免坐困，三四年后，当可不仰给司农。树模一介寒儒，荷先朝特擢，不惜捐糜，以报国恩，平生志愿，亦决不肯避劳就逸，畏难求易，去瘠向腴，所以上恳②扶助者，正欲稍得施展，俾边地改观，庶几不负朝廷，不羞知己，区区之心，尚希督亮。临纸不尽依驰，岁暮天寒，山川缟素，千祈为国自重。

注：

①"新主龙飞，天人协应，摄政王清忠公亮，中外倾仰，近颁诏谕，谆谆以恪遵成命，实行宪政为心"："新主"，溥仪。"摄政王"，载沣。光绪三十四年十一月初九日（1908年12月2日），溥仪登基大典在太和殿举行，以明年为宣统元年。摄政王载沣监国。颁布谕旨，"仰维列圣相传之治法，无非敬天法祖勤政爱民，凡先朝未竟之功，莫不敬谨继述。本年八月初一日。大行皇帝钦奉大行太皇太后懿旨。严饬内外臣工。务在第九年内，将各项筹备事宜，一律办齐，届时即行颁布钦定宪法，颁布召集议员之诏各等谕。煌煌圣训，薄海同钦，自朕以及大小臣工，均应恪遵前次懿旨，仍以宣统八年为限，理无反汗，期在必行。内外诸臣，断不准观望迁延，贻误事机，尚其激发忠义，淬厉精神，使宪政成立，朝野乂安"。

②"恳"：原稿为"垦"，据文意改。

函4—20称"客腊曾肃笺启"，"客腊"所呈"笺启"，当是此函。即此函写作于光绪三十四年十二月（1908年）。

3-60　复徐钦帅

钦帅督部左右：

自连遭国戚，悲感万端，又麋从弗获，北来所有应行商办之事，俱从停阁，顷承钧札，询及请简，各司暨新设各缺如何办理，均属要图。此间自同署办公，各司日与接晤，颇悉所长，秋提法①老成谙练，用法极平，倪民政②勇于任事，明干有为，谈度支③和平精细，庶事就理，均堪胜任，统希尊处酌定后就近入告。至改设各官缺，前次函商，筹划经费，久未奉复。边徼寒窘，既难得满志之人，更毫无可指之款，然事属奏办，无论如何艰苦，亦难长此稽延，拟先奏改爱珲、呼伦两道，升龙江、海伦两府，设胪滨、黑河、嫩江三府，其应派设治委员各处，俟遴选妥员，陆续派往，可与折尾声明，兹拟补署各缺数员，另纸录上，敬候裁夺。来教边要不宜生手，老谋深虑，无任服膺，惟江省旧人，情形固熟，习气亦深，意欲得一二新人才，及时磨练，为将来支持边局之备，所恨求不易得，或得而招之不来耳，奈何。至江省财计枯竭，公所深鉴，强聒不舍，同于乞儿叫穷，听者易厌，司库岁入本不敷经常行政之费，而边防屯垦，增官设治，皆为前此所无，款巨事繁，何能取给，近所经营之事，如清丈，如盐运，收效均在数年以后，望梅无能止渴，计度支司欠广信公司款已及百万，来日方长，真不知所以为计。树模本以庸手遇此窘题，半载摄官，补苴无效，徒奋张空拳，撑持门面，凡四方之所请求，多无能满其意者，既滋人怨，益重内惭，苦况愚心，唯仗明公鉴察而已。短景催人，悲笳自语，极边霜雪，瞻近无缘，唯增邑邑。苦寒，千祈为国珍卫。

再启者，前宋道④来省，言及呼伦改缺，请另择人，并称渠既为人指目，若不退避，恐再致风波，未审到奉谒公曾有此请否。察看未消，请署须费斡旋，不独人言可畏也，尊意云何。公前函谓，舒彬如⑤可置一席，舒学行矫矫，未知应受若何。鄙意以为郭小榆⑥器局最好，才识并优，又系记名简放之员，请补合格，且年正当盛，将来必可练成边才。公于舒郭两人中拔取一人，似均精采，管见如此，仍候卓裁。至宋道才具可用，或于省城择要位置，将来徐为之所，亦一办法也。又绥化本任多禄⑦，已准开缺，应遴员请补，黄守维翰官声为江省最，拟补此缺以励贤能，仍希尊酌示复。模再启。

注：

① "秋提法"：秋桐豫，浙江会稽人。

② "倪民政"：倪嗣冲。

③ "谈度支"：谈国桓（1870—1945），字济伍，号饱帆。镶白旗汉军人。光绪二十一年（1895）进士。

④ "宋道"：宋小濂，呼伦贝尔兵备道。

⑤ "舒彬如"：待考。

⑥ "郭小榆"：待考。

⑦ "多禄"：成多禄。

此函作于光绪三十四年十二月（1908年）。

3-61　复陈子青

前奉惠笺，久稽作答，冗剧可知。中直国忧迭告，日夕皇皇，惊痛糜措，人事益复废然。比维侍奉康娱，起居增胜，甚以为慰。川汉路事，闻诸公主持商办甚力，未知为纯然鄂商否，冰相意既不附部，亦不信商，此事结果尚不敢料耳。模远在穷荒，桑梓公益既难代谋，边境绸缪，时虞坐误，财计万窘，新政繁多，人皆知为难题，而以拙工承其乏，所谓劳苦而功不高者，幸居此八月，岁丰民和，藋苻亦靖，堪纾远注耳。令亲沈县丞在苏有差，岂能舍近图远，去腴就瘠，行止宜酌。陈威东之世兄已派国文教习，附闻。手颂道安，不尽。

注：

光绪三十四年（1908）四月周树模到江，"居此八月"，推测此函写作时间大致还在是年十二月。

3-62　复杨筱麓

前奉惠书，备悉尊状，就谂侍奉康娱，兴居多胜，深慰远注。承嘱一节，自当代谋，惟执事筦兵南昌，颇著声望，为上游所知，若舍而之他别事，长官既无夙昔之欢，难希特达之遇，且奉天局面未定，若三藏西归，极难相处，前此出关人物联合一气，播穅既已在前，积薪难期居上，以弟愚虑，舍近图远，恐非所宜，行止之间，尚祈斟酌。弟居此八月，艰棘万端，重以国忧，益复摧绝，霜雪满鬓，寒谷不春，盖不能无越鸟南枝之恋也。手布，祇颂侍祺。

注：

此函作于光绪三十四年十二月（1908年）。

3-63　复华璧臣

两奉手书，备承纫注，感泐实深。两圣同时上仙，变出非常，前史未有，幸大计早定，匕鬯无惊，实天下臣民之福。弟权镇穷荒八阅月矣，奋张空拳，支持门面，补苴无策，智勇俱穷，岂宜久防贤路，唯当此机牙之际，不敢存退避之心，只好挺身白战。此间财计奇窘，不能不遇事综核，以此为人所不堪，造谤兴讪，均所不顾，抑亦拙者之效也。水清无鱼，人察无徒，曾佩老氏之言，乃实逼处此，不能貌为煦孑取悦众人，一切以直道行之，幸扪心尚无忸怩耳，敢为知己一言。附去百金，聊资岁事，敬祈察纳。手布，就候素履。

注：

此函作于光绪三十四年十二月（1908年）。

3-64　复蒋则仙

两奉惠笺，久稽作答，冗剧可想中。直国忧迭告，惊痛百端，益废人事。比闻都下安堵，朝局如常，伏想履候增胜，遥以为慰。前承来命，志欲东游，即以上游维系为虑，既而念大贤咫尺，岂可不为开关之延，故有所引援，希冀惠肯，不果所愿，实用惘然。边地寒多，长安日近，二者取择，无待卜之詹尹矣。弟权镇严疆已逾半载，人财两绌，智勇俱穷，送塞上之鸿飞，思武昌之鱼好，天寒日短，远令故人殊增劳结，临纸不尽所怀，唯照詧。附上薄敬，并希惠存。

注：

① "蒋则仙"：蒋楷。

此函作于光绪三十四年十二月（1908年）。

3-65　复陈仁先

乾若还，奉手书，兼惠食物多品，极纫厚意。贱辰今年实四十九也，暮景飞腾，不堪把玩，如何如何。续承来示，略得近闻，此次定策之功，冰相居首，此老素坚重，故力能镇物，当大事而不移，可谓社稷臣矣。

新皇于属最亲摄政，与宪法合，中外均无异言，看来大局已定，此后唯在举直错枉，以服天下，权贿之门塞则贤豪之士升，万事转关全在于此，迂怀陋识，卑无高论，贤者以为何如。鄙人在江八月，以赤手支持边局，设施万窘，人所共知。然值此多艰，不敢存五日京兆之思，作边地为良之想，经营惨淡，坐规百年，不量力之多寡，邻于愚者所为，平生微尚，以力争上游做人，以截断众流办事，万一事有阻尼，志不得伸，则将飘然归田里耳。波流茅靡，所不为也，此意唯可与同志言之。前同乡京官走书募赈，此间楚人无多，宦况实窘，集腋甚难。弟前已寄鄂三千金，交陈制军处，兹再加捐廉一千两，请转致玉屏①诸公。力尽于此，当蒙共谅。手此奉渎，即颂近佳。

注：

①玉屏：地名，在湖北江夏。

此函作于光绪三十四年十二月（1908年）。

3-66　复徐钦帅

宋道来奉，钧谕敬承一切。该道前在江垣，曾递办理边垦节略，尝告以事皆切要，已与公往返筹商，期有的款可指，免致悬釜待炊。至节略中各事，覆准照办者已十之八九，唯常年经费未奉公切覆，一时尚难决定。兹据续陈条议四条，其中颇有可商者，敢布诸左右，唯详察焉。

其曰"统以专权,所有用人理财兵事外交,由其专主,不过报省达部备案而已",窃意此种特权,督抚不敢要求于朝廷,各省办事,万无不受部臣稽核准驳之理,若以一道而离省署独立,自为区域,是添出一省矣。又曰"自古边事无不以专成,以纷败",其言尤似是而非,前明已事,由于经抚不和,互相牵掣,以致败坏,故今日东三省新制力谋统一,均以总督主之,三省巡抚亦当居总督节制之下,若别画一道,任其自主,爱珲、兴东事同,一律又各皆自主,将为专乎?抑为纷乎?且所谓专者,亦宜就边疆大臣而言,非谓一督抚与一道对立,不相钤辖也。从前副都统各有镇守地方,唯管军政,自为风气,今已改行省,变军政为民政,国家定制,以上御下,大小相维,岂复可因仍旧习耶。又曰"参领衔节制总管,名义不便",此亦过计,节制之事在实权,与定制何如耳,不尽在于虚衔,旧例将军督抚有札行蒙古王公者。军兴之时,有以诸生领军节制提镇者,若朝命以兵备道辖治蒙旗,谁不帖服,且方当裁改旗制之时,将来一切皆设民官,未必旗地皆为化外也。总之,议事须凭学理,据法律,准事情,不宜弄空文,以遂私计。我公洞烛古今,必能明之。树模本无学识,然颇闻古人之风,一以开诚布公为主,僚友利病,不欲刻意掎摭,事关经制,亦不敢稍涉依违,故不辞屑屑而为之说,幸垂省览。至在事一日,即有一日之责,沿边重要,仍当与公协力筹定的款,及时绸缪,以维大局。临楮不胜驰念。

注:

《周中丞抚江函稿》所存周树模于光绪三十四年十二月十一日(1909年1月2日)致徐世昌函,其中云:"宋道所商节略各事,昨经函陈大略,想达钧鉴。"据以推测,此函作于光绪三十四年十二月十日(1909年1月1日)。(《周中丞抚江函稿》,李兴盛等主编、吕莉莉等副主编:《陈浏集》,黑龙江人民出版社2001年版,第576页)

3-67 致徐督部

两次肃笺[①],亮登钧览。江省改设各缺,前往返电商,尚有一二处未经决定，恐年内赶办不及，胪滨最为冲要，张守②人甚精明，又有经验，仍如前议，请署以观其后。黑河新设，一无凭借，与俄境海兰泡隔江相望，非略通俄国语文，诸事不能浃洽，拟即以吴守③试署，王莘林④仍请署呼伦厅，以符原议。友梅⑤来江，所请亦是如此。其余均照原拟办理，请即裁定示复，以便具奏，至迟于明正上旬拜拨。再年终密考各员，另单录上，望酌定后发还缮奏，或径由尊处挈衔入告，⑥统希酌夺，并祈复示。

注：

① "两次肃笺"：《周中丞抚江函稿》所存光绪三十四年十二月初九日（1908年12月31日）、十一日（1909年1月2日）周树模致徐世昌两函。（第575、576页）
② "张守"：张寿增。
③ "吴守"：吴文泰。
④ "王莘林"：待考。
⑤ "友梅"：宋小濂。
⑥ "年终密考各员，另单录上，望酌定后发还缮奏，或径由尊处挈衔入告"：宣统元年正月十一日（1909年2月1日），徐世昌、周树模上《奏为密陈黑龙江省司道府各官员年终考语事》折。（一档馆藏，档号：04-01-12-0671-012）

此函作于光绪三十四年十二月。内容可参观周树模于光绪三十四年十二月初九日（1908年12月31日）致徐世昌函，函中有云："江省人才缺乏，亟须预为储备，拟就模所知者，附片奏调数员，藉资任使。公如有深知学识、才具卓然可用者，亦希示知，以便附奏。"（《周中丞抚江函稿》，第576页）及周树模于宣统元年正月十一日（1909年2月1日）与徐世昌同上《奏为黑龙江省添改道府厅各缺择选姚福升等员分别补署事》折，折中所陈，"留江补用知府张寿增年富才明，熟谙交涉，堪以试署胪滨府知府"，"分省补用知府吴文泰安详稳实，兼通俄国语文，堪以试署黑河府知府"，"候选知府王莘林办事切实，堪以试署呼伦直隶厅同知"等，与函中提及人物均相吻合。（一档馆藏，档号：04-01-16-0299-014）

3-68　复徐督部

顷奉客腊廿七日手书，备承尊状，有自沈阳来者询及起居，金云

"苶劳过甚，风采逊前"，深用驰念。模北来九阅月矣，偶揽镜自照，两鬓如霜，白发垂耳，心境如八九十人，念公忠勤，亦自叹早衰也。近日朝廷处分，中外注视，危疑之际，须以精定持之，所谓不动声色，措天下于太山之安也。来教所云，真忧国至言，纫佩无既。东事万难，而苛论百出，公上章乞退①，盖非得已，今蒙温谕慰留，律以许身之义，自宜分忧共患，尽瘁不辞，所虑言路索瘢，部臣掣肘，则亦无能施展耳，奈何。自视疏节，本无异能，辱公厚爱深知，遂相许以共济。度辽以后，凡所规画，虑及百年，人每笑为至愚，已亦觉其不量，然所恃者，谬附笙磬之同音，得为邛巨之相倚耳。若公亟上解组之书，模亦将奏回帆之鼓矣。江上白云楼头，黄鹤梦想存之。顾自思维，论臣节，贵在进退以礼。论交道，贵在出处同心。仕止久速，各有其宜，尚希示我，周行毋忘宿约。临楮不尽依依，即请勋履万福。

再，哈埠交涉局事体繁重，一时碍难归并，于道②屡次求退，其意甚决。宋友梅将来卸事，尚无位置，其才老练，足以任此。江垣交涉局鄂道襄庸③久病，嗜好未除，或以于道代之。兴东道人不甚妥，墨城裁缺，副都统寿庆④为多忠武之子，颇俊伟，似可易此席。统祈裁酌见示。

注：
① "公上章乞退"：宣统元年正月初九日（1909 年 1 月 30 日），徐世昌疏请开缺。
② "于道"：待考。
③ "鄂道襄庸"：待考。
④ "副都统寿庆"：寿庆，字海山，呼尔拉特氏，满洲正白旗人。多隆阿孙，双全子。

此函作于宣统元年（1909）正月。

3-69 复张珍五①

昨奉惠书，兼读尊著，远怀隽旨，超越时贤，行见洛下遍传，鸡林争购，且贱名得附见集中，尤不胜骥尾青云之幸。近东海内召，棋局忽移，[2]后此弦调若何，殊难豫料，唯默揣此间局面，势总须规远大而略细微，斯为有济，不审尊见云何。模北来忽已经年，乘障徒劳，筹边无效，日夕廪廪，恐致负乘之羞，尚希频惠针砭，藉祛蒙滞，至以为盼。临颖所怀不尽，即颂勋绥，诸惟爱詧。

注：

　　[1]"张珍五"：张元奇（？—1922），字珍午，号姜斋。福建侯官（今福州）人。光绪十二年（1886）进士，时奉天民政使。

　　[2]"东海内召"："东海"，徐世昌。宣统元年正月十九日，徐世昌授邮传部尚书，云贵总督锡良调东三省总督兼管三省将军事务。

　　此函作于宣统元年（1909）正月。

沈观函稿　四

4-1　复恽薇孙学士[①]

顷承手教，极感注存，荒僻久断知闻，远荷缕示都门近事，尤以为快。东海内调，闻其以官冗费多，为朝议所不满。造端宏大，综核实难。龙江亦属三省之内，料不至一概相量，同类共笑。极边寒窘，自视缺然，一切以揣大手眼办事，近于水清无鱼，雅为同僚所不喜，然以贫学俭，只宜受悭啬之怨，并不敢居樽节之功也，说与知己一笑。绶平[②]欲依某公，弟可断为不确，缘其无所取意也，公谓何如。临颖所怀，不尽草草，奉复，即颂近安。

注：

① "恽薇孙学士"：恽毓鼎。

② "绶平"：余诚格，字寿平。

此函作于宣统元年（1909）。

4-2　覆徐钦帅

顷奉十五号来函，并抄件，祗悉两折所言，均有涉及东事之语，唯齐侍御[①]折内讲求垦务一条，系专指汤原荒务而发。查本月初间，齐曾有函辩[②]论此事，并自认当日承领大段情形，现在此案既经省署追究弊端，正拟变通办法。在齐本属包领荒段之户，自应循分静候，岂容越俎代谋，乃以职司风纪之人，不知恪守台规，徒为自私自利之计，如奏中所谓"不收荒价，只收经费，多领者亦随其便"等语。汤旺河之地最号膏腴，当日定章，不收荒价，只收经费四百文，原以广招徕而图开辟，而流弊所至，大户利收费之少，竟至多领而不耕，小户苦转卖之昂，转欲少领而不得果，如原奏所云"荒价不收，多领不问，将包揽大段，居奇渔利，垦种终未有期，又所谓升科之年，未垦者量其升科"等语。自来沿边放荒，但恐领者多而垦者少，故划定升科年限，使其知有撤佃之举，不得不为招户之谋，限制之中，仍寓督劝之意。汤原放出荒段，业已三年，荒局已撤，保案已开，大片生荒仍系无人过问，果如原奏所云，量其升科，漫无限制，将领户无纳租之日，而荒地安有开辟之时。总之，此奏全因自便私图，饰词荧听，其意甚巧，其心可诛。闻此人在籍，恃符揽荒，业已赀雄乡里。前冰相督粤时，曾因绅士黄编修玉堂、何给事崇光互争沙田一案，将何给事劾罢。成案具在，齐后起新进，或于故事未之前闻也，附钞原信一件，以备督核。专此奉布，敬请勋安。

注：

① "齐侍御"：待考。

② "辩"：原稿为"辨"字，据文意改。

此函作于宣统元年（1909）。

4-3 复余寿平方伯

昨接来电，得悉旌从安抵珂乡，府第自姻伯以下，均各安吉，甚慰远念。客岁两奉惠书，因从者在涂，恐邮寄相左，久稽裁答。嗣以国忧迭告，累月皇皇，未获以一字贡诸左右。近惊痛少定，而政局略更，东海内迁，众矢攒集，平心论之，缔构方新，造端宏大，用人用财，疏处在所不免，至于规画大计，对待外人，颇尽谋虑，固胜愦愦者，未可一笔抹倒也。龙江为三省之一部，深恐以牵连得书。方今朝议，注重裁冗员，节浮费，此间寒窘，有识共知，员且无多，何所谓冗，费之不足，何所谓浮，故"裁节"二字，不能虚应故事以博认真之名。在此十月，徒手奋搏，劳苦无功，时时内疚，所差自信者，事皆求实，不敢铺排门面，粉饰章奏，以欺朝廷耳。弟素服诸葛澹静之言，颇识老氏止足之分，断不贪高位以速官谤，唯城北去而弟继之，嫌于随人进退。然内忖才力之薄劣，外怵边事之艰危，终当求释仔肩，以全令誉，想兄必能鉴此肝鬲也。前恽薇生①有书来，云兄欲往依宏农②，谓为非计，并云，宏农颇不满于兄有康师岑友③之目。弟复书已斥其妄，天下有弃实缺布政不为，而别图依人者乎？！然既有此谣，亦可见时流之多所掎摭矣。行藏之计，望随时见告。巽之通书否，闻其在大梁，能就近约与相见，诚为快事。抽暇书此，百不一吐，惟垂詧。

注：

① "恽薇生"：恽毓鼎。

② "宏农"："弘农"，郡名，西汉设，治弘农县，今河南灵宝市北。疑代指河南人袁世凯。

③ "康师岑友"："康"，康有为，余诚格乃其会试中式时房师。"岑"，岑春煊，前两广总督，光绪三十三年（1907）开缺赋闲。

函称"在此十月"，周树模于上年四月抵齐齐哈尔。故推测此函写作时间大致在宣统元年（1909）二月。

4-4　复陈仁先

适承手教，藉谂春明养望，履候增佳，深慰遐想。楚生①事，在苏在沈，曾屡言于龙川②而皆无效。此老工夫太深，几于刀刺不入，火烧不热，且说项者须其人胸中先有一项在，否则苦而不入耳。谊属相关，重以雅命，岂惜齿颊之劳，恐多言而再辱，故不能不沉吟也，亮之为幸。东局骤更，风鹤四起，平生自证得力在于独往独来，建功立名，全凭随身一囊，运气至，陆行不避兕虎，水行不避蛟龙，则视本已道力何如也，敢以质诸吾贤。手此，匆匆不尽。

注：

① "楚生"：人名，待考。
② "龙川"：陈龙川（1143—1194），陈亮，字同甫，永康人，称龙川先生。似代指陈夔龙。

此函作于宣统元年（1909）春。

4-5　致左笏卿观察①

丁年别后，不奉颜色，忽已两年，一在天南，一在漠北，未尝以书问相通。昆弟至交，形迹疏阔若此，为官忙冗，殊失本来。京华友人来书，有以曾否通信为询者，踧踖不知所对也。昔曾文正与刘孟容道义相许，至为亲昵，而函札亦甚稀阔。文正尝为谑语，曰"苏氏兄弟相忆诗云，'三年磨我费百书'，吾二人当易之云，'百年磨我费三书'耳"。观于曾刘已事，亦可无疑于我二人也。顷王古愚②来此，述及尊状。此乡多宝，不厌清贫，至为佩慰。记十九年前奉使过韶关③，曾宴观察廨中，厨传丰盛，至今市廛之繁密，环货之伙颐，犹历历在目。境迁时过，未知尚如曩者之富乐否也。弟以疏节权领严疆，颇欲有以自效，唯边地人财两空，强邻日夕求逞，辛苦曲折，支持经年，徒手而当虎狼，蓝缕而披荆棘，其不克有济，亦明矣。每一静坐沉思，辄有浩然之志。老寿④弃布政不为，专谋三经。心荄前有书来，为言杜门却扫，益动我寒泉精舍之思。倘得释去仔肩，与余、吴二公者相约偕隐，其福实为无量。楚国先贤如张太岳、熊芝冈，魄力才气冠绝古今，顾其末路，则有为之寒心者矣，况无其才而有其志，则益自取困惫耳，其可不为收声藏热计乎。为公一吐肝鬲，唯望开示。附上小象一片，以当见面，并乞报我。临纸惘然，不尽。敬候起居万福。

注：

① "左笏卿观察"：左绍佐，时在广东，为南韶连兵备道。
② "王古愚"：浙江长兴人。时长春府太守。
③ "十九年前奉使过韶关"：光绪十七年（1891），周树模往广东任乡试副考官，过韶关。
④ "老寿"：余诚格。

此函作于宣统元年（1909）。

4-6　致余寿平方伯

昨奉一笺，想邀荃察。伏谂珂乡养志，松竹自娱，乃人子难得之遭。老伯大人水土适宜，田园遣兴，当益增康健。顷藻平为言，兄方游沪上，暂释尘绂，便可棹范蠡之舟，使人企羡不已。假满当在何日①？能卷重来之土为出岫之云否？甚以为念。弟远戍经年，筹边无效，久远之规画，目前之补苴，均难施手。近中朝以不满城北之故而连及于大东，不免意存责备。边荒缔构，一切以文法绳之，何能集事。弟赋性刚急，兄所深知。近年佩湘乡之言，强从事于"劳苦忍辱"四字，然本性终不易改，遇有发愤，故态复萌，实不堪久负重载。吾辈各有许国之心，亦须有孤行己意之处，腼颜恋栈，脂韦絜楹，固彼此所平生共信而决不为者也。附上小影，以当觌面，乞惠存，并望复示。

注：

① "假满当在何日"：光绪三十四年（1908），时广西布政使余诚格乞假送亲，获假三个月。陈灨一著《睇向斋秘录》记载："余寿平中丞（诚格），事亲至孝，屡因父疾辞官。其辞桂藩一折，友人叶君竺三曾抄录以示余，曰：'此家外舅手笔也。'余读而藏之。其词曰：'自念待罪谏垣，久承殊遇，一麾出守，何敢辞难！既至左江，日亲师旅，清乡蕺匪，首尾三年。仰托廊庙威福，疆臣谋画，剿抚互用，粤乱敉平。自顾何功，三迁迭荷！方谓桂林山水，藉可娱亲；藩翰光荣，差能养

志。既为子为臣之兼尽，幸一劳一逸之相偿。何意衰亲不宜炎土，日视医药，惧旷职司，乞假送亲，情非得已。自还乡里，亲疾较痊，而甫从肩舆之游，已满莼菜之假。夫亲年八十，本惧多喜少之时；粤路七千，非朝发夕至之地。耄期新愈，恐因远别而伤心；高宗御批，复以终养为不孝。诚格弟兄终鲜厕牖躬亲。欲往则旷官，欲去则不忍，事无两全，心攒万虑。先是身履兵间，积受霜露。既膺不次之擢，益殚夙夜之心，不自惜其精神，已隐滋乎疾疢。今以出处不定，昕夕焦愁，牵动从前寒湿诸疾，筋骨酸痛，饮食锐减，卧不安席，形似怔忡。医家皆云劳虑伤脾，法当静养。夫办事恃精力，尤恃心思。若心悬两地，力疾到官，不惟有进退失据之讥，更恐抱君亲两负之疚'云云。中丞以能文称，此作缠绵恺恻，足见名不虚传也。"（章伯锋、顾亚主编：《近代稗海》第13辑，四川人民出版社1989年版，第564—565页）

此函作于宣统元年（1909）。

4-7 上张中堂

中堂钧座：

敬肃者，于役边塞，不奉德晖之日久矣，徒以纶阁清严，未敢辄以笺启通于左右，至事关边计，则又不能以默尔，谨粗陈大要，唯垂鉴焉。

江省幅员广漠，财力艰难，不惟与内地行省不同，比之奉吉两省亦丰确悬殊。自划江分界以来，西自额尔古讷河口起，东迄黑河口止，沿边五千余里，处处与俄毗连。其东清铁路自满洲里达哈尔滨，再东南至绥芬河入俄境，北满铁路交涉，江省实当其冲。朝廷锐意更新，改设行省，两年以来，布置经营，固非从前将军时代可比，然在彼则以全力注重远东。树模莅江后，逐细访察，龙江左岸，俄之屯堡相望，棋布星罗，日益周密。阿穆尔省近又添筑铁路复线。其自西伯利亚移民东来者，据最近调查，每年至十有余万之多，联络村屯，开通道路，日以孳孳，我断不能委蛇瞻顾，坐而失时。

江省本开化最迟之地，从前添设民治，招徕垦户，仅在东南一带，全境纵横数千里，道路梗塞，田野大半荒芜，若不并骛兼营，将有人不我待之势。树模不自揣量，窃见地面廖阔，宜增设民官；边境空虚，宜安置卡伦；胡匪滋扰，宜整顿军防；民户过稀，宜变通边垦，以及开通讷河之路，筹办甘河之煤。牧畜森林，夙称饶富，久为外人所窥伺，均待官吏之筹维。至于咨议局之成立，地方自治之研究，关系宪政，尤为不容稍缓。凡此应办之事，一无凭借可言，欲筹款而款无可筹，欲用人而又无人可用，支绌困难，未有如今日江省之甚者。

查江省入款，从前专指协饷，嗣后全恃荒价。协饷既积欠难清，荒价又开销久罄。上年树模莅江之始，匪惟库款一无存储，度支司尚借欠广信公司银四五十万两，昕夕筹思，罔知所措。统计江省每年大租岁入十七八万，以供制兵巡防饷乾及陆军各学堂经费之用。税捐岁入二十余万，以供练兵巡防饷乾及各局处薪工之用。其他税契各项岁入七八万，以供各处捕盗营饷之用。其旧日司道府厅州县各官廉费，以及呼伦、瑷珲边垦等局开支，向均指定荒价。现在荒段愈远，领户日稀，树模到江十月，据垦局册报，仅收荒价三万有零，度支司但虚指荒价之名，挪移应付，匪惟新设各缺当筹急切之需，即旧有各官，亦乏经常之款。至部拨边防经费十万，边线辽阔，仅足举办呼伦一处卡伦。爱珲、兴东同一紧要，力既未能兼顾，势亦未便缓图。其余部拨十六万，合之税捐所入，同为支发练军巡防薪饷。各省协饷十六万，去年仅解到六万有零。八旗官兵俸饷，尤苦无从支给。凡此指定之款已半悬而无着，况复应办之事又层出而不穷。树模先后饬司开运官盐，整顿粮酒各捐。官盐系借款开办，两三年内所获余利，须先清偿借款。粮酒各捐，将来整理得法，每年约能增入十数万，均须陆续收入，需以日时。至于举办屯垦，清丈地亩，收效在三四年后，断不足以救燃眉。总缘江省开辟之区，不过兰、苏、林、庆各处，来源有限，故进款亦微。盖江省财政之难如此。

至用人一端，江省最初只有旗员，其次只有投效各员，又其次乃有奏咨调用各员。除旗员本属旗务当差外，其调用者不足十分之一，投效者居十分之九。树模到江以来，于接见僚属时，详细考核，每每举办一事，委派一官，踌躇竟日，讫无满志之人。推究其故，从前将军时代，仅以编旗给糈为能事，故协、防、校只须旗员递升。其后垦户日聚，荒务日增，辄用内地投效人员以承其乏。定例放荒多寡，分别寻常、异常请奖，是以随时保升过班，因而留江补用，大率此项人员为多。近日奏咨调用各员，非相知有素，即访闻较真，虽经罗致多方，应命者不过十之一二。边地沍寒，百物翔贵，既道涂之辽远，又赍斧之浩繁，甚有出关未久，相率求去者。现在改设行省，政务繁多，勿论新设道府，披榛斩棘，非耐劳得力之员不克胜任，即旧设府厅州县经营草昧，亦非阘茸无能之辈可令备员。此外如交涉、边防、垦务各项重大之差，教育、军政、实业一切紧要之事，需才孔急，招致尤难。目前江省人员即有可用，亦属事浮于人。上年签分到江，仅有知县二员，故补署各缺，非京外官阶各异，即高下衔缺不符。倘执成例相绳，则江省惟有投效留省之员相继登用。窃恐贤能者因而裹足，庸劣者转得滥竽。盖江省用人之难如此。

树模赋性戆愚，通籍二十余年，畏远权势，不意遽至大官，过蒙先朝擢用，权领严疆，亟欲竭尽智能，有所建立。然内顾才力之窳薄，外懔施设之困难，诚恐颠虞，贻误边局。夙承我公知爱，不遇以众人，故敢缕述近情，上尘清听。伏希俯鉴肝鬲，赐之教诲，俾知进止所宜，不惟树模一人之私幸，抑边事实有赖也。临颖曷胜叩祷之至。敬请钧安，伏唯垂鉴。

注：

据《周中丞抚江函稿》，此函作于宣统元年正月二十四日至二月初八日（1909年2月14日至2月27日）间。（《周中丞抚江函稿》，第579—581页）

4-8　致徐钦帅

钦帅督部座前：

入春忽又两月，天寒道远，无缘趋侍①，一吐积怀，郁闷可想。摄事年余，日在经营惨淡之中。初到此时，公私扫地赤立而百事待兴，于是先从整顿捐税、扶植广信公司为入手办法。江省税款所入，全恃东荒。从前于绥化设总局，分辖各卡，自模将粮酒两税改章，于是划绥化为一局，以海伦、余庆、拜泉、青冈各卡隶之，即用原办之林丞松龄总办。划呼兰为一局，以巴彦、兰西、木兰各卡隶之，派黄署守维翰兼办，使之互相比较，互相争竞。据度支司报册，自去年八月至十二月止，绥局收银五万四千余两，江钱九十八万余串，兰局收银二万余两、江钱九十余万串。比较常年税额，以绥局一处相抵，已增十八万余串，兰局则全为增进之款。若总计全年增数，约可至三十余万两或四十万两②，殊非初意所及。广信公司纸币，从前发放至一千五百万串，商欠难偿者居其大半。模到江之始，该公司预备金、现银、银元并计不足五十万，市面恐慌，俄币充斥。于是设为以虚易实之法，先后指示该公司查照旧章，收买粮石，并随时购换羌帖③，操纵离合，人不易知。现在公司所存实银约已八九十万，至粮价全数收入，计可达实银一百五十万，以抵发出之纸币，已过半数，公司基础不至动摇。惟买粮一事，因不便哈埠奸商买卖空盘，造作谣言，腾播报纸，肆口谩骂，此间毫不为动。现在东荒一带，对于公司纸币异常宝重，是公司势力日增，俄币势力日减，将来惟在通汇兑机关耳。至官银分号，日有进步，成本丝毫未动。办事以财为命脉，此间奇绌，尤为公所注念，故觑缕及之，以博临行之一笑。模持此以待后来，视雪公交待时，亦庶几可告无罪也。将来台从入都，并可以此语泽公。琐琐奉布，伏维垂詧。

注：

① "趋侍"：原稿无，据《周中丞抚江函稿》补。

② "两"：原稿无，据《周中丞抚江函稿》补。

③ "羌帖"：俄纸币之俗称。主要指流通于中东铁路沿线的华俄道胜银行、俄国家银行和中东铁道局发行的金、银卢布纸币。

据《周中丞抚江函稿》，此函作于宣统元年闰二月一日（1909年3月22日）。（《周中丞抚江函稿》，第581—582页）

4-9　致徐钦帅

钦帅督部坐右：

顷承手谕，兼荷赐书楹帖，笔法遒丽，颉颃老坡。观玩宝藏，既感眷念之殷，更服整暇之度，即论余技，已轶时贤，况于边筹，尤为闳远。自公奉命内调，已越十旬，凡所绸缪，不渝终始，谋国之忠，任事之勇，虽古大臣何以加兹。树模鞭弭周旋，久随趋步，褊心直性，无有忍能容之量，时时想公风度，痛自针砭。然化质实难，遇事辄发，私自揣量，诚非世路所宜，盖无日不作卷怀计。比者大旆戒行，东人攀卧，模远羁漠北，不获曩鞭道左，为笋蒲之饯，南望旌节，曷禁依驰，积绪万端，非楮能罄，唯祝勋福日隆。

注：

"自公奉命内调，已越十旬"，"十旬"，一百天。徐世昌内调谕在宣统元年（1909）正月十六日，是年闰二月，"十旬"后大致在三月。故推测此函写作时间在三月。

4-10　覆卢木斋①

顷辱惠书，敬谂旌节苾沈，群士欣欣以企文翁之化，盖倾心者久矣。读所寄《告奉天学界书》"寓兵于学"一节，致为广大精微，晓人故当如是。不才曩者监督鄂学，于时风气初开，黉序旧生促以背枪，入场肆，习兵操，举步次，且面有难色，每日躬自阅视，告以古者泽宫选士重射之意，《中庸》进柔为强之言，世界竞争，非破文弱、趋武勇，无以自存，苦口危言，积久乃得就范。兹领尊论，差幸宗旨不二也。贵昆仲著述衰然，均切时用，传之通都，已足张楚况，于政治尤属专家者乎。令弟英异，十年前曾于武昌望见颜色，今学成名立，蔚为时望，乃不求仕宦于江海饶乐之地，而慨然有志于边塞，其志趣已可想见。吉黑均可有为，肥瘠之间，豪杰有志者所不屑校也，内地菁华，皆②办事循涂辙而已。此间新辟，地宝未出，得人而理，日有发生，如能效外人，以巨赀经营荒地，数年后当不减美洲西路矣。所惜授人路权，反客为主之势已成，今欲退客而进，主人恐非寻常手眼所能济也。模自忖薄劣，不任边事，常欲谢去仔肩，还为南湖渔者，然颇欲贤能辐凑东土，同保危疆，勿使巨象展转，竟入蛇腹，则固款款之愚心也。二十年同学旧好③，其不以此为饰言乎。鄂路事谨在意，此老可微言，不可切论也。慺慺唯希垂詧，不尽。

注：

① "卢木斋"：卢靖，字木斋，光绪三十四年（1908）九月，调奉天提学使。其弟卢弼（1876—1967），字慎之，号慎园，以数学举于乡，光绪三十年（1905）赴日本早稻田大学学习，三十四年回国。此函即其时卢靖为卢弼谋职，致书周树模。卢弼来东后，历任黑龙江抚署秘书官、交涉局会办、调查局总办、统计局专办、会勘中俄边界大臣会议委员。

② "皆"：原文为"竭"字，据文意改。

③ "二十年同学旧好"：周树模与卢靖同学于武昌经心学舍。

此函作于宣统元年（1909）。

4-11　复余寿平方伯

连接芜湖、上海所发二书，具悉尊状。诏许归田养亲①，遂公初志，江滨海澨，遗利甚多，大才经营，身家毋虞不赡，稍有世界知识者，断不以做官为安身立命地也。金陵置宅，弟处可勉凑万金，自筑代筑，听公便宜行之。平生湖海，原不欲问舍求田，因兀守穷边，不如意事常八九，恐一旦莼鲈兴发，翩然而南，家口无所栖止，故不能不为此早计也，老兄必明此意。寄款何处，接此函后望电示，大致寄沪较便也。芜湖田业②系如何办法，资本多少乃可集事，预算利益若何，尚希详示再定。吉黑风马牛，报纸不确。东局不论如何更动，弟自有其不动者，盖

"不恋栈"三字,是其定盘心也。此间本年春雪颇大,近得透雨,小民得饼吃,便不至骑马作贼。沙漠常苦旱,弟来此年余,幸而不逢,贪天已极矣。顽躯如故,眷口粗平,足纾尊注。手复,敬颂侍福。

注:

① "诏许归田养亲":宣统元年(1909)四月,余诚格因病解职。
② "芜湖田业":余诚格在安徽芜湖万顷圩设有屡丰公司,围垦种植。

此函大致作于宣统元年(1909)四月后。

4-13 复何兰生①

迭奉手笺,备承纫注,甚以为佩。条举政论,均洞见症结之言,银行交通先于边垦,尤为卓识,不审帷幄之筹立见施行之效否?执事志行皎皎,到处縈维,大玉明珠,天下共宝,非鄙夫所得私,惟是同事,经年推怀相与,一旦乖隔,盖不能无鸡鸣风雨之思也。龙江历史,悉在智囊之中,幸与清老②周旋,随时献纳,必于东事有裨。模自视疎愚,旁无强辅,何堪久溷边局,要当徐图藏拙耳。临颖曷任拳拳,手布就颂筹安,不尽。

注:

① "何兰生":何煜(1877—1922),字南荪(孙、生),号澄庵,江苏丹徒(今镇江)人。光绪三十二年十二月(1907年1月),由程德全奏请留省差委,曾任江省学务总办、垦务局总办、抚署文案。
② "清老":锡良,字清弼。

此函作于宣统元年(1909)。

4-13 复左席卿①

前奉尊公②来笺,得悉执事随侍在韶,方治法律之学,卓然有所著述，囊括今古，沟通中外，信其必传。以吾子之才，不得志于仕宦，因以余暇从事于不朽之业，所获之丰，盖不仅世俗升斗矣，殊堪自壮。兹承手教，知于律学外，兼涉犹龙。刑名家言，原于道德之意，泰西用法最轻，不但禁民为非，兼欲使民迁善，究其本原，乃以慈为宝意也，特爱无差等，是其所蔽耳。中设大法，扶持伦纪，所谓不可得与民。变革者，大箸首立宗法是也。模杖策出关，忽焉两载，边事既无补救，旧学益付荒芜，每一静思，辄有浩然之想，傥得释去盐车，归乘下泽，得以炳烛之明，勉为传薪之计，则至幸矣。愚愿所存，敢告同志。久阔殊深驰念，若得挟书见顾，实所欣企。手复，即问箸佳，不尽。

注：

①"左席卿"：左树珍（1873—1939），字席卿、习勤，号潜庵、苏庵。湖北应山人，左绍佐长子。

②"尊公"：左树珍父左绍佐，时广东南韶连兵备道兼管水利事。

此函作于宣统元年（1909）。

4–14　复徐鞠人尚书

展读来书，倍增感恋，东事翻覆，意料如此，不足怪叱，惟未审边局如何耳。贱子承公厚爱，肝胆相许，遇事有所发舒。今无可为矣，丈夫处此，在得行其志，不徒随风波靡，以殉一官。惟值新旧之交，居边瘠之地，恐人疑其有所避就，故且作盘桓也。生性不媚贵要，中无与通殷勤者，为公所夙知，一切行止迟速，尚乞代筹，随时见示，俾得进退有余，亦以明公终始不渝之义。临颖企切。

注：

此函作于宣统元年（1909）。

4-15　复余寿平方伯

顷接四月廿九日手书，敬谂高堂增健，举宅平安，甚以为慰。金陵自古为名人流寓之地，买宅买邻均无不可，唯须与当路断绝辙迹，以城市为山林耳。来示谓居宅宜洋房，诚是。唯洋房多留草地，周植花木，使人得呼吸清气，是其所长。高楼迥出，四无覆蔽，夏患烈日，冬苦严风，是其所短。又其堂室之制，多不宜于中国婚祭之礼，如能参用京师屋制，大院深檐，多辟窗牖，则于居处尤为相宜也。此义不独建筑为然，弟于新旧政见亦是如此，损益随时取诸易理，并非调停派也。老兄综理微密，百倍于弟，又经验实事极多，固不待弟之空发理论也，一切仍唯公意行之。此间由广信庄寄去规平银万两，到沪兑交，另有函属该号寄呈，为取银之据，到日望查收，如不足，可函告续筹。归田乃仕宦人常谈，断不欲袭此恶套，承来命持理甚正，唯有行止，一听自然而已。梁君尚未到，茶所必需，《麓山碑》可不寄，近亦无暇临池矣。复颂侍福不庄。

注：

函首称"顷接四月廿九日手书"，又下函有"由沪至江六日即到"语，可推测此函写作时间大致在宣统元年（1909）五月上旬。

4-16　覆余寿平方伯①

十一日接天贶日②手书，由沪至江六日即到，抑何神速也。弟前书并号信均寄安庆，而台从至上海，以致相左，昨得真电，知已收到，甚慰。弟守边经年，无所建立，猥奉真除之命，实增愧悚，百端艰棘，一时颇难离局，如何。白下筑室，唯公经营，切望为我留一退步，前款不足，尚可续筹。前书有秋间赴京一说，以愚度之，公非久居林下者，然亦不欲以急切出山相劝，"云在意俱迟"五字最妙，为公诵之。别来数年，星物移换，积绪种种，非面莫罄，将来入都，乞趁便为龙江之游，由京至此，快车三日半可到，行路非难，幸践此约。梁令已到，派有差使。承惠新茗绝佳，拜谢。《麓山碑》暂存，迟再完赵。匆匆布悃，敬颂上侍万福，潭府均安。

注：

① "天贶日"：六月初六日。

② "猥奉真除之命"：宣统元年六月九日（1909年7月25日）谕，周树模实授为黑龙江巡抚。

据"十一日接天贶日手书""昨得真电"，推测此函作于宣统元年六月十二日（1909年7月28日）。

4-17 覆陈仁先

四月间静女归宁，呈到惠书，卒卒无暇作答，致为歉然。比维履道贞吉，著述益闳为慰。模筹边无效，竟拜真除，日夕旁皇，以荣为惧。此间外力逼迫，抵隙乘瑕，疲于应接，枢部又不能倚为内援，殊不知所以为计。都下近事如何，遥忖政府真相，正恐有如掷球，高下起落，仍趋地心，有如转磨，左右回旋，不离故处，君子识微，以为然否。天下之大患，在于贤者不肯以身任军国之重，一切以得失利害之见避之。其敢任者，又不得其时与其地，于是贪饕者得以久据威柄，而为大势之所趋，迨其局已成，其党已固，虽强力者亦不能回积重而使返，百足不僵，理固然也。尺辖制车，寸枢制关，政治之清明与否，仍当于此处默参消息耳。郁郁久不吐，为吾子一言，秘之为幸。有暇尚望报我，临楮勿任驰念，唯惠督不宣。

注：

此函作于宣统元年（1909）。

4-18 复李尧丞[①]

鄂垣别后忽已八年，感奋怀人，惊心迟暮。顷者辱承来教，如对故人，快慰无似，猥以贱辰远贲佳什，益征惓惓之意。自念匡时乏术，寡过未能，虚掷流光，何敢言寿，遥荷诗词藻饰，只增颜汗耳。弟谬膺边阃两载，于兹内力不充，强邻交迫，此局实不易支，日作松石渔翁之想，徒以恩深责重，不敢避难，张空拳以应敌，静观边局，时用廪廪。远念老兄名山讲学，履道安贞，殊胜劳人百倍，追念少游平生之语，下泽款段，辄用黯然。临颖所怀不尽，唯惠督。

注：

① "李尧丞"：待考。

此函作于宣统元年（1909）。

4-19 覆余寿平方伯

前奉惠笺，猥以贱辰远劳饰贺，五十之年忽焉已至，而名德不修，边符忝窃，惭悚不遑，何敢言寿，唯念平生昆弟至交，各成衰暮，不能无感叹耳。顷接六月杪来告，备承动定安吉，白下为我营一菟裘以作退步，尤泐心腑。弟前函"云在意俱迟"五字具有深意，不与南田同科矣。九月大旆东来，行期定后，务乞先时告知，即遣弁至沈迎候。关塞早寒，裘帽必须准备，至属。翘企玉趾，有如饥渴，幸勿失期，一切均候俟面究。草草布复，唯督不宣。

注：

此函作于宣统元年（1909）。

4-20　上镇国公

　　客腊曾肃笺启，亮登签阁，流光易驶，弹指经年，久不获以书上彻于左右，歉悚万分。昨王倅文藻赴差来江，询悉福履增绥，极慰远慕。

　　伏念爵下忠谟硕画，急求财政统一之方，立预算决算之准，提纲挈要，甄综无遗，实为宪政基础，甚盛甚盛。惟各省新政繁兴，又历年摊派赔款、洋债及各项兵费、学费，久已罗掘俱穷，现在清厘财政，只可求岁计之确数，恐难得溢出之巨款。以愚度之，方今财计宜速定币制，专注银行，世界文明各国均以国家大银行为财源总汇，实一切事业发生之根柢、活动之机关，消息盈虚，制驭轻重，操纵有道，可以用之不穷。原办大清银行范围过狭，赀本太少，不足以居中央而运四旁。第二次招股，乃限以原有股分之家始能续入，竟成股东专利，窃以为隘矣。今筹办法宜大加扩充，广招民股，合一国之财以为财，因万民之利以同利，证以近今之信用，与其红息之歆动，虽招股至数千万，可期集事。至国与民有财政之关系，利害祸福共之，则其谋国如其自谋，资力既雄，团结日固，遇有事变，必思所以护持公家，抵拒外力，此皆事理之固然者也。各国大银行，其构造布置视为主脑，以运棹全身命脉所存，组织严备，固爵下所目击而心研者，望以全力注重银行，应视为部中之根据地，勿作为部中之附属品，财政庶其有豸也。管蠡之见，未知有当万一否，尚祈采择。

　　某待罪严疆，于兹两载。智尽能索，劳苦无功。每念树模朝廷特达之知，以及爵下期许之意，两难酬答，踧踖无以自安。近者东事益不如前，日既攫利于南，俄亦思逞志于北，边竟屡有违言，意存挑衅。东方大计，全属总督主持，责重权轻，日以为惧。言退则恐辜国恩，久留则虑误边局，中情惶惑，不知所裁。素承爵下深知谬许，辄敢觑缕下忱，上干清听，惟望俯鉴其愚而有以教督之，幸甚。临颖无任。主臣书字，不敢倩人，潦草殊甚，伏乞鉴原。八月十二发。

注：

此函作于宣统元年八月十二日（1909 年 9 月 25 日）。据文意分段落。

4-21 致徐菊人尚书

不奉颜色，忽尔经年，关塞早寒，抚时增恋。自节麾西上，东事日非，南满交涉之案，相持两年，今日成此结果，殊堪愤叹。露人持机会均等主义，近日于边竟屡有违言。铁路公司遇事以无道行之，存心叵测。三省无大干铁路联贯，已成死棋。会吉路权许人阑入，则奉吉已在圈制之中。俄据哈滨中权，江省亦隔居绝地，譬之人已落陷阱，但机弩尚未发动耳。悠忽度日，于军事上毫无计划，唯日号于众，曰整顿内治，保守和平，自矜为名言至理。夫内治之何等不必言，至和平与否，则非我所得主也。固囊箧，严管钥，乃蒙庄所谓大盗至，唯恐缄縢扃鐍之不固也，为盗守而为盗积，究何益之有哉。我公脱离危局，清切纡筹，于朝事必能有所裨补，不为非幸。独某以孤根薄植，久处艰难之地，严风朔雪，廪廪自危，徒以身受主恩，甫蒙新命，不敢率有所陈请。又恐蹈曾文正"畏难取巧"之讥，以此勉自撑持，再衰三竭，势非可久。偶一对镜，面目黧瘦，两鬓皤然，不似五十许人，岂可以久溷边局乎。平生寡谐，惟公知我，故敢略倾肝鬲，想厚德念旧，必能为我决定行藏也。临颖曷任驰系，秋凉伏唯起居万福。八月十三发。

注：

此函作于宣统元年八月十三日（1909 年 9 月 26 日）。

4-22 致陈子青

初秋览揆，狠承惠颁楹帖，遇事披张，语妙笔精，至典雅矣，而非鄙人之所克堪也，愧谢愧谢。比者琴从将归武昌，南中佳胜，正持螯餐菊之时，侍奉板舆，定饶清兴。某僻居荒徼，忽忽经年，关塞早寒，意绪萧索，每念题襟旧侣，辄复黯然。秋风莼鲈之思，越鸟南枝之恋，怅触百端。自视颓唐，谬膺艰巨，若涉水而无涯，未知何日得释去仔肩，追随健步，同作鹤楼长啸也。临颖不尽依依，敬问杖履清佳。

注：

此函作于宣统元年（1909）秋。

4-23　致吴心荄

夏间奉手书，猥以贱辰远辱嘉贻，感泐殊深，藉谂动定绥龢，行道有福，极慰企想。新皇御宇，诏录旧臣，鄂帅上章，大名褒然举首，行见考亭，再召入对延英，天下喁喁，想望风采，庆幸可知。某本无异，能谬尘边局，力小任重，绝膑堪虞。叹蒲柳之早衰，虑菁华之渐竭。辅车摇动，鬓发苍浪，壮事雄图，不知消归何有，其无补时艰，亦可想见矣。樊须稼圃，陶令田园，时存梦想，解绂堕裘，不识何时，唯驰念山中旧侣不置耳。附上鹿茸一只，为吉拉林产，鄂伦春人猎得者，颇有内力，可以扶老，乞试服之何如。边塞怀人，临书怅惘，不尽所言，唯惠督。

注：

此函作于宣统元年（1909）。

4-24　致陈仁先

前以贱辰承枉佳章，兼征集众作，抽思命笔，均一时名手，徐君思允[①]尤为隽杰，读之使人神王。居边塞久，与胜流阔绝，牛羊敕勒之唱，笳鼓竞病之音，盖不到耳，一旦得此巨轴，譬以大都珠玉，辇致穷乡僻坞之中，野人窭子，触目光怪，叱为多宝，欢喜赞叹，岂复可量。

不及——陈谢，烦为我致意诸公。某居此郁郁，殊无好怀，东瀛约定，北庭亦屡有违言，意存寻衅，披斩荆棘，抗拒虎狼，以孱躯支拄其间，曷克有济，每念日下朋谊之乐，唐园访菊，天宁听松，胡可得也。临书唯有惘然，就问履候增吉。

注：

① "徐君思允"：徐思允（1876—1950），字苕雪，号裕（豫、愈）斋，江苏武进人。与陈曾寿友，陈曾寿有《九日怀人四首》诗，其一云："文笔堂堂一世豪，养亲满意屈闲僚。秋来瘦菊灯前影，深巷谁过慰寂寥？"（陈曾寿著，张寅彭、王培军校点：《苍虬阁诗集》，湖北教育出版社2017年版，第74页）

此函作于宣统元年（1909）。

4-25 致陈絜先

夏间静女归宁，呈到手简，藉承清修益楙，述作斐然，极慰远企，书词深美，终以救敛退之新懦，振未已之壮心，甚盛甚盛。唯是筹边寡效，自视缺然，以身作荐，徒矢太岳之心，振臂援枹，殊少飞白之气。桑榆晚暮，臣精消亡，百国之书，久疲烛览，万方之略，难语赅通，以此仰愧乡贤，俯惭时辈，终作知难之退，冀免窃位之讥，非如老氏以塞兑为宗风、世人援归田作惯语也，吾子必明此意。边秋朔雁，聊布区区。所望子乘此盛年，益厉朝气，为时麟凤，俾衰朽得分余光，不任盼祷。天气渐寒，诸唯珍玉。不尽。

注：

此函作于宣统元年（1909）秋。

4-26 复余寿平方伯

接都中十九日发书，具悉尊状，极慰悬企。久迟旌麾，本欲商定行止，来书云云，乃不谋而合，真知心也。东局万紧，补救之术已穷。老蒙斤斤，小察专以刚果示威，猜疑同僚，叱喝属吏，全是旧日内地风厉。督抚弋取高名行径，不明大计，不识机宜，以之对待外人，支持边局，庸有幸乎。弟以空拳孤掌，揩拄一隅，掣曳多端，不如意事，十常八九。然苦思力索，为此间岁增入款至九十万金，为垂危之广信公司储银至二百余万两，于举行各政，乃得略为措手，此不过老妇经理米盐之智，不足自鸣，顾其劳苦，可想矣。久点危疆，无能解脱，近时所称运动家言，不惟不为，亦且不知。京师要人，罕通问者，即旧交夙好，稀阔已甚，未尝有所温燖，未知宣南议论，于小人责备为何如也，公亦有所闻否？华璧臣血性男子，少沧亦健者，在京当得见面。张巽之竟无消息，殊可怪也。公南中事布置如何？金陵宅就，容我栖托，便可翩然。草草不尽欲吐，都中近事，尚烦相告，即颂简安。

注：

此函作于宣统元年（1909）。

4－27　复余寿平方伯

昨由文报局寄上一笺，想达台览。兹承十月廿六日手教，并佛卷、文绮、名茶之赐，拜领增惭，名迹远颁，无量致祝，尤为纫感。比相视各已成翁，所蕲素心，俱享黄发，为岁寒之相保而已。危疆，人所共栗，若有陈请，嫌于避难择地，故隐而未发，以之干泽，恐为所轻。菊①固识个中甘苦者，无待频烦，公如局外作公道评判，固非弟所能禁也。季端敦笃，弟推诚相与，坦率一如在京时，彼有意见与否，非所得知。弟固青天，无片云也。年终迁调必多，简命在即，迟望惠肯。有如輣饥，以胸中无数欲吐，非面不罄，息壤在彼，务乞践言。令弟在此安好勿念。手布即颂大安，唯詧不尽。

注：

①"菊"：徐世昌，号菊人。

此函作于宣统元年（1909）。

4-28　复吴弦斋侍御

顷承手教，敬谂道体安稣，深慰悬仰。来书所以劝勉者至矣，非夫亲昵，孰为此言。十年前曾有偕隐之约，谬绾边符，于世荣殊无所恋，归志时复浩然。去岁大故频仍，今年东风甚恶，未可自奏回帆，稍定，终当为卷怀计耳。起废诏下，两台谏均宿望，闻安公无意出山，今公亦坚卧不起，愈成高尚，非流俗所能劝驾。时局如海船遭飓风，一篙一楫，终不济事，全视看针把舵者旋转力何如耳，此唯可为知者道也。凝寒，千万顺时珍卫。

注：

此函作于宣统元年（1909）。

4-29　复刘幼丹廉访

塞上忽奉来讯，如见故人，深慰怀想。道从久蛰空山，乃闻惊雷而起，履皇剑寝，奋臂以赴桑梓之急，可谓义形于色矣，曷胜敬佩。东海①处已遵谕致书，请其竭力挽回，藉副邦人诸友之望，有济与否，则不敢知耳。此次鄂中数贤倡义，万众从风，楚军为之一振，唯是激发在于民气，担负在于民力，苟实力不充，虚气终归无用。已集路款五百万元，想已归公掌握，足资开办。②其取诸房租税契及军学界薪工者，岁约二百余万元。租税等项，公司是否有征收权，无从悬断。军学界之薪工，搜罗琐细微发，恐难如期。即令此项全属有着，据预算路款二千五百万元，修路以五年为期，除已集款五百万元外，每年尚需四百万元。今租税等项合计二百余万元，是尚缺其半数也。财计之事须柱柱落地，笋缝相合，不能浑写大意，尚望熟筹。

模驱车出塞，于今三年矣。早夜皇皇，尺寸寡效，既不能有裨于国计，又不克尽力于乡人，无日不在惶愧之中，亦无日不作卷怀之想。乃来书加以藻饰，益用疚心。久役边荒，不获与贤豪长者相接，道力不进，学殖日芜，如蒙惠肯，固鄙人所攀望弗得者。由京至此③，快车四日可达。交通一便，人间无绝域也。黑塞青林，企望鲁连玉趾，有如饥渴。手复即颂道安，不尽。

注：

① "东海"：徐世昌，时邮传部尚书。

② "此次鄂中数贤倡义，……足资开办"：光绪三十一年（1905），粤汉铁路赎回自办，议定三省分境自修。次年湖北成立粤汉、川汉铁路有限公司，招股筹资，但应者无多，时湖广总督张之洞等议借债筑路。宣统元年（1909），湖北绅、商、政、学各界拒借外债造路，渐成风潮。是年九月二十三日（11月5日），湖北商办铁路协会成立，刘心源被推举为会长。十二月五日（1910年1月15日），刘心源在《申报》发表上邮传部公开书，"代表四川补用道贺伦夔、前山西绛州直隶州知州宓昌墀、留学日本法政学生张伯烈，为湖北境内粤汉川汉铁路遵章组织公司筹备的款，公恳准予商办，以顺舆情而弭外患"，称"前月湖北绅商各界集议成立湖北商办铁路协会，并组织湖北商办粤汉川汉铁路股份有限公司，所有招股简章及一切办法情形，已由前掌广西道监察御史吴兆泰会同心源等呈请在案。……特月余以来，未奉明谕，鄂省人民如失所依，是以再遣心源等匍匐入都，面呈一切，庶下情得以上达"，又称"鄂省粤汉川汉两路，共千二百余里，约需资本金二千五百万元，除先由创办人担任五百万元外，其余不分省界，招商承办，刻下群情感奋，认股之人争先恐后，旬月间，创办股份已确集五百万元"，可参观。（《鄂路代表上邮传部书》，《申报》，1910年1月15日，第二张第2版）

③ "由京至此"：由京赴龙江。宣统元年十一月十二日（1909年12月24日），刘心源与宓昌墀、张伯烈进京请愿，力争废除粤汉铁路借款草约。

函云"驱车出塞，于今三年矣"，周树模于光绪三十四年（1908）四月到龙江，又据文意，此函可能作于宣统二年（1910）正月。

4-30　复陈仁先

　　顷奉惠笺，备承动定多豫，深慰远想。展诵张文襄公挽诗①，实能言其大处，唯次章结语，"继坐孰愆期"，似尚未十分确当。陶桓公以后事付右司马，如今例行之事，愆期在晋无所闻，不得云继坐也，高明再酌。鄂路事总盼其有成，前与幼丹书，略附诤论，而报纸即有楚中不满于鄙人语。昨幼丹来信，殊不见怪也。今日已成水火之世界，丹素之是非，虽有贤智，未易择所处矣。模远在边陲，于时事不欲越局，近镌一小印，文曰"守黑"，盖纪实也。小儿去冬考贵胄法政学堂②，列备取，如得传补，乞示知。手布，即问近佳。

注：

　　①"《张文襄公挽诗》"：陈曾寿所作张之洞挽诗二首，一云："正笏回天手，清流实地人。朝年恢大略，末命瘁孤臣。时至堂堂去，忧来种种新。老成遗脉断，宁止泪沾巾。"一云："事大谋能定，机沉见若迟。济时新贯旧，沃主孝兼慈。宇泰阴凝日，心寒痛定时。弥留天下计，继座孰愆期。"（《苍虬阁诗集》，第47页）

　　②"小儿去冬考贵胄法政学堂"：宣统元年闰二月（1909年4月），宪政编查馆奏设贵胄法政学堂，十一月二十日（1910年1月1日）学堂开考，招取学生。

　　据文意，此函写作时间在宣统二年（1910）。

4-31　复于晦若侍郎①

　　陪都别后，不聆名论久矣。塞上奉赐书，不啻咳唾落九天也，欣慰无量。承语及近事，可为慨然。窃谓宪法精意在絜矩，以同民之好恶，示天下以公而已，非谓裂冠毁冕，举世守之，国纪人伦，一切伛改而摧拉之也。大疏前后所论列，意在通中外之涂辙，别彼此之是非，在于今日，为不可少之规诤矣。输攻九设，紫带可守，不足挂怀。世界文明国以大事付众论，其议院至闳壮，议员格亦最高。顾政见颇有异同，党派因而角立，秉均者得以两端之执，取决多数，遂乃损过以就中。惟其党为政党，非私党也，其言为公言，非私言也，若来教全是贪私云云，白日魑魅，岂可容于立宪之世乎。模痛心宗国微弱，实主更张，然略识旧典，粗解人情，亦不欲为雷同之论。从前朗润园议官制时，倡言先定内阁制度。嗣有言欲废台官者为言于泽邸，力持不可以为，议院未设，遽湮言路，则咽喉断矣。以兹不悦于要人，而迅速赴任之命下矣。弃外以来，痛自惩艾，惟殚心瘁力于职守，不敢为出位之谋，不敢为越局之语。居边荒久，志意益复颓然。近镌一小印自佩，文曰"守黑"，摩抄独笑，自谓确当。兹荷来笺中有所击触，又复妄发，不觉累纸，唯公宽其狂谬而垂詧焉，幸甚。手泐奉复，祗颂道安。

文襄下世②，老成典刑，几于尽矣。陶斋才敏开豁，一时无两，岂可久置闲散耶。③老范告退，公亦浩然。凡物望所推，清名宿学，把臂入林，殊非好象，幸缓赋归来。同年生谭聘臣与公雅故，容当代谋。名再启。

注：

① "于晦若侍郎"：于式枚（1853—1916），字晦若，祖籍广西贺县。光绪六年（1880）进士。时吏部左侍郎。

② "文襄下世"："文襄"，张之洞。宣统元年八月二十一日（1909 年 10 月 4 日），张之洞逝。

③ "陶斋才敏开豁，一时无两，岂可久置闲散耶"："陶斋"，端方。宣统元年十月（1909 年 11 月），农工商部左丞李国杰奏参端方"藐视朝廷，胆大妄为"，交部议处革职。

据文意，此函写作时间在宣统二年（1910）。

4-32　上镇国公

自客秋奉笺，久未修敬于左右，下忱瞻恋，正不在书问之频烦，亮邀荃鉴。伏审勋德日隆，海内之人想望风采，凤承盼睐，倾仰益深。树模待罪危疆，瞬将三载，勉竭弩钝，掇拾细微，不过于地方行政，略有补苴，其于边防大计，终以力绌心长，固不能丝毫有所措置也。每念丙年冬间陛辞赴苏①，面承先朝奖许之言，辄复颜汗涕零，不知所措。近日俄协约定②，东事益复岌岌可危，已成南北割据之势。日于南满，既得旅顺军港、大连商埠，急讲殖民政策。据最近调查，日人在辽沈者，已及六七万人。日本近设拓殖部，已并朝鲜满洲台湾为一类。铁路兵警近万人，遇事鸱张，喧宾夺主。其军事计划，海道则由大连、旅顺、青泥洼沿岸，布置周密，节节灵通，铁路一日可抵奉天。陆路则由朝鲜西境过鸭绿江，至安奉铁路为一路，由朝鲜北境会宁府直达吉林为一路。若会吉路成，则奉吉两省均在长围包裹之中，直日人囊中物耳。俄与日合，效其所为。近日交涉，率多无理用强，阻我税员，侵我煤矿，哈尔滨庶务会则妨碍中国主权，松花江行轮则谕止俄商纳税。外部曲与磋商，迄未解决，将来改正商约界约，更不知若何轇葛也。其东清铁路，横贯江省，沿路各站及附属地经营不遗余力，过者疑入俄境，不复辨为中国领土。从海参崴入境，为东路，从满洲里入境，为西路，而以哈尔滨为中权扼要之地。一旦有事，断绝哈尔滨交通，则黑龙江隔在绝地，听客所为，不战自屈。且彼之护路兵警更番递换，不可稽考，常额已逾万数千人。而黑龙江全省巡防之兵不足五千人，众寡相悬，何能应敌。且年来俄修阿睦尔省铁路复线，每年移民至十数万之多，沿边增兵置戍，此其用意，固不待智者而知也。忧在腹心，祸在眉睫，与其委蛇以待，尽不如呼号以救亡。树模初到奉天，默规大势，即谓东局已成死棋，惟急筑大干铁路，联贯三省，与关内一气衔接，可望死棋复生。曾于致张文襄公书中及之，是以先有新法路之建议，后有锦瑗路之发生。惟兹事体大，巨款难筹，国帑既属空虚，民力又复困竭，势不能不借资外债。而外债者，又近日报馆学生所訾为入口毒药、登时杀人者也。模不敢谓其说之不然，惟其中有须分别者，视借款作何用耳。如用作销耗侵蚀虚糜之举，诚足致亡，若用之于兴利救败，所谓蝮蛇螫手，壮士断腕，欲得全体之生，自不能顾一节之痛也。夫乌头、附子，毒药也，人当病危时，或有因之以回生者矣，亦安得为十成之语乎。且环视列国,日借英债,以兴业强国,俄借比债,以成西伯利亚铁路,因其利害相关,转使盟约益固,此由国债而并得外交之利用者也。即我借比款,以筑芦汉铁路,至今赎回,亦无后患。特不可如南满、东清、胶济各路,许人以自行建筑,并一切主权、林矿权而断送之耳。今我欲筑新法路,而日阻之,我欲筑锦瑷路,而日与俄合力共阻之,可知此举为两邻之所深忌。其忌焉者,我得此活着,即可自由运棹,渐图挽回,彼无能遂其囊括席卷之计也。今日策东事者,不外移民、垦荒、开矿、造林各大端,而树模以为莫急于路者。盖无路,不惟军事失其便利,即寻常一切转输,均须假道于彼,事事受其牵制,将远民亦不得而移,实业亦无由而兴也。树模迂儒陋识,曾蒙上公一顾,辄敢将边境危迫之状,及其管蠡窥测之愚,上彻于清听。伏念上公亲贤夹辅,一言之重,足以旋转乾坤,而东事关系全局安危,国家根本,尚祈造膝密陈,力图补救。否则迁延日月,从事失时,将树模负贻误封疆之罪,于大局亦无所济。临颖不胜激切,唯祈垂鉴。

注:

① "丙年冬间陛辞赴苏":光绪三十二年(1906)丙午年,周树模受命署理江苏提学使。

② "近日俄协约定":宣统二年五月二十八(1910年7月4日),日俄签订第二次密约,乃第一次密约之补充与发展。

据文意,此函写作时间在宣统二年(1910)。

4-33 致徐中堂

塞上传到好音,欣谂温公入相①,华夏同欢,满箧之书,难湮公道。圣主之明,苍生之福,其为庆幸,讵有涯量。时局日非,视公前居政府时,艰棘又十倍矣,断非拘牵故事、从俗委蛇所能济,必须有巨伟之计划,非常之设施,乃足以镇服人心,挽回时势。昔张江陵有言,佛发宏愿,以身作荐,任人践踏。以公今日之地望,惟有立定宗旨,舍身救人,堁空挂碍,就心光眼力所能到者,毅然行之,此自相公素抱,固无事丰于饶舌也。世界千眼注射大东,措置东事为今日第一急着,三垂安则全局安,三垂危则全局危,此理势之无可遁者。公前督东,苦意经营,下走谬居赞画之末,世事中更未竟所志,忽忽至今。前所定二三大策,固丝毫无能改变也,徒然倒换门面,停滞事机,消缩萎蕳,使外人见轻而已。日俄约成,会吉路失大势,益复岌岌不可终日。俄在北方,一切效日所为,动辄以无道行之,几于应付俱穷。模待罪严疆,瞬将三载,拮据辛苦,不敢告劳。幸而外交无所失败,财政日见宽舒,新政以次举办,若得奉身以退,咎责尚轻。倘瞻顾迁延,致有贻误,将上负朝廷,下羞知己。前经屡以下情函达钧听,远辱手谕教之坚忍,以待转机,今则措置益难,智勇俱困,才力既不能胜,精力又复锐减,数月以来,每饭不过一盂,通宵或不成寐,积久益恐不支。倘得解组入关,归营稼圃,实为吾君吾相之赐,将来如有陈请,尚希终始曲成。不任企祷,唯祈垂鉴。祗请钧安,不庄。

注:

①"欣谂温公入相":温公,宋宰相司马光,借指徐世昌。"入相",宣统二年一月十六日(1910年2月25日),徐世昌以邮传部尚书为协办大学士。

此函作于宣统二年(1910)。

4-34 致余寿平方伯①

前小女于归,承远颁文绮之赐,未及复谢。旋奉九月中旬手教,藉悉政履绥稣,极慰远企。时事难言,边局尤不堪问。弟穷荒久戍,前蛇后虎,日居磨牙吮血之中,心神几于破碎。协约定后,其气益张,自由行动,目无主人,守此一官,成何意趣。前书与公商略,意在绝断世事,退居一邱,为消阻闲藏之计,故与前约参差。如兄有已经为我营构者,仍可照旧,至存款需用,届时再商。即无存款在尊处,脱有缓急,兄岂得不为之计耶。诸葛君尧得其意以去,此人心路笔才,极能动俗,宜其绝尘而犇。令弟藻平不时加以檠括，未敢稍存客气。屠梅老之子义肃以县令需次在陕，弟从前留京时曾为之授经，感奋增念，望加青睐。此间本年较暖，与北京略同，想地气渐有转移耳。关中天时如何，祈顺时珍摄。手复即颂勋福，不尽。十月初九日发。

注：

① "余寿平方伯"：余诚格，时陕西布政使。

此函作于宣统二年十月初九日（1910年11月19日）。

4-35　复王晦若太守①

顷奉惠笺，具谂。下车新政，边郡翕然，至以为慰，所陈各节，均属通变宜民，未便遽以束湿为治，边腹情形迥异，存乎贤者之施措适宜耳。外患日棘，应付为难，然海舟遇风，除把定舵针，徐待其转，更无别法，或张皇，或馁怯，均不济事。足下从政之才，高出我辈，近又以边事相磨礲，益当慰为时栋，幸一切持以定力，勿因艰劬，稍涉退转，是则愚心所拳拳企注者耳。手布即颂政履佳胜。

注：

① "王晦若太守"：待考。

此函作于宣统二年（1910）。

4-36　复左笏卿观察

去岁奉惠书，忽已经年，风雪怀人，复枉来教，红笺密字，累幅不休，如出玉堂少年手，不图于六十四岁老人得之万里外，想见其精神完密、耳目聪强也，快慰何量。来书推奖过甚，非所敢承，弟才分不过中人，蚤岁溺科举，中年迫仕进，学文、学道两无所成。曩者居京师，得从大贤之后，以道义相切磋，时复搦管弄翰，倡和为娱，所得至微浅。自为疆吏，不复措意，斯事造述绝少，尘镜久蒙，元珠已失，自视未免缺然，今老兄乃欲以继文襄之后，不自觉其愧发而颜变也。文襄本具异禀，博雅俱足，意思最为深长，往督楚学时，徒以汉师故训、唐贤选学倡导后来，晚更世变，乃毅然以主持风教自任，其为文，力崇雅质坚实，殆不可破。弟先后主鄂中讲席五年，侍文襄久，故于门庭略有所窥见，盖岿然一代儒流之宗主也，实非下才所敢望。弟平生微尚，一主亭林、湘乡，故其文字率明白坦易，于古人峭新深微之境，盖未能庶几焉。老兄肆力桐城极深，笔意遒宕，可以挹惜抱而睨伯言，故劝兄时时为之。弟之凡下，倘得退归田里，天假以七十之寿，以二十年之力，打扫心地，从事文学，其于古作者或有几微之合，而远副老兄所期，抑或有所获于文字之外者，未可知也。路古人稀，须他日与老兄林下相逢时证之。席卿世兄文雅，足世其家，在此练习边事，可备时用，勿以为念。临颖不尽悢悢，唯照詧，并候起居多福。

注：

此函作于宣统二年（1910）冬至三年立春间。

4-37　复张巽之观察

三月间程生来江，捧到手教，迟迟未复，忽此穷冬，边塞怀人，萧寥可想。来书远心旷度，劳人闻此，不啻清夜之钟，"天澹云闲"四字，尤讽咏不去怀，梦寐间犹作光黄异人想也。世事如蜩螗沸羹，靡知所届。公居山中，以静观了群动，万物皆流，金石自止，足证道力。弟盱衡时辈，常以公具龙象之力足济众生，乃雷雨未奋林莽，不禁为之慨然。弟以驽下久溷边局，与魑魅为邻，毛羽摧颓，为黄鹄之高举，读故人招隐篇，有愧色矣。处此横流，正不知何者为归宿，行藏之事，尚当与大贤商之，风便德者拨示。所怀百端，不能宣罄，临纸只增怅惘。

注：

此函作于宣统三年（1911）。

4-38　上徐中堂

滞留北徼四更岁纪矣，驰企德晖，无缘瞻近，怅惘弥深。模奋袂出关，激于气谊，本期终始相随，自我公内跻公□，模牵于疆事，荏苒以迄于今，殊乖本愿。边局艰难，此数年中之辛苦枝梧，特对于故友，不惜委曲迁就，以求集事。公虽在远，当亦深鉴之，比因事有难堪，上疏得劾，仰蒙圣主天鉴，群臣扶植，不予罢归，自当感激以图报效。惟沈帅共事两年，意见本非融洽，今又去其所引之人，情味可想，此后纵勉与周旋，终成枘凿，尚有何谋可遂，何事能成，徒自陷于孤立无援之地而已。经抚不和，以致偾擽，前鉴非远，拟于防疫事后，仍请乞退，为边局计，不仅为一方也。□既寡谐，平生知己，独公一人，辄□以□□，上彻于清望，唯垂鉴而赐教，则幸甚，临颖无任□臣。

注：

此函作于宣统三年（1911）。

4-39　复余寿平方伯

十三日接奉武昌来书，敬谂。下车新政，规画勤劬，深为桑梓庆幸。姻伯大人就□薇垣，重游旧治，天怀必畅，气象一新，政暇承欢，真人生乐事也。老兄于楚地有缘，于鄂人尤最投契，桑下之情，生于三宿，棠阴之爱，永以百年，虽稍迟高迁，可不汲汲作别枝想矣。弟戍边三载，力尽筋疲，老态日增，壮心销尽。近复重以疫祸，耗竭公私，百孔千创，无能弥补。外人乘危迫胁，几启衅端，浪激风撞，皇皇累月。又以边界轇轕，奉命会勘，俄大臣不日来省，[②]问题杂复，解决为难。

自揣本非能任艰巨之才，而性趣高抗，亦断不获享寂寂之福，实逼处此，强自撑持，势非可久，唯求退归，还我儒素，即为幸民。家事频有蹉失，不以介怀，要以"守约"二字为主义耳。商恳之事，具于别疏，统希垂鉴为荷。

注：

① "余寿平方伯"：余诚格，时湖北布政使。宣统二年十一月二十五日（1910年12月26日）谕，余寿平调为湖北布政使。

② "边界軬轇，奉命会勘，俄大臣不日来省"：宣统三年正月，周树模充会勘中俄边界大臣，五月，与俄会勘边界谈判开议。

此函作于宣统三年（1911）。

4-40 复端陶斋尚书①

远戍龙沙，不奉颜色之日久矣，中心臧写，无日能忘。三月张倅祖溶来江，辱承惠示，藉谂东山养望，名德益崇，弥深钦仰。模自顾驽下，久尘边局，补苴内政，因应外交，无一日不疚心，无一事非棘手，时会牵掣，求退不能。欲为我公商雒访碑，西山礼佛，胡可得也？世事浮云，爱国者亟望公之出，爱公者转羡公之不出，两种心理，是否一宗？尚乞示我棒喝也。临颖所怀不尽，唯希垂督，伏承道履安佳。

注：

① "端陶斋尚书"：宣统三年四月九日（1911年5月7日）谕，端方着以侍郎候补，充督办粤汉川汉铁路大臣。

据文意，此函写作时间在宣统三年（1911）四月初，端方尚未督办粤汉川汉铁路前。

4-41 复何南生观察①

顷奉吴下来书，备承动静多豫，极慰远想。执事关怀边局，不忘旧游，具纫拳拳之谊。书中"三省有变，全局岂能独安，举国以畏葸为心理，致酿成今日之时局"数言，通识崇论，足以箴膏肓而起废疾，倾佩无已。承示近作，气格雄骏，接武信阳，讽味不去手。拙稿②奉去一部，敝帚自享，不足当通人一盼也。临楮不任驰系，手此布覆，即颂筹安，唯希雅照，不尽。

注：

① "何南生观察"：何煜。
② "拙稿"：应指周树模在龙江署刊印之《抚江奏稿函稿》。

此函作于宣统三年（1909），据"举国以畏葸为心理，致酿成今日之时局"语，似已发生武昌起义。

附

清授光禄大夫建威将军黑龙江巡抚周公墓志

左绍佐

天门县乾镇驿，明吏部尚书周公嘉谟之故居在焉。与吾友周君之居，数十武而近，同姓而宗谱不同也。尚书公为移宫领袖，终其身不与于珰祸。庚子之乱，联军入都门，车驾播迁，百官荡析流离，而周君奉讳在籍，方主江汉书院讲席，与诸生谈文说艺，雍雍如也。辛亥之乱，君由龙江间行至天津，就访同年卢靖木斋，坐未定，值直隶军队哗变，人情汹汹。卢故寓租界，君提一皮箧相随至其家。遂脱于难。说者以为尚书公与君之入坎出坎，履险如夷，由乾镇驿地气冲和所致，理或然乎，可异也。今君之柩，寄于佛屋，已逾期年，葬有日矣。子延熊率弟延勋、延炯来请为文镌石于幽宫。素交而后死，不得辞。

按状：君姓周氏，讳树模，字少朴，号沈观，又号孝甄，晚年自号泊园老人，湖北天门县人。曾祖讳锡墉，本生曾祖讳锡培。祖讳祥铭。父讳启善，恩贡生，候选教谕。三世皆以君贵，赠一品封典。妣皆封夫人。封翁生子三，君其次也。封翁为诸生有声，省试屡荐不售，授徒自给，时以医术济人，乡人德之。

君一禀庭诰，教若凤成。十五，补弟子员。岁科试，常列高等。十九，檄调经心书院肄业。是年，傅夫人来归。二十六，考取乙酉科选拔贡生，即以是科举本省乡试。丙戌，会试，报罢，留京，馆于孝感屠侍御仁守家。侍御直声震天下，每有商榷，辄中窍要。君由是悟奏疏之秘，不为艰深，而沉潜于贾谊、陆贽之书，颇自谓有得也。乙丑，成进士，以二甲二名选庶吉士。散馆，授编修。木天清望，声光烂然。辛卯，广东副主考。甲午，会试同考官。癸卯，山西副主考。乙未，会试同考官。后又授江苏提学使。玉尺在手，轺车几无停辙。君以乙未丁内艰，己亥丁外艰，家居读礼。时张文襄公督楚，常伟视君，地方事多谘之。丙申，大水，君言修理唐心口堤，以工代赈，兼平粜济灾民。文襄特以君主其事，堤成，至今赖之。又以礼聘，前后主两湖、经心、江汉、蒙泉各书院，奖借后进，循循不倦，士林翕服无间言。

壬寅，服阕，入都，由编修授御史。劾广西提督苏元春、两江总督魏光焘，皆蒙廷旨嘉纳。其他章疏，皆关国家大计，有声台中，天下想望丰采。乙巳，特派五大臣出洋考察政治，君以御史偕行。由日本历欧洲各国，所至旁询博问，慨然远想，思有所建白，以济时艰。归国后，于君主立宪，多所敷陈。泽贝子立宪一疏，君之笔也。时议宪政，拟从官制入手，廷旨令君与朗润园王大臣参与会议。有尼之者，阴嗾苏抚电请赴提学使任，交军机处饬赴新任，君遂外出。丁未，东三省改设行省，以徐公世昌为三省总督，调君为奉天左参赞，擘画一切，极为徐公所倚重。戊申，特授黑龙江巡抚。其地三面接近俄部，幅员辽阔，土旷人稀，东界已垦者呼兰、绥化两府，号为繁盛，于是移民实边之计，规画详密，来者日多，乃添设呼伦、瑷珲、兴东三道，龙江、嫩江、黑河、胪滨、海伦五府，并十余厅、县，规模大定。会俄人图占我满洲里为彼领土，派兵一队，焚掠居民，夺取牲畜，势张甚。君不为所屈，据康熙二十八年旧约，卒定满洲里为中国属地。时中央派君为勘界大臣，俄人派陆军参赞儒里拉夫为勘界委员，重行勘界定约，可谓坚定不摇，能倚以办大事者也。

辛亥事起，龙江处极边之地，外有俄、蒙之煽逼，内有满、汉之猜疑，讹言四至，一日数惊。君从容镇定，秩序如常，商民安堵。至逊位诏下，乃引疾去职，蛰居沪上法界之宝昌路，闭门息影，栽花薙草。尤喜植杜鹃花，罗数十盆于阶下，娇红照席。又用东坡芹芽鸠脍法，烹饪绝美，余与樊山老人，每属餍之。自北来，鸠不可得，不复领此味矣。总统袁公意在礼致,而徐公世昌为国务卿,必欲引重,使命往复,不获辞。甲寅,来京,就平政院长。买宅城西,于宅东隙地筑土山,叠石为洞门,凿池种菱藕,构亭其中,栽松竹,驯养一鹤,署曰泊园,以示寄焉之意尔。丙辰,有洪宪建元之说,君主张正论,不谓然也。而侦员探卒,暗伺于门,乃避地,仍归沪上。嗣以黄陂继任总统,礼请来京,仍为平政院长。本非初志,旋即卸去。计前后在京十年,樊山老人与余三人,月必三、四会,会辄茗谈,至夕而散。人或谓之"楚中三老"。及焕廷由中州来,常邀君与樊山老人及余,酒楼歌馆,拨散闷怀,人或比四皓。焕廷卒,君哭之痛。未一年,而君亦长逝矣。哀哉!

君日必早起,庭除洒扫,皆身督之。平生无博奕之好。书橱几砚,位置整严。综理微密,小物克勤。盖精神之管摄有余也。一病不起,乃出意外。君于天伦,友爱特至。长兄早逝,每念之,辄涕下,赡养寡嫂,教育孤侄,岁必亲为调度。三弟则留之同居,在苏、在黑、在京,未尝不偕,怡怡之情,老而弥笃。君子近人之文,崇伯言而薄才甫,于诗喜称"二陈",谓后山、简斋。要君于诗文,皆能窥古人深处,非浅尝者所知也。君初无大病,微患利,次日犹为乡人题主。家人请勿去,不听,归而加剧,遂卒。君生于咸丰庚申年七月初四日,卒于民国丁丑年八月十一日,享年六十有六。著有奏疏若干卷,沈观诗文集若干卷。

妻傅氏,诰封一品夫人。子六人:长延熊,国务院统计局金事。次延勋.美国康南耳大学文科学士,湖北印花税处会办。傅夫人出。次延炯,妾朱氏出。次延曦,妾刘氏出。皆充湖北官银钱局调查员,次延焯、次延煜,俱幼,妾刘氏出。女六:长适同邑李藩昌,瑞士卢山大学工学士,武昌造币厂长。次适蕲水陈曾矩,举人。三适沔阳杨廉,教育部金事。四、五、六女,俱幼。孙三:庆基、庆垲、庆圭,俱幼。孙女三,俱幼。延熊率诸弟,以丙寅年十月十八日,葬君于玉泉山之红门村,作亥山巳向,四执来揖,是为安宅。余思畏吾村李公之墓,此乡先辈南人而北葬者也,皆在城西,去红门村凡几里。朝霞夕月，紫翠苍茫之处，其神灵或有相遇者乎。悠悠千载，足以供后人之流连已。

应山左绍佐拜撰，时年八十有一。

（《周树模墓志》，国家图书馆馆藏拓片，馆藏号：墓志4299；卞孝萱、唐文权编：《辛亥人物碑传集》，团结出版社1991年版，第413—416页）

周树模大事年表
（咸丰十年至宣统三年）

咸丰十年庚申（1860）　1 岁
七月初四日出生于湖北天门乾驿镇。

同治五年丙寅（1866）　7 岁
始入塾受书。

光绪元年乙亥（1875）　16 岁
夏，赴院试，补县生。
在乡读书。

光绪四年戊寅（1878）　19 岁
檄调经心书院。
婚。傅夫人来归。

光绪五年己卯（1879）　20 岁
就读经心书院。

光绪十一年乙酉（1885）　26 岁
举本省乡试。

光绪十二年丙戌（1886）　27岁
会试报罢。留京，馆于御史屠仁守处。

光绪十三年丁亥（1887）　28岁
闰四月，补景山官学汉教习。

光绪十五年己丑（1889）　30岁
成进士，以二甲二名选用翰林院庶吉士。

是年二月，屠仁守被革职，永不叙用。

光绪十六年庚寅（1890）　31岁
四月散馆，以二甲庶吉士授编修。

光绪十七年辛卯（1891）　32岁
五月，以翰林院编修充任广东乡试副考官。
九月，回籍修墓。

光绪二十年甲午（1894）　35岁
在京。
任会试同考官。
七月，中日宣战。有《甲午书事》诗。

光绪二十一年乙未（1895）　36岁
任会试同考官。
夏，丁母忧，自京归里。

是年，吴兆泰在荆门州龙泉书院。
七月，胡聘之以浙江布政使迁陕西巡抚，八月改任山西巡抚。

光绪二十二年丙申（1896）　37 岁

春，至汉口，就两湖书院讲席。

居鄂两月，父发旧疾，归里。

六月，唐心口溃堤，在乡办赈灾。

光绪二十三年丁酉（1897）　38 岁

八月服阕。

九月赴鄂，应张之洞聘，与吴兆泰同主经心书院。

除夕前三日抵里。

是年十月，驻吴淞德国舰队占领胶州湾。

十一月，张之洞赴京山唐心口查勘堤工。同月，俄国军舰强行开进旅顺、大连。

光绪二十四年戊戌（1898）　39 岁

是年在武昌，主经心书院。

年初，与王之春结金兰交。

五月，作《跋方正学先生册子》。

十二月归里。

是年闰三月，张之洞著成《劝学篇》。两湖书院、经心书院改照学堂办法。同月，法国军队占领广州湾。

四月，光绪帝颁布《明定国是诏》。同月，英国海军占领威海卫。

八月，慈禧复出训政。

光绪二十五年己亥（1899）　40 岁

四月初，抵京。经沪，晤黄嗣东。

初秋，丁父忧。家居读礼。

十二月，奉到龙泉书院关聘。

除夕，作《沈观斋书目记》。

是年一月，意大利索租浙江三门湾。

十月，美国宣布对华"门户开放"政策。

光绪二十六年庚子（1900）　　41 岁

春，赴荆门龙泉书院。

八月初，自荆门归里。

是年五月，刘坤一、张之洞等策划东南互保。

六月，俄军在海兰泡、江东六十四屯等地大屠杀。

七月，慈禧太后、光绪皇帝出幸山西。

十一月，清政府与十一国订立辛丑议和条款草约。

十二月，梁鼎芬、吴兆泰恢复原衔。

光绪二十七年辛丑（1901）　　42 岁

是年在荆门。

十月，释服。

冬末，归家度岁。

是年七月，《辛丑各国合约》订立。

八月谕，各省书院于省城均改设大学堂，各府厅直隶州均改设中学堂，各州县均改设小学堂，并多设蒙养学堂。

光绪二十八年壬寅（1902）　　43 岁

春，入京。

四月，补授江西道监察御史。

五月，奏陈各省赔款扰民请设法轻减。请饬外务部力争交还各国赔款按照银数偿付。

七月，任顺天乡试同考官，往开封。有诗《七月十六日晨出彰义门往河南分校顺天乡试》、《大梁行示袁季九同年》，后诗题注"壬寅秋借河闱补行顺天乡试，余与袁君季九并充同考官"。

十一月，奏保荐特科人员请慎重入选。

是年，广西会党起义渐卷全省。
四月，张之洞改两湖书院为两湖大学堂。
九月，张之洞调署两江总督，端方署理湖广总督。

光绪二十九年癸卯（1903）　　44岁
三月，奏参广西提督苏元春"纵兵殃民，缺额扣饷"。
夏，见张之洞。
任山西乡试副主考，九月揭晓出闱，请假回籍。
十月末，归里。

是年四月，端方署江苏巡抚。张之洞兼署湖北巡抚。
闰五月，陈曾寿以主事分部学习。
十二月，日俄战争。

光绪三十年甲辰（1904）　　45岁
春，小驻武昌。
暮春，出武昌。
四月初，抵京。初八日，入对。
十二月，奏请裁漕运总督。

是年二月，张之洞回任湖广总督。
九月，湖北学务处开设湖北师范传习所，陈曾寿为监督。
十一月，端方由署江苏巡抚调湖南巡抚。

光绪三十一年乙巳（1905）46 岁

五、六月间，奏日俄已有和意遵旨筹议密陈疏。

秋，有龙泉寺之游，同游李伯虞、左绍佐、陈曾寿。

十一月，以二等参赞随载泽出京，考察各国宪政。

十二月，自上海往日本。

是年六月，简派载泽、戴鸿慈、徐世昌、端方等随带人员，分赴东西洋各国考求政治。

七月，载泽奏请周树模等随同出洋考察。

光绪三十二年丙午（1906） 47 岁

四月，署江苏提学使，开御史缺，以道员用。

五月，抵上海。在外历日、美、英、法、比五国。

六月，返京。代载泽拟奏请宣布立宪密折。

七月，任新官制编制馆审定课委员。

八月，奉谕，着迅速赴江苏提学使任。

九月，江苏总学会来电，询何日履新。以随使考察出洋，予军机处存记。

十月，抵苏。

十二月，考察南菁高等学堂。有《腊月十五日至江阴南菁学堂考验学生》诗。

是年四月，裁撤学政，各省改设提学使司提学使，统辖全省学务。

七月，载泽呈密折，力请立宪，以保政权。同月，谕仿行宪政，从改革官制入手，派载泽、世续等为编纂大臣，奕劻、孙家鼐、瞿鸿禨为总司核定大臣。设新官制编制馆于朗润园。同月，载泽为御前大臣上学习行走。梁鼎芬为湖北按察使。端方调两江总督兼南洋大臣。

八月，陈启泰为江苏布政使。

九月,改定官制。

十一月,余诚格署广西布政使。

光绪三十三年丁未(1907)48岁

四月,着赏二品衔,署理奉天左参赞。

六月,离京到沈。过天津,晤卢靖。

十二月,授奉天左参赞。

是年三月,东三省改制。徐世昌为东三省总督兼管三省将军事务,并授为钦差大臣。唐绍仪补授奉天巡抚。

四月,载泽为度支部尚书。同月,徐世昌奏周树模堪胜参赞人员请准简署。

六月,日俄在彼得堡签订第一次密约。

七月,徐世昌密陈奉省重要情形及现筹办法,大旨主借洋款筑路开矿。同月,赵尔巽调为湖广总督。陈夔龙为四川总督。

八月,旨命徐世昌进京商办三省要政。九月返奉。

十月至十一月,徐世昌巡阅黑、吉二省。

十二月,徐世昌奏周树模等办事勤劳请旨简授。

光绪三十四年戊申(1908)　49岁

二月,署黑龙江巡抚。

四月,抵齐齐哈尔。

五月,与徐世昌合衔奏请酌拟增设江省道府厅县民官各缺、奏报江省改设巡防营务大概情形。

六月,授黑龙江巡抚。同月,与徐世昌合衔奏报江省遵设禁烟公所并派员经理。

七月,与徐世昌合衔奏报拟建江省图书馆各情形。

八月,与徐世昌合衔奏报遵旨派员办理咨议局筹办处。

十二月,与徐世昌合衔奏报呼伦贝尔沿边辖境分设卡伦并设立边垦总分各局开支情况。

是年二月，唐绍仪入京。赵尔巽由湖广总督调为四川总督，陈夔龙由四川总督为湖广总督。

五月，李绂藻卒。

六月，唐绍仪充任出使美国专使。

十月，光绪皇帝、慈禧太后相继去世。

十一月，溥仪即位，改元宣统。

十二月，张之洞任督办粤汉铁路大臣，兼为督办鄂境川汉铁路大臣。同月，袁世凯被罢黜，离京。

是年，鄂省大水被淹。

宣统元年己酉（1909）50岁

一月，与徐世昌合衔奏报江省添改道府厅各缺择选姚福升等员分别部署。

闰二月，与徐世昌合衔奏报多方筹集江省办学经费招农垦荒养蚕等情形。

六月，实授黑龙江巡抚。

十月，奏报江省照章改编巡防队情形。奏请援案变通办理江省财政。

十一月，奏报瑷珲沿边辖境分设卡伦情形。奏请裁撤巡防委员。奏陈江省近年整理财政大概情形。

十二月，奏报江省咨议局遵限成立及本届会议情形。奏报江省近年推广省城暨各属各项学堂并办理情形。

是年一月，徐世昌请开缺，著毋庸议。同月，徐世昌为邮传部尚书。锡良为东三省总督兼管三省将军事务。

闰二月，张之洞与英、法、德、美四国银行集团订立粤汉川铁路借款合同。

四月，新任东三省总督锡良到任。

六月，民政部致电各省督抚，禁止各报馆登载东三省安奉路交涉事件。

八月，张之洞卒。

十月，端方以"恣意任性，不知大体"被革直隶总督职。

宣统二年庚戌（1910）　　51岁

三月，奏报江省公署遵章设立行政会议厅。奏报江省禁烟情形。

四月，奏报创办江省官报情形。

五月，奏报筹办仓谷情形。

七月，奏请添设黑龙江讷河直隶厅同知、汤原县巡检。

八月，与锡良合衔奏报江省移民垦荒酌定特别办法并办理情形。同月，与锡良合衔奏请补授江省试署府厅各缺人员，补授宋小濂为呼伦兵备道姚福升为瑷珲兵备道，补授江省试署胪滨府知府张寿增等员。

十月，与锡良合衔奏报江省征练陆军办理情形。

十一月，奏请候选道卢弼等留省补用。

十二月，于龙江节署石印《沈观斋诗》。

是年一月，徐世昌任协办大学士。

五月，日俄签订第二次密约。

夏，江省水灾。

七月，署甘肃提学使陈曾佑开去署缺，以道员发往陕西差遣委用。

八月，锡良、周树模奏江省试署府厅人员拟请部授。同月，徐世昌为体仁阁大学士。

是年，东三省爆发鼠疫。至次年三月，锡良奏陈疫已肃清。

宣统三年辛亥（1911）　　52岁

一月，充会勘中俄边界大臣。

二月，奏报江省近年筹办农林工艺情形、江省军警联合剿匪办理情形、江省疫患渐平谨陈办理情形等。

三月，奏陈江省开设八旗工艺厂，并将工艺制造局归并办理。

五月，与俄会勘边界谈判开议。

闰六月，奏呈重绘黑龙江全省舆图。

九月，奏报查明各属水灾并分别赈抚情形。致电民政部为江省设立保安公会事。

十月，任黑龙江保安公会会长。奏报添设防营并筹办保安事宜。

十一月，代表中方与俄方签署《满洲里界约》。奏报江省中俄边界办结情形。

十二月，以病两请开缺未准。至清帝退位诏下，去职。

是年三月，赵尔巽调任东三省总督，兼管三省将军事务。

四月，徐世昌授内阁协理大臣，兼充宪政编查馆大臣。同月，明定铁路干路收归国有。端方充督办粤汉川汉铁路大臣。

闰六月，余诚格由陕西巡抚调湖南巡抚。

七月，徐世昌为军机大臣。

八月，武昌起义。

十二月二十五日（1912年2月12日），宣统皇帝发布退位诏书。

主要参考文献

周树模：《沈观斋诗》，龙江节署石印，1910年。

周树模：《周中丞（少朴）抚江奏稿》，沈云龙主编：《近代中国史料丛刊》第十九辑，台北文海出版社1966年版。

周树模：《周中丞抚江函稿》，李兴盛等主编，吕莉莉等副主编：《陈浏集》，黑龙江人民出版社2001年版。

左绍佐：《清授光禄大夫建威将军黑龙江巡抚周公墓志》，国家图书馆馆藏拓片，馆藏号：墓志4299；卞孝萱、唐文权编著：《辛亥人物碑传集》，凤凰出版社2011年版。

《清实录》之《德宗实录》、《宣统政纪》。

中国历史第一档案馆馆藏档案。